Man kann sein Leben ändern. Man kann sich selbst neu erfinden. Ja, man kann auch Schuld hinter sich lassen. Die Frage ist nur: wofür?

Gabriel Tretjak ist der REGLER. Für die, die es sich leisten können, regelt er Karriere, Liebe, Geld. Da wird in sein Berliner Apartment ein Paket geliefert. Zwei eingeschweißte Frauenbeine, abgetrennt an der Hüfte. Mit einem Tattoo, das nur einer so gut kennt wie der REGLER selbst: sein Bruder. Zur gleichen Zeit findet in Niederbayern ein Pfarrer einen abgeschnittenen Frauenkopf vor dem Altar. Und in Südfrankreich wartet eine Frau in einem Cape unter einem Kirchturm. Jede Nacht. Seit Jahren …

Max Landorff ist ein Pseudonym. Seine REGLER-Thriller sind Top-Bestseller und in mehrere Sprachen übersetzt.

Die REGLER-Thriller:
›Der Regler‹
›Die Stunde des Reglers‹
›Die schweigenden Frauen‹

Weitere Informationen, auch zu E-Book-Ausgaben, finden Sie bei *www.fischerverlage.de*

Max Landorff

Die schweigenden Frauen

Ein Regler-Thriller

FISCHER Taschenbuch

MIX
Papier aus verantwortungsvollen Quellen
FSC® C083411

Erschienen bei FISCHER Taschenbuch
Frankfurt am Main, Oktober 2015

Satz: Dörlemann Satz, Lemförde
Druck und Bindung: CPI books GmbH, Leck
Printed in Germany
ISBN 978-3-596-19447-6

»Warum sagen die Frauen nicht, was sie wissen?«

Alexander Yakushev

Prolog

Die Straße nach Peillon war schmal und steil, die Kurven waren eng. Wenn ein Auto kam, musste die Frau vorsichtig sein. Niemand rechnete mit einem Fußgänger, der mitten in der Nacht hier herumspazierte. Sie hatte sich erkundigt: Ein Taxi von Nizza aus wäre viel zu teuer gewesen, und nachts fuhr kein Bus. Aber 19 Kilometer waren schließlich nicht viel, ein paar Stunden nur. Sie hatte Zeit.

Eine Frühlingsnacht war das, angenehm warm, sternklar, aber ohne Mond. Man konnte die Sträucher schon riechen, und sogar der Asphalt der Straße, fand sie, duftete bereits nach den Sonnenstrahlen vom Tag. Die Scheinwerfer der Autos waren früh zu sehen, wie sie zwischen den Bäumen hervorblitzten und wieder verschwanden, in den Kurven die Richtung änderten. Dann presste sie sich am Rand der Straße an einen Baum, bis das Auto vorüber war. Sie trug ihren alten dunkelblauen Anorak mit der weißen Aufschrift am Ärmel: »Wäscherei Greiner.« Ein verblasstes Zeichen einer der vielen Stationen ihres Lebens, an denen sie gearbeitet hatte. Auf dem Rücken hatte sie einen altmodischen Rucksack aus grauem Stoff. Er enthielt ein paar Kleidungsstücke, etwas Proviant und eine Landkarte. So war sie in Bozen in den Zug gestiegen, so war sie in Nizza angekommen. Den Proviant hatte sie bis jetzt nicht angerührt. Ihr Magen war seit Tagen nur noch ein Stein.

Zweimal hatte ein Auto angehalten, ein Fenster war herabgeglitten, die Stimme des Fahrers war zu hören gewesen. Wahrscheinlich hatte man beide Male angeboten, sie mitzunehmen. Sie sprach kein Wort Französisch, war nie vorher in diesem Land gewesen. Wo sie herkam, war die Schule einen zweistündigen Fußmarsch entfernt gewesen. Und jedes Kind war froh, wenn es diese Strapaze bald beenden konnte – lange bevor Fremdsprachen im Stundenplan aufgetaucht wären.

Es war schon weit nach Mitternacht, sie sah die Umrisse des Dorfes gegen den Nachthimmel. Wie Zinnen einer Burg wirkten die Häuser, die dort oben eng aneinander auf dem Felsen standen. Sie hatte sich den Ort irgendwie freundlicher vorgestellt. In Nizza hatte sie heute Palmen gesehen, blühende Forsythien, offene Gesichter. Dieser Ort an der alten Salzstraße wirkte abweisend, fand sie, nicht nur, weil es dunkel war. Es war jetzt nicht mehr weit. Sie war zu früh dran, das war gut. Sie musste die Kirche schließlich erst finden, von der die Rede gewesen war.

Sie versuchte, sich auf den Weg zu konzentrieren. Einen Schritt nach dem anderen machen, an nichts denken. Schon gar nicht an früher. Nicht die Bilder kommen lassen von den vielen Polizisten in ihrer Küche, als sie noch eine Küche hatte. Und vom Hans, wie er da in der Scheune gehangen hatte mit der riesigen violetten Zunge.

Einen Schritt nach dem anderen machen. Hochsteigen. Das Tier im Zaum halten. Zähl die Schritte. Zähl die Jahre. Nicht die alten Gefühle aus dem Stein lassen, die Schuld, die Ungewissheit, die Hoffnung. Vielleicht war ja alles nur ein Irrtum. Immer nachts um drei, hatte der Mann gesagt. Pünktlich auf die Minute. Immer vor der Kirche. Eine Frau unter einem Cape. Jede Nacht, seit Jahren. Vielleicht war es trotzdem nur ein Irrtum.

Das Sternbild Löwe stand fett am Himmel. Mit dem Himmel kannte sie sich aus. Die Gebete, die sie hinaufgeschickt hatte, das eisige Schweigen, das zurückgekommen war. Zähl die Jahre. Bis sie begriffen hatte, dass man das Leben nur ohne Himmel ertragen konnte.

Punkt drei Uhr, jede Nacht, seit Jahren. Sie hatte das Gespräch zufällig mitgehört, während sie zwei Tische saubergemacht hatte. Wie in Trance hatte sie zugehört, dann hatte sie den Mann gebeten, ihr den Namen des Ortes aufzuschreiben, von dem er geredet hatte.

Peillon hatte drei Kirchen. Aber zwei kamen nicht in Frage, das stellte sie sofort fest. Sie standen mitten im Gewirr der Gassen, die jetzt dunkel und kühl waren und wie Kellertreppen rochen. Ihre Schritte auf dem Pflaster waren das einzige Geräusch. Hier lebten nicht mehr viele Menschen, das war klar. Ferienwohnungen das meiste, dachte sie. Die dritte Kirche, die kleinste, stand etwas abseits der alten Mauer, die den Ort einschloss, auf einem eigenen kleinen Hügel. Der Weg führte durch eine Pforte in der Mauer, erst ein Stück bergab und dann wieder bergauf. Es war eine schlichte Kirche, grauer Stein, das Schiff mit drei schmalen Fenstern auf jeder Seite, wie Schießscharten sahen sie aus. Der Turm kaum höher, ohne Uhr. Als sie sich auf die kleine Holzbank setzte, die etwas entfernt unter einem Olivenbaum stand, war es kurz nach zwei. Sie saß mit Blick ins Tal. Hier roch es stark nach Frühling, nach Geburt, nicht nach Tod. Also nach Mühsal, dachte sie, nicht nach Erlösung. Immer wieder anfangen müssen, das war schrecklich. Sie sah Lichter in der Ferne. Nizza? Vielleicht. Spielte keine Rolle. Sie holte eine Wasserflasche aus ihrem Rucksack und trank ein paar kleine Schlucke. Dann sah sie nur noch auf ihre Armbanduhr, verfolgte den Lauf der Zeiger, versuchte, ihre Angst damit kleinzuhalten. Lauf im Kreis. Wie die Zeiger.

Um zehn vor drei stand sie auf, trat hinter den Mauervorsprung, den der Turm bildete, und blickte in Richtung des Weges, der aus dem Ort kam. Sie hörte keine Schritte, aber plötzlich das Geräusch eines rollenden Kieselsteines. Es kam nicht aus der Richtung des Weges. Sie drehte ihren Kopf und sah die Gestalt sofort. Sie stand mit dem Rücken zu ihr, reglos, direkt neben einem der schmalen Fenster auf der Seite der Kirche, die dem Dorf zugewandt war. Sie musste einen anderen Weg genommen haben. Ein Schatten nur, der Schatten eines Mantels mit Kapuze, höchstens zwanzig Meter entfernt.

Intuitiv trat sie weiter hinter den Turm zurück. Sie spürte ihr Herz schlagen. Dann sagte sie in Richtung der Gestalt: »Michaela?«

Sie war selbst überrascht vom klaren Ton ihrer Stimme in der Stille. Die Gestalt in dem Mantel zeigte keine Reaktion.

»Michaela?«, sagte sie noch einmal und trat jetzt ganz hinter der Turmmauer hervor. Sie sah, wie die Gestalt sich umdrehte. Und sie hörte, wie sich ein Wort von dieser Gestalt löste. Wie ein Vogel flog es durch die schwarze Luft auf sie zu.

»Mama?«

Vielleicht, dachte sie, war das der Tod. Aber die Erlösung war es nicht.

Teil 1

Der Schmetterling

Erster Tag

Mittwoch, 17 Uhr
Berlin

Das Zeichen war ein Punkt hinterm Auge. Anders hätte Gabriel Tretjak es nicht beschreiben können. Ein winziger, glühender Punkt. Er konnte ihn direkt durch die Pupille der Frau sehen, die ihm gegenübersaß.

»So ist es also«, sagte sie. »Mein Leben geht gerade kaputt. Ich weiß nicht, was ich tun soll, ich habe Angst, alles, was mir wichtig ist, zu verlieren.«

Sie war am Ende ihrer Ausführungen angelangt, vorläufig jedenfalls, und sah ihn nun stumm an.

Sie war keine auffällige Erscheinung. Die Menschen an den Tischen um sie herum nahmen keine Notiz von ihr. Eine kleine, zierliche Gestalt in weißer Bluse und schwarzer Hose, die Haare zu einem strengen Pagenkopf geschnitten, schwarz gefärbt. Alles an ihr wirkte gepflegt und diszipliniert, ihre schmale Hand hielt das Wasserglas umfasst, als müsste sie es verteidigen. An einem Finger befand sich ein dünner Ring aus Weißgold mit einem kleinen, grün schimmernden Stein. Der Kellner schenkte aus der großen Wasserflasche nach und entfernte sich wieder. In einer Sofaecke schräg hinter ihnen nahm eine Gruppe junger Männer Platz, allesamt in Jeans und jeder mit einem Laptop bewaffnet. Am Tisch daneben saß ein alter Mann mit Schnauzbart und Baseballmütze auf dem Kopf.

Gabriel Tretjak kannte den Blick, mit dem ihn die Frau ansah. Die Fragen in diesem Blick: Sind Sie meine Hoffnung? Können Sie meine Probleme lösen? Dieser Blick allein hatte erst einmal nichts zu bedeuten. Als er damit angefangen hatte, sich in fremde Leben einzumischen, sie zu verändern oder ganz neu aufzustellen, hatte er schnell lernen müssen, in Gesichtern zu lesen. Vor allem, bevor er einen Auftrag überhaupt annahm. Eine solche Aussicht gefiel schließlich allen Menschen: dass einer kommt, sich ihrer Probleme annimmt und alles regelt. Aber waren sie sich auch der Konsequenzen bewusst? Waren sie entschlossen genug zu springen? Zu springen von den hohen Klippen ihrer aufgehäuften Realitäten – in ein neues, unbekanntes Leben? Wenn sich im Laufe eines Auftrages herausstellte, dass diese Entschlossenheit fehlte, konnte das für alle Beteiligten sehr unerfreulich werden, manchmal auch gefährlich.

Gabriel Tretjak hatte gelernt, nach dem glühenden Punkt im Auge zu suchen. Wenn er da war, konnte man weitersprechen.

»Was hat man Ihnen gesagt?«, fragte er die kleine, strenge Frau. Anna Weiß war ihr Name.

Sie saßen im siebten Stock des »Soho House«-Clubs in Berlin. Es war später Nachmittag, ein schöner Frühlingstag ging allmählich zu Ende. Fast alle Türen zu dem rundumlaufenden Balkon waren offen. Draußen standen Leute und rauchten. Junge, gutaussehende Leute, Schauspieler, Werber, Journalisten, die lässige Kleidung sorgfältig ausgesucht.

Gabriel Tretjak bewohnte hier seit drei Monaten ein Apartment. Und er würde noch genau zwanzig Tage darin wohnen bleiben. Dann würde sein bisheriges Leben zu Ende sein.

Er konnte sich gut vorstellen, was Anna Weiß gesagt worden war. Der Mann, der ihr geraten hatte, Tretjak zu treffen, war ein lauter, polternder Mensch, der immer übertrieb und nicht zuhörte. Ein Topmanager aus der Stahlbranche, dem Tretjak einmal seinen Job gerettet hatte. Eine Planierraupe mit Charme, wenn es so etwas gab. Es sprach für diese Frau, dass sie die Übertreibungen nicht wiedergab, sondern zurückhaltend formulierte.

»Falls Sie in meiner Sache tätig würden, wurde mir gesagt, falls …« Sie machte eine kleine Pause. »… dann würde für mich bestimmt alles gut ausgehen.«

Gabriel Tretjak blickte an ihr vorbei zu den Fenstern. Er sah die Dächer der Stadt und das Spiegelbild der Szenerie im Club. Auch sich selbst sah er dasitzen, in der dunkelblauen Hose und dem leichten schwarzen Kaschmirpullover. Er trug die Haare jetzt etwas kürzer als früher, die schwarzen Haare, die er von seiner Mutter geerbt hatte. Man würde es für eine der üblichen beruflichen Besprechungen halten, die um diese Uhrzeit hier stattfanden. Die Businessfrau um die vierzig – und der etwas ältere Mann, der bislang hauptsächlich zugehört hatte. Tretjaks Gedanken verirrten sich kurz zu den langen Wochen in der Rehaklinik, wo er erschrocken war, wenn er seinem Spiegelbild begegnete. Vergangenheit. Geschenkt.

Er dachte an das Hotelzimmer in Hongkong, das er erst vor 48 Stunden verlassen hatte, an die Frau, die dort auf ihn wartete. Zum ersten Mal würde er den Weg in die Zukunft nicht allein antreten.

Gabriel Tretjak schob das Wasserglas vor sich zur Seite, entnahm seiner Aktentasche einen Stapel weißer Blätter Papier und seinen Parker-Füller. Er legte beides vor sich auf den Tisch. Das alte, vertraute Werkzeug, mit dem immer alles angefangen hatte. Informationen notieren, Personen skizzieren, Beziehungsgeflechte aufmalen – am Ende waren die Blätter immer überzogen mit einem dunkelblauen Muster aus Worten, Zahlen, Linien und Symbolen. Landkarten eines fremden Lebens. Tretjak schrieb auf den Kopf des ersten Blattes das Datum und darunter den Namen »Anna Weiß«. Der Regler bei der Arbeit. Er spürte, dass sie jede seiner Bewegungen genau beobachtete.

»Möchten Sie etwas essen?«, fragte er und lächelte. »Die haben hier eine ordentliche Pizza.«

Sie schüttelte ganz sachte den Kopf.

»Nein, danke«, sagte sie und lächelte auch.

Tretjak hatte die Erfahrung gemacht, dass Männer dazu neigten, von genau einem Problem zu sprechen, wenn sie seine Dienste in Anspruch nehmen wollten. Sie versuchten, das Problem einzugrenzen, vom Rest ihres Lebens abzukoppeln. Es war dann Tretjaks erste Aufgabe, ihnen klarzumachen, dass sie mehr von sich erzählen mussten, dass ein Problem nie isoliert zu betrachten – und schon gar nicht zu lösen war. Bei Frauen war es eher umgekehrt. Wenn sie sich durchgerungen hatten, Hilfe zu beanspruchen, kippten sie einen ganzen Sack vor ihm aus – mit allem, was derzeit schieflief, sich nicht gut anfühlte, Ratlosigkeit erzeugte oder den Kontostand belastete. Dann war es an ihm, Ordnung in diesen Haufen zu bringen, zu sortieren, was wichtig war.

Das Muster, das jetzt in der tiefstehenden Frühlingssonne auf seinen weißen Blättern entstand, formierte sich um drei zentrale Probleme. Eines hatte mit der Ehe der tapfer lächelnden Frau zu tun, eines mit ihrem Job und das letzte mit ihrem Vater.

Anna Weiß war glücklich in ihrer Ehe, sie liebte ihren Mann, einen offenbar sanften, ruhigen Sprachenlehrer, der zehn Jahre älter war als sie und ihr den Rücken für ihre Karriere freihielt. Gemeinsam hatten sie einen fünfjährigen Sohn. In dem kleinen Wort »gemeinsam« lag die Bombe. Weil es nicht ganz zutraf. »Er hatte sich so sehr ein Kind gewünscht, und ich hatte mir so sehr gewünscht, ihm eins zu schenken«, formulierte sie es. Als das einfach nicht klappen wollte, vertraute sie sich einem alten Schulfreund an. »Wir kannten uns schon immer, haben uns immer alles erzählt. Mit 15 waren wir einmal kurz verliebt ineinander, so einer, wissen Sie. Wir mussten nur zweimal miteinander schlafen, schon war ich schwanger.«

Erpresser hatten meistens keine vielschichtigen Motive, das wusste Tretjak von einem Pariser Kriminologen, dessen Spezialgebiet die Motivforschung war. Sie wurden erst zu Erpressern, wenn sie in eine Situation kamen, die sie selbst als Notlage empfanden. Dann schoben sie alle Skrupel beiseite. Erpresser redeten sich ein, dass ihnen zustand, was sie forderten. Der Schulfreund von Anna Weiß war freier Anlageberater und in der Finanzkrise unter Wasser geraten. Jetzt betrachtete er ihr gemeinsames Geheimnis als sein letztes Kapital. Der übliche Verlauf bei Erpressung: erst kleinere Beträge, dann größere, quälende Anrufe, versteckte Drohungen, eine Spirale der Gemeinheit. Tretjak interessierte sich vor allem für genaue Informationen über diesen Mann, er notierte auch scheinbar unbedeutende Kleinigkeiten.

»Was würde passieren, wenn Sie sich befreien, indem Sie es Ihrem Mann sagen?« Kurz dachte er an die Frau in dem Hotelzimmer in Hongkong. Erst wenn alle Geständnisse abgelegt sind, fängt das Geheimnis an, hatte sie zu ihm gesagt.

»Die Leute sind immer ganz entzückt, wie sehr unser Sohn meinem Mann ähnelt«, antwortete Anna Weiß auf seine Frage. Ihr Gesichtsausdruck dabei zeigte die vielen schlaflosen Nächte, in denen sie die Möglichkeit verworfen hatte, ihrem Mann die Wahrheit zu unterbreiten.

Ihr berufliches Problem war vergleichsweise einfach. Sie war eine von zwei Geschäftsführern einer großen Parfümeriekette, zuständig für den Aufbau eines modernen Internet-Versandhandels. Sie hatte für ihre Pläne gekämpft, sehr hohe Investitionen genehmigt bekommen – aber die Sache kam nicht in Schwung. Technische Probleme, viel zu geringe Umsätze. Sie war dabei, auf ganzer Linie zu scheitern, und rechnete damit, ihren Job zu verlieren. Einem Headhunter, der ihr vor kurzem eine andere Stelle angeboten hatte, hatte sie dennoch abgesagt. »Ich finde, ich bin es meinen Leuten und dem Unternehmen schuldig, jetzt nicht von Bord zu gehen.«

Ihren Vater hatte Frau Weiß in ihren Ausführungen eher nebenbei erwähnt, aber Tretjak maß ihm große Bedeutung bei. Ein starrsinniger Patriarch, der seit dem Tod seiner Frau in einem viel zu großen Haus auf dem Land lebte, inzwischen mit der Diagnose Alzheimer, die sich zunehmend bemerkbar machte. Er weigerte sich, irgendeine andere Wohnlösung auch nur in Betracht zu ziehen, und erwartete, dass seine Tochter, das einzige Kind, sich um ihn kümmerte.

Die Clubräume des »Soho House« begannen sich zu füllen. Die eher stille Atmosphäre des Nachmittags begann sich zu verändern. Hinter dem großen Bartresen ertönten die ersten Geräusche der Cocktailshaker, Gelächter wehte durch den Raum, aus den tiefen Samtsofas ragten immer mehr schaukelnde Frauenbeine in High Heels. Tretjak mochte die Stimmung, die herumfliegenden Satzfetzen in verschiedenen Sprachen, das Gefühl, dass man unbehelligt seinen Angelegenheiten nachgehen konnte. Er hatte seine Notizen inzwischen auf dem Tisch ausgebreitet. Über das blauweiße Muster blickte er in das blasse, ungeschminkt wirkende Gesicht, zu dem dieses Muster gehörte. Fragen schwebten über dem Tisch: Wann hört die Liebe auf? Wo fängt die Pflicht an? Wem ist man was schuldig? Wie lange? Welche Versprechen muss man einlösen? Darf man sich verändern? Was verliert man, wenn man es tut?

»Nichts Besonderes, was da ausgebreitet ist, oder?«, sagte Anna Weiß. »Eigentlich nur ganz normale Geschichten, die das Leben so auf Lager hat. Das werden Sie mir jetzt sagen, nicht wahr?« Sie sah ihn aus ihren schmalen, beinahe asiatisch wirkenden Augen an. Der Punkt glühte.

»Was das Leben so auf Lager hat, wissen wir alle«, antwortete er. »Darauf kommt es nicht an. Die Frage ist: Was halten wir dagegen?«

Vielleicht lag es an der Frühlingssonne, die den langen Winter heute endgültig vergessen ließ. Vielleicht hatte er einfach Lust darauf, diese Frau zu überraschen, die damit rechnete, dass er sie wegschickte. Oder es waren nur ein paar chaotische Moleküle in der Entscheidungsmaschine seines Gehirns. Jedenfalls beschloss Gabriel Tretjak, dass er diesen Fall regeln würde, sofern man hier überhaupt das Wort »Fall« benutzen wollte. Die Sache war einfach, eher eine Fingerübung als eine Herausforderung, und die zwanzig Tage, die er noch zur Verfügung hatte, waren mehr als genug dafür.

»Sie werden für zwei Wochen aus Ihrem Leben verschwinden«, sagte er ohne Überleitung. »Lassen Sie sich eine Ausrede einfallen für Ihre Firma und Ihre Familie. Sie müssten mal Ruhe finden, so was in der Art. Ich bringe Sie in einem Schweigekloster unter, in Franken. Niemand kann Sie erreichen – nur ich. Und Sie werden auch mit niemandem sprechen – nur mit mir.«

Ungläubig sah sie ihn an, sogar ein wenig belustigt. Unbeirrt fuhr er fort, sprach langsam und klar: »Ich werde in der Zwischenzeit die Sache in die Hand nehmen. Wenn Sie zurückkommen, ist alles geregelt.« Die Blätter mit den Notizen verschwanden in seiner Aktentasche, die Aktentasche verschwand unter dem Tisch. Tretjak lehnte sich zurück. Er hatte schon aus den Augenwinkeln bemerkt, dass die Bediensteten mit großen Tabletts herumliefen und kleine Gläser Champagner verteilten. Jetzt stellte eine junge Frau auch auf ihrem Tisch zwei davon ab.

»Eine Laune des Hauses«, sagte sie, »genießt es.«

Anna Weiß würdigte weder die Kellnerin noch die beiden Gläser eines Blickes.

»Alles geregelt?«, wiederholte sie. »Wie muss ich mir das vorstellen?«

»Ihr Schulfreund wird Sie für immer in Ruhe lassen, Sie werden nie wieder von ihm hören«, sagte Tretjak. »Ihre Firma wird Ihnen die Möglichkeit geben, Ihre Fehler zu korrigieren. Und Ihr Vater wird ein neues Zuhause gefunden haben. Wenn Sie ihn dort besuchen, wird er sich bei Ihnen bedanken. So müssen Sie sich das vorstellen.«

Es entstand eine Pause. Tretjak glaubte, beobachten zu können, wie seine Worte ihren Weg fanden ins Bewusstsein seines Gegenübers.

»Wann wird … Ich meine, wann geht das los?«, fragte Anna Weiß schließlich leise.

Er überlegte nur kurz. »Sagen wir: in 24 Stunden.«

»Dann muss ich schon weg sein?«

Er nickte.

»Und wenn etwas schiefgeht?«

»Es wird nichts schiefgehen«, sagte Gabriel Tretjak. Und fügte den Satz hinzu, den er schon bald darauf bereuen sollte: »Ich verspreche es Ihnen.«

Wenig später beobachtete er die zierliche Frau, wie sie zum Lift ging. Sie hatte ihren Mantel über den einen Arm geworfen, über dem anderen hing die Handtasche. Vor dem Aufzug musste sie warten, aber sie blickte sich nicht ein Mal um. Der Champagner in dem Glas an ihrem Platz sprudelte unberührt vor sich hin. Gabriel Tretjak wartete auf den Kellner mit der Rechnung.

Es gehörte zur Besonderheit des Clubs, dass man sich hier duzte und mit Vornamen anredete. Tretjak konnte sich daran irgendwie nicht gewöhnen, immer erschrak er ein wenig, wenn ihn plötzlich jemand so ansprach.

»Vielen Dank, Gabriel«, sagte der Kellner angesichts des Trinkgeldes. »Vorhin ist übrigens deine neue Golfausrüstung angeliefert worden«, fügte er hinzu. »Wir haben sie gleich in dein Apartment gebracht.«

»Ich spiele kein Golf«, sagte Tretjak. Wahrscheinlich eine Verwechslung. Kaum jemand wusste, dass er hier wohnte. Seine Kommunikation lief fast ausschließlich über Telefon und E-Mail.

Doch als er sein Apartment aufsperrte, stand tatsächlich ein großer Karton mitten im Zimmer, rechteckig, etwa einen Meter hoch, mit Stahlbändern umwickelt.

Tretjaks Apartment war ein L-förmiger Raum mit einer breiten Fensterfront. Blickfang war ein mit einer roten

Samtdecke überzogenes Kingsize-Bett. Es gab ein Sofa mit einem kleinen Tisch und eine lange Anrichte. Ums Eck befanden sich eine freistehende Badewanne und die Türen zu Dusche und Toilette. Die Wände waren weiß gekalkt, der Fußboden war mit Eichendielen belegt, von der Decke hing ein Kronleuchter. Von hier aus hatte Gabriel Tretjak in den vergangenen Monaten sein altes Leben Stück für Stück abgerissen – und sein neues geplant. Er würde dieses neue Leben mit sehr leichtem Gepäck antreten. Die weißen Einbauschränke enthielten nur noch so viel Kleidung, wie in eine einzige Reisetasche passte. Geldtransfers, die Aufenthaltsgenehmigung für Hongkong – alles war erledigt, die Papiere lagen im Safe hinter der Anrichte. Dort lagerten auch zehn Computersticks und ein Buch mit schwarzem Ledereinband. Die Sticks enthielten alles, was den Regler ausmachte – sein in zwanzig Jahren feingesponnenes Netz aus Kontakten und Informationen. Wertvolle Geheimnisse waren auf diesen Sticks, überraschende Verbindungen zwischen Menschen, Institutionen und Begebenheiten. Zwischen der ehrenwerten Welt der Mächtigen und der dunklen Welt des Verbrechens. Die Fäden des Netzes spannten sich zwischen Regierungssitzen und Spielcasinos, Konzernzentralen und Drogenlagern, Zeitungsredaktionen und Kliniken. Die Methoden eines israelischen Super-Hackers waren ebenso verzeichnet wie die Lebensgeschichte einer Schweizer Kernphysikerin. Als er hier eingezogen war, war dieses Wissen um Abhängigkeiten und Verstrickungen noch ganz anders aufbewahrt. In Ordnern mit Aufzeichnungen, in Schachteln mit Tonkassetten, Videokassetten und altmodischen Computerdisketten, in Klarsichthüllen mit Fotos, in Adressbüchern mit Telefonnummern. Tretjaks Material beinhaltete Stadtpläne mit Vermerken, vertrauliche Arztberichte,

Überwachungsprotokolle von Detekteien, Kopien von vertraulichen Briefwechseln. Alles war eingeschlossen in Alukoffern. Wochenlang hatte er gearbeitet, hauptsächlich nachts, mit Scanner und iPhone und einem Aktenschredder. Und jeden Morgen waren mehr Unterlagen in schlanke Bytes umgewandelt, und er hatte wieder Müll wegbringen können in einer alten Tasche, vorbei an der Rezeption des »Soho House«, wo ihm die hübschen jungen Empfangsdamen einen schönen Tag wünschten.

Ein Satz Kopien der Sticks lagerte jetzt in einem Bankschließfach. Systematisch war diese Arbeit gewesen, befriedigend, die Gedanken ordnend. Tretjak hatte sie gern gemacht. Die andere Arbeit, deren Resultat das schwarze Buch im Safe war, hatte sich jeder Struktur verweigert. Tretjak hatte sich nur sporadisch daranmachen können, in besonderen Stimmungen. Fast immer hatte er als Begleiter eine Flasche Wodka neben sich gebraucht.

Er dachte an Carola, hatte das Bedürfnis, sie anzurufen. Aber in Hongkong war es jetzt spät in der Nacht. Das schwarze Buch war Teil ihrer Bedingungen gewesen für die Entscheidung, bei ihm zu bleiben. Er würde es ihr gleich nach seiner Landung noch im Flughafengebäude in die Hand drücken.

Tretjak setzte sich an den Sofatisch, holte seine Aufzeichnungen über Anna Weiß hervor und machte sich noch ein paar Notizen, wen er morgen früh in dieser Angelegenheit kontaktieren würde. Danach rief er im Restaurant »Trois Minutes« an und bestellte einen Tisch für 20 Uhr 30. Er hatte Lust auf Austern und ein Entrecote.

Erst dann widmete er sich dem Karton, der zwischen Tisch und Eingangstür stand. Es war auffällig, dass keinerlei

Aufkleber, Stempel oder Lieferscheinhüllen zu sehen waren. Nur sein Name und die Adresse waren daraufgeschrieben, mit schwarzem Filzstift, in großen Lettern. Der Service hatte freundlicherweise eine Schere für die Stahlbänder dazugelegt.

Im Inneren des Kartons befand sich ein schwarzer Sack aus grobem, wasserdichtem Kunststoff, wie ihn Motorradfahrer für ihr Gepäck nutzten. Als Tretjak ihn oben am Verschluss öffnete und aufrollte, kam eine weitere Plastikhülle zum Vorschein, genauso fest, aber diesmal durchsichtig. In solche Folien wurden große Schinken eingeschweißt. Langsam zog Tretjak das Paket aus dem schwarzen Sack.

»Gabriel, was kann ich für dich tun?«, sagte eine Minute später die freundliche Stimme der Rezeptionistin am Telefon.

»Du kannst die Polizei rufen, sofort. Am besten die Kriminalpolizei«, sagte er. »Sie sollen direkt in mein Apartment kommen.«

Tretjak sah auf die Uhr. Er hatte noch ein paar Minuten Zeit. Das würde für den Anruf reichen. Er setzte sich auf das Sofa und tippte die SMS in sein Handy, die den Anruf ankündigte. Dann erst wählte er eine Nummer in Amsterdam. Die Prozedur musste sein, sonst bekam man den Teilnehmer nicht an den Apparat. Sein Bruder Luca telefonierte nicht, nie. Sein Bruder Luca hatte eine Sprachstörung und war fast immer stumm. Er konnte am Telefon nur zuhören.

Das Telefonat dauerte nicht lange. Am einen Ende der Verbindung war nur Atem zu vernehmen. Am anderen Ende gab Tretjak die wesentlichen Informationen durch. Dass er ein Paket erhalten habe, auf dessen Inhalt ein kleines Tattoo zu sehen war, ein Signet, das sie beide sehr gut kannten.

Tretjak musste seinem Bruder nicht sagen, dass er das der Polizei nicht mitteilen würde. Aber was der Inhalt des Paketes war, das sagte er Luca: zwei Frauenbeine, abgetrennt direkt unterhalb der Hüfte.

Mittwoch, 23 Uhr
Mallersdorf, Niederbayern

Warum fuhr er in letzter Zeit so schnell? Es war nur eine Landstraße, sie war nicht einmal breit, und es war stockdunkel. Aus dem Wald konnte jederzeit ein Reh kreuzen. Aber die Tachonadel zeigte 170 Stundenkilometer. Pfarrer Joseph Lichtinger kannte jeden Meter dieser Straße. Er wusste genau, wann die nächste Kurve kam – lange bevor sie im Fernlicht auftauchte. Er konnte das Bremsmanöver auf die Sekunde hinauszögern. Aber warum tat er das? Die Bäume standen so dicht an der Straße, dass es aussah, als würden die Scheinwerfer beim Fahren eine Schneise in den Wald schlagen. Vielleicht war es so, dachte Joseph Lichtinger. Vielleicht befand er sich gar nicht auf asphaltiertem Boden in Niederbayern, sondern raste durch ein Paralleluniversum, durch eine virtuelle Welt aus Teilchen, Lichtblitzen und Bildprojektionen seines Gehirns. Eine gottlose Welt. Endlich eine freie, gottlose Welt.

Es war kurz vor Mitternacht, und Joseph Lichtinger war auf dem Weg ins Krankenhaus in Mallersdorf. Eine Frau seiner Gemeinde, die alte Zenta, würde die Sonne nicht mehr aufgehen sehen. Die Nachtschwester hatte ihn angerufen. Auf seinem Beifahrersitz lag die schwarze Tasche mit der Kerze, dem geweihten Öl und einem weißen Tuch, das gerade groß genug war für das Beistelltischchen im Krankenhaus. Ein goldenes Kreuz war daraufgestickt. Lichtinger kannte

Zenta, seit er ein kleiner Bub gewesen war. Sie war eine furchtbare Frau. Ihre große Familie und Heerscharen wechselnder Angestellter des Hofes waren an ihr zerschellt. Kalt wie ein Stein im Winter, das hatte mal jemand über sie gesagt. Daran hatte Lichtinger die letzten Wochen oft denken müssen, wenn er sie besuchte.

Manche Menschen erledigten das Sterben so, wie sie unangenehme Dinge zeitlebens erledigt hatten: Sie taten es eben, fertig. Andere verwandelten sich in der letzten Kurve, wurden plötzlich andere Menschen, zornige oder milde, ungnädige, redselige ... alles war möglich. Aus der harten Zenta war ein jammerndes Häuflein Elend geworden, zerfließend in Selbstmitleid, die Augen ständig voll Wasser. »Sie kann nicht gehen«, hatte der Arzt zum Pfarrer gesagt. Und hatte noch hinzugefügt: »Vielleicht, weil sie auf der anderen Seite niemand haben will.«

Und er, Lichtinger? Konnte er loslassen? Wollte er vielleicht sogar loslassen? Das weiße Scheinwerferlicht, die schwarzen Bäume, die blau schimmernden Armaturen des Wagens ... Die andere Seite ... Lieber Gott, wie viele andere Seiten gab es?

Die Nachtschwester hatte Lichtinger nicht zu Hause erreicht. Sein Handy hatte geklingelt, als er sich auf einem warmen Körper befand, auf weicher Haut. Nur ein Schweißfilm war zwischen dieser Haut und seiner eigenen gewesen – und fremder Atem an seinem Ohr. Das Geräusch der anderen Seite, *einer* anderen Seite. Er würde in der Nacht auf diesen Körper zurückkehren, die Beine würden sich wieder spreizen und um seine Hüften schlingen. Der Geruch von Schweiß und Parfüm hing noch an ihm unter dem schwarzen Anzug.

Joseph Lichtinger drosselte die Geschwindigkeit, schaltete zwei Gänge zurück. Er würde in Zukunft wieder vernünftig fahren. Der Herr in jedem von uns, jeder ein Geschöpf des Herrn. Alles nach seinem Willen, alles richtig, wie es war. Morgen würde er Gabriel Tretjak noch einmal kontaktieren. Jetzt, wo er herausgefunden hatte, wo er sich versteckt hatte. Gabriel würde ihm zuhören, wie früher würde er ihm zuhören. Er würde ihm zuhören müssen. Er konnte sich nicht einfach aus dem Staub machen.

Auf dem weiten Parkplatz vor der Klinik standen nur drei verlorene Fahrzeuge im Licht der Laternen. Lichtinger fuhr bis vor den Eingang der Notaufnahme, stieg aus. Er nickte dem Mann am Empfang nur zu. Anzug und Kollar eines Pfarrers öffneten jede Tür. Er kannte den Weg in die Wachstation. Und er wusste, was passieren würde: Er würde eine runzelige Hand in die seine nehmen, eine papierne Stirn salben. Er würde den Herrn um die Vergebung der Sünden bitten, um Gnade für eine Seele, deren Hülle schon nach Verwesung roch.

Zweiter Tag

Donnerstag, 10 Uhr
Amsterdam

Marko hatte die blonde Perücke aufgesetzt, die schwarze Lederjacke angezogen und das kurze Netzhemd, das durchsichtige. Als er auf seinen hohen Schuhen durch Amsterdams Rotlichtviertel lief, fragte er sich, ob die ersten Huren in den Häuserfenstern ihn vielleicht für eine Konkurrenz hielten. Die Vorstellung, als Frau gesehen zu werden, gefiel ihm. Er mochte es, wenn Männer dann an Sex mit einer Frau dachten und nicht merkten, dass er eben keine Frau war. Und dass auch die Frauen irgendwelche Sachen dachten, wenn sie ihn sahen.

Das Studio lag in einer schmalen Seitengasse, und man sah ihm seine Exklusivität nicht an. Eine schwarze Eingangstür, keine Fenster. Das war eines der Prinzipien der Chefin. Sie wollte keinerlei Tageslicht. Hier herrschte die Dunkelheit und – wo es darauf ankam – künstliches Licht, weiß, klar, scharf. Aus der ganzen Welt kamen die Leute hierher, oft warteten sie monatelang auf einen Termin bei ihr, der Tattoo-Meisterin. Oft hatten die Kunden eine genaue Vorstellung, welches Tattoo sie wollten, aber wenn sie den Laden wieder verließen, hatten sie ein anderes auf ihrem Körper. Die Chefin war berühmt dafür, dass sie einen Menschen nur anschauen musste, um zu wissen, welche Tätowierung er brauchte. Und dann gab es keine Widerrede. Gelegentlich setzte sie eines ihrer Lieblings-Tattoos, ein besonders großes, auf den gesamten Arm einer Kundin, wenn sie spürte, dass die Frau in Not war. Es zeigte ein Schiff im Meeressturm und an Deck eine schöne, starke Frau. Das Tattoo hatte eine einfache Bedeutung: Diese Frau mochte im Sturm des Lebens stecken – untergehen würde sie nie.

Mary hieß sie, für alle nur Mary. Die alte Mary. Keiner konnte ihr Alter schätzen, außer: sehr alt, biblisch alt. Sie stammte aus Südafrika und war vor langer Zeit nach Amsterdam gekommen. Die Legende sagte, sie habe einmal eine Affäre mit dem jungen Nelson Mandela gehabt. Ihr Körper war übersät mit Tattoos, es gab angeblich schon lange keine freie Stelle mehr. Die Frau auf dem Schiff hatte am linken Arm ihren Platz gefunden.

»Ich muss Mary sprechen«, sagte Marko.

Die junge Frau am engen Eingangstresen teilte ihm mit, Mary habe heute keine Sprechstunde. Und ohne Termin könne man mit Mary nicht sprechen.

»Schmetterling«, sagte Marko. »126. Sagen Sie ihr das.« Schmetterling. 126. Das waren die Zauberworte, die ihm Luca mitgegeben hatte. Luca liebte Zauberworte, die einem Eingang verschafften – zu welcher Welt auch immer. Marko hatte noch nicht erlebt, dass ein solches Zauberwort von Luca nicht funktionierte. Vor einiger Zeit hatte er Luca einmal gefragt, welches Zauberwort bei ihm, Marko, funktioniere. Da hatte Luca sofort geantwortet, mit seiner unglaublichen Stimme: »Bei dir ist der Zaubercode einfach. Er heißt: ›Ich liebe dich.‹«

Luca, der die meiste Zeit stumm war, hatte geantwortet. Luca, bei dem die Ärzte nicht wussten, woher diese Sprachstörung kam und warum sie gelegentlich für kurze Augenblicke verschwand, dieser Luca, der sich sonst nur schriftlich äußerte, hatte gesprochen. Es war ein wunderbarer Augenblick gewesen. »Ich liebe dich.« Er hatte es einfach so gesagt. Und doch war es nicht einfach eine Liebeserklärung, sondern auch Teil eines Spiels. Bei Luca war nie etwas »nur so«. Marko wusste schon lange, dass dieser Mann für ihn die Liebe seines Lebens war. Schwere Liebe. Wunderbare Liebe. Komplizierter ging es nicht. Also genau so, wie es Marko sich immer erträumt hatte.

Die Frau am Tresen verschwand, und ein paar Minuten später war Mary da.

»Was kann ich für Sie tun?«

Sie trug ein schwarzes Kleid, jede ihrer Bewegungen wirkte in dem düsteren Raum wie ein Schattenspiel. Marko zog den Ausdruck eines Fotos aus seiner Handtasche. Darauf war sehr gut sichtbar ein Tattoo abgebildet, ein blauer Schmetterling.

»Ich soll fragen«, sagte Marko, »ob das ein Schmetterling 126 ist.«

Luca hatte das Foto irgendwann in der Nacht per Mail erhalten. Es kam von seinem Bruder, von Gabriel. Luca Tretjak. Gabriel Tretjak. Zwei Brüder, die sich nie sahen, die nie miteinander kommunizierten. Marko war diese Beziehung schon immer unheimlich gewesen. Luca wollte nie etwas von seinem Bruder berichten. Marko hatte irgendwann aufgehört zu fragen. Er wunderte sich, wie ruhig Luca auf die Mail des Bruders reagiert hatte. Als wäre die plötzliche

Nachricht von Gabriel gar nichts Besonderes gewesen. Er hatte Marko die Mail nicht lesen lassen. Auf den Weg zu Mary hatte er ihm nur das Foto mitgegeben – und ein paar Informationen, die er noch in den Laptop getippt hatte. Es sei ein ganz besonderer Schmetterling, der Schmetterling 126. Er habe ein doppeltes Flügelpaar, und die zweiten Flügel bestünden aus reinem Gold. Was bedeutete, dass flüssiges Gold direkt in die Haut injiziert wurde. Der Schmetterling 126 sei äußerst selten. Nur sehr wenige Tätowierer seien überhaupt in der Lage, dieses Tattoo anzufertigen.

Mary schaltete eine winzige Taschenlampe an, die ein grelles weißes Licht warf, und richtete sie auf das Foto. Mit einer Lupe setzte sie die Prüfung fort.

»Ja«, sagte sie, »das ist ein Schmetterling 126, ohne Zweifel. Aber da stimmt was nicht.«

»Was meinen Sie?«, fragte Marko.

»Wo befindet sich dieses Tattoo? In welches Material ist es injiziert? Leder?«

»Soweit ich weiß«, sagte Marko, »gehört es einer Frau, die gestorben ist.«

»Nein.« Mary schüttelte den Kopf. »Das ist keine Haut, auf keinen Fall.«

Marko ging kurz auf die Straße und schickte Luca eine SMS: *Du musst kommen. Du musst das selbst klären.*

Es dauerte nur ein paar Minuten, bis Luca da war; er hatte wie verabredet in einem Café um die Ecke gewartet. Marko gab ihm einen Kuss auf den mit schwarzem Lippenstift umrandeten Mund. Als Luca das Studio betrat, wirkte seine weiße Haut noch weißer als sonst. Und als Mary die Taschenlampe kurz einschaltete, wirkte es, als würden Lucas kurze rote Haare phosphoreszieren.

Luca holte sein iPad hervor. Mary redete, und er tippte. Sie brauchten nicht lange, dann hatten sie die Lösung gefunden.

»Kann es sein«, schrieb Luca, »dass das Tattoo erst nach dem Tod der Frau aufgetragen wurde? Dass das tote Haut ist, auf der der Schmetterling sitzt?«

»Ja«, sagte Mary, »tote Haut. Haut ohne Blut. Verweste Haut, gelbe Haut. Schreckliche Haut. Das ist es. Aber was soll das? Ein so schönes, so teures Tattoo auf eine Leiche? Das verstehe ich nicht.«

Aber Luca hatte es verstanden. Das spürte Marko ganz genau, als sie das Studio verließen. Luca zog ihn neben sich auf die erste Bank an der Straße und tippte eine Mail an seinen Bruder Gabriel. Er machte keine Anstalten zu verbergen, was er schrieb: »Die Spur führt nach Mutzenkreuz. Wir brauchen einen Plan. Schnell.«

Donnerstag, 11 Uhr
Fecharn am See

Wenn er hätte sagen müssen, was seinen Alltag bestimmt hatte, hier in dem kleinen Zimmer in dem großen Landsitz am schönen See, dann waren es vor allem zwei Dinge: die Tabletten und sein Handy. Die kleinen weißen Tabletten, die große gelbe, die vier roten und die Handvoll blauen. Jeden Tag musste er sie nehmen, verteilt auf morgens, mittags und abends. Wenn er die große gelbe schluckte, musste er jedes Mal würgen. Die roten hatten einen leichten Nachgeschmack, es schmeckte ein klein wenig verfault, nach Moder, fand er, obwohl er nicht sagen konnte, dass er jemals Moder geschmeckt hätte. Die anderen Tabletten waren in Ordnung, die schluckte er einfach runter. Bei den kleinen weißen hatte er mal den Beipackzettel gelesen. Es stand eine Warnung drin: Wenn ein Gesunder aus Versehen eine dieser Tabletten nahm, musste er augenblicklich die Notaufnahme eines Krankenhauses aufsuchen.

Die Schwester gab ihm die Tabletten immer mit den identischen Worten: »So, jetzt bringe ich noch etwas Süßes, Herr Kommissar.« Es war immer dieser Satz, sie variierte nie ein einziges Wort.

Herr Kommissar. Alle sprachen ihn hier so an, die Ärzte, der Psychologe, die Physiotherapeutin. Als seien sie alle froh, ihm etwas zurufen zu können aus seinem alten Leben, in der Hoffnung, es könnte ihm Selbstbewusstsein bringen. Allzu viele Berufsbezeichnungen eigneten sich gar nicht für diese Ansprache, Herr Doktor, Herr Professor, das ging, Herr Ingenieur auch, aber Herr Metzger, Herr Schaffner, Herr Architekt? Der »Kommissar« hörte sich seltsam für ihn an, jedes Mal wieder, aber auch nicht seltsamer als alles andere.

Der Herr Kommissar. Jetzt an diesem Vormittag stellte August Maler seine zwei gepackten Taschen auf sein Bett. Heute war sein letzter Tag. Inge würde ihn am Nachmittag abholen, dann ging es wieder nach Hause. Acht Wochen war er hier auf diesem Landsitz gewesen, der kein Landsitz war, sondern eine Rehaklinik für Herzkranke. Welcher Tag, welche Woche, nichts spielte eine Rolle. Zuerst war das Wetter schlecht gewesen, inzwischen war der Frühling da. Am Anfang hatte er ihn nur aus den Fenstern gesehen, doch irgendwann war er auch draußen im Park spazieren gegangen. Das Knirschen der Kieswege hatte anders geklungen unter den schwachen Füßen als später unter dem stärker werdenden Tritt.

Heute war Donnerstag, das wusste er, weil der Doktor irgendwann zu ihm gesagt hatte, am Donnerstag könne er nach Hause gehen: »Das Leben wartet.« Maler hatte daraufhin geantwortet: »Sie meinen, endgültig verrückt kann ich auch zu Hause werden.« Der Doktor hatte gelacht. Sülze hieß er, Doktor Sülze. Ein guter Name, fand Maler. Vor allem leicht zu merken.

Maler setzte sich auf den Sessel am Fenster und zog sein Handy aus der Tasche. Es war immer eingeschaltet; das Risiko, den PIN-Code zu vergessen, war ihm zu groß. Normalerweise waren Handys in der Klinik untersagt, die Patienten sollten hier schließlich zur Ruhe kommen, sich abschotten von der lauten, hektischen Welt. Aber bei ihm lag der Fall anders, er musste sein Telefon ständig bei sich tragen. Für ihn war das Handy eine Art Rettungsanker, der ihn nicht völlig in Angst und Verlassenheit untergehen lassen sollte.

Angefangen hatte es schon wenige Tage nach der Transplantation. Die Ärzte sprachen zunächst von normalen Erscheinungen nach einem derart schweren Eingriff. Maler konnte den Zustand immer noch nicht richtig beschreiben, der anfallartig eintrat. Von einer Minute auf die andere vergaß er alles, wirklich alles. Er wusste nicht mehr, wer er war, wie er hieß, wo er war, er erkannte niemanden, alles und jeder war ihm fremd. Begleitet wurde die Attacke von heftiger Angst. Bis zu einer halben Stunde dauerte es, dann kehrte der Verstand zurück. Vielleicht war es das, was ein Säugling empfand kurz nach der Geburt, hatte Maler einmal gedacht. Das Dasein ohne jeden Gedanken. Und in seinem Fall als Erwachsener ohne Mutter. Den Schreikrampf um Hilfe hatte er noch nicht versucht.

Doktor Sülze hatte gesagt: »Das geht in wenigen Tagen vorbei, ganz sicher.« Nach vier Wochen, nach beinahe täglichen Attacken, wunderte auch er sich. Dann sagte er irgendwann, vielleicht müsse man sich mit dem Gedanken anfreunden, diese Angriffe des Vergessens zu akzeptieren. Und hatte dann schließlich die Idee, das Handy als Helfer einzusetzen. Wenn ihn diese grenzenlose Verlorenheit packte, sollte er im Handy die gespeicherten Namen durchgehen. Die bekannten Namen sollten ihn allmählich wieder zurück in die Wirklichkeit holen.

Maler saß in seinem Sessel und scrollte die Nummern durch. Einigen Namen hatte er noch ein Wort hinzugefügt, als Erkennungshinweis. Bei Inge hatte er länger überlegt. War »Liebe« das richtige Wort oder »Ehefrau«? »Liebe« wäre es gewesen, er hatte sich aber doch für »Ehefrau« entschieden, es war ihm klarer erschienen, besser geeignet gegen seine Panik. Bei Fritz und Paul, seinen alten Kartenfreunden, hatte er »Schafskopfen« eingetippt. Auch seinen früheren Kollegen Rainer Gritz hatte er noch gespeichert; er brachte es nicht fertig, die Nummer zu löschen. Gritz war jahrelang seine rechte Hand bei der Münchner Mordkommission gewesen, sie waren das perfekte Team. Maler hatte Gespür und Menschenkenntnis, Gritz Verstand und Genauigkeit. Bis Rainer Gritz eines Morgens vor seiner Stammbäckerei erschossen worden war. Noch nicht einmal ein Jahr war seitdem vergangen. Maler hatte überlegt, sollte er »Tot« oder »Ermordet« schreiben? Er schrieb »Ermordet«.

Den meisten Namen hatte er noch kein Erkennungswort zugewiesen. Gerade dachte er nach, welches zu seiner Schwiegermutter passen könnte, gar nicht so einfach, da klingelte sein Handy. »Tietz« blinkte auf. Bruno Tietz, dachte Maler und spürte sofort einen Anflug von guter Laune. Tietz war ein Mann, der immer Sehnsucht hatte nach einfachen Entscheidungen. »Es gibt Menschen«, pflegte er gern zu sagen, »die essen eine Currywurst, und es gibt Menschen, die essen lieber drei Currywürste. Ich gehöre zu denen mit den drei Würsten. Das ist eine der Fragen, die ich für mein Leben beantwortet habe. Ich kann das nur empfehlen – mit Fragen, die man beantwortet hat, lässt es sich besser leben.« Für solche Sätze mochte Maler ihn.

Bruno Tietz war ein dicker, ein sehr dicker Mann. Und er war der Leiter der Berliner Mordkommission. Jeder bei der Polizei wusste, dass Tietz es gar nicht leiden konnte, wenn ihn jemand auf sein Gewicht ansprach, auf welche Weise auch immer. Wer sich daran hielt, konnte gut mit ihm auskommen.

»Bruno«, sagte Maler, »freut mich, von dir zu hören. Was kann ich für dich tun?«

»August«, sagte Tietz, »ist es in Ordnung, wenn ich dich ein anderes Mal frage, wie es dir geht?«

»Sehr in Ordnung«, antwortete Maler.

»Okay, also, August, hör zu, ich habe hier eine üble Geschichte. In einem Hotel, so ein schicker, junger Nobelschuppen, mein Geschmack wär's nicht, wird einem Hotelgast ein Paket aufs Zimmer geliefert. Offiziell steht drauf: Golfausrüstung. Der Mann wundert sich, weil er gar nicht Golf spielt und nix bestellt hat. Er macht das Paket auf. Ich mach's kurz: Da waren zwei abgeschnittene Frauenbeine drin, von der Hüfte bis zu den Füßen. Zu welcher Frau die gehörten, wissen wir noch nicht.«

»Mann, Mann«, sagte Maler und lehnte sich in seinem Sessel zurück, mit dem Blick auf den Klinikpark. Ein herrlicher Tag, die Sonne schien, der grüne Rasen, die noch grüneren Pflanzen und Bäume. Welch ein Kontrast zu der Berliner Geschichte.

»Warum ich dich anrufe«, sagte Tietz, »du kennst den Hotelgast, sogar ziemlich gut, wenn die Akten stimmen. Du hattest öfters mit ihm zu tun. Tretjak heißt er, Gabriel Tretjak.«

»Wie sieht er aus?«, fragte Maler, ohne nachzudenken. Man nannte das wohl intuitiv.

»Dunkle Haare, nicht viel Fleisch auf den Rippen. Gar nicht unsympathisch auf den ersten Blick. Das Auffallende ist, er wirkt sehr kühl, sehr kontrolliert. Der wirkte nicht so, als hätten ihn die Frauenbeine sonderlich geschockt.«

In Malers geplagtem Kopf sprangen ein paar Bilder herum. Wie er ihn kennengelernt hatte, den kühlen Tretjak, in seiner damaligen Wohnung in München, am St.-Anna-

Platz, wie er da mit dieser Finanzbeamtin gesessen hatte. Die Morde damals. Wie Tretjak immer verdächtiger wurde, wie sie ihn verhafteten. Viele Monate später der Tod von Gritz. Und dann dieser Tag in Solln, bei Maler zu Hause, an dem Inge und die Kinder gestorben wären, wenn Tretjak nicht gewesen wäre. Der kühle Tretjak. Der mysteriöse Tretjak. Der Lebensretter.

»August?«, fragte Tietz, »bist du noch da?«

»Ja, ja«, sagte Maler, »den Tretjak kenne ich, das stimmt.« Er machte eine Pause. »Über den kann ich viel erzählen. Was willst du wissen?«

»Zwei Dinge«, sagte Tietz. »Erstens: Muss ich bei dem in Richtung Wahnsinn denken? Hat der einen Sprung in der Schüssel, kann der plötzlich verrückt geworden sein und schickt sich selbst Pakete mit abgeschnittenen Beinen drin? Verstehst du, was ich meine?«

»Die Richtung kannst du sofort vergessen. Tretjak ist viel, aber ganz sicher nicht wahnsinnig.«

»Zweite Frage«, sagte Tietz, »nach deiner Einschätzung: Kommt der mehr als Täter in Frage oder mehr als Opfer?«

»Der hat viele krumme Sachen gemacht, ganz bestimmt. Und diese Vergangenheit produziert immer wieder Horrorgestalten, die ihn heimsuchen. So habe ich ihn erlebt. Also, die Antwort lautet, er ist wohl beides, Täter und Opfer. Sorry, kann dir nichts anderes sagen.«

»Opfer und Täter, wie wir alle eben. Danke dir, August. Du hast mir geholfen. Bis bald.«

Als Maler das Gespräch beendet hatte, rief er den Namen »Tretjak« in seinem Handy auf und tippte ein Wort dazu, »Regler«. Links oben zeigte das Handy die Uhrzeit an, 11 Uhr 34. Er hatte nicht mehr viel Zeit, bis Inge kam. Er wollte noch zwei Leuten in der Klinik auf Wiedersehen sagen. Von den Schwestern und dem Stationsarzt hatte er sich schon verabschiedet.

Körperlich fühlte er sich gut, sein neues Herz pumpte ruhig und stark, als er die kleine Treppe in die Therapeutenabteilung hinunterstieg. Ein halbes Dutzend Psychologen saßen da unten, im Laufe der Wochen hatte er sie alle kennengelernt. Einer war so ein kleiner, nervöser, Weinert hieß er, nicht so sein Fall, der zuckte die ganze Zeit mit den Wangen. Maler hatte sich den Scherz verkniffen, ob er wegen des Zuckens nicht mal einen Psychologen aufsuchen wollte.

Er klopfte bei Werner Hentschke an der Tür, dem Filmdoktor. Er hatte Maler erklärt, er dürfe sich trotz der Anfälle und Albträume vor seinen Phantasien nicht fürchten, im Gegenteil, er müsse sie finden, fördern, weiterentwickeln. »Mit der Phantasie können Sie sich gegen alles wehren«, hatte Hentschke gesagt. Zweimal die Woche machte er für die Patienten Filmabende. Er zeigte immer nur Ausschnitte, zehn Minuten. Die Liebesszene mit Julie Christie und Donald Sutherland aus dem Film »Wenn die Gondeln Trauer tragen«. Eine Beerdigungsszene aus »Harold und Maude«. Hentschke kannte nur alte Filme, hatte offenbar irgendwann aufgehört, ins Kino zu gehen. Zehn Minuten Anthony Perkins in der Kafka-Verfilmung »Der Prozess«. Zehn Minuten der sterbende Cheyenne aus »Spiel mir das Lied vom Tod«. Zehn Minuten Film, dann stopp. Dann eröffnete Hentschke die Diskussion: Erzählen Sie von einer Liebesszene. Wann waren Sie das letzte Mal auf einer Beerdigung? Was würden Sie an Perkins' Stelle tun? Was würde Ihnen durch den Kopf gehen, wenn Sie wüssten, Sie werden jetzt sterben?

»Ich wollte mich von Ihnen verabschieden«, sagte Maler

in der Tür stehend. »Ich gehe jetzt nach Hause und schaue Lino-Ventura-Filme. Meine Frau hat eine ganze Box gekauft, sie sagt, Lino Ventura erinnere sie ein bisschen an mich. Sie wissen, Kranken sagt man nur nette Dinge.«

»Zur mir hat mal jemand gesagt, ich hätte was von Charles Laughton in ›Zeugin der Anklage‹«, sagte Hentschke und fuhr ihm mit seinem Rollstuhl entgegen. Hentschke war vor Jahren an multipler Sklerose erkrankt. Seine Theorien über die Kraft der Phantasie hatte er gern eingeleitet mit dem Satz: »Schauen Sie mich an, was bleibt so einem schon anders übrig, als ein Phantasieexperte zu werden?«

Die Physiotherapeutin Maris Schumann brauchte er nicht zu suchen, er begegnete ihr auf der Treppe. »Tschüss, Herr Kommissar«, sagte sie. Was für eine unverschämt schöne Frau, Ende zwanzig, blond, würde jeden Model-Wettbewerb gewinnen. Schade eigentlich, dass er Frau Schumann nicht mehr im heißen Sommer erlebte, wäre bestimmt gut für die Phantasie gewesen. Es war ihm immer etwas unangenehm gewesen, wenn sie seine Narben sah, die beiden langen, vom Brustkorb herunter bis zur Leiste, die alte, verheilte, und die neue, glühend rote. Als sie es bemerkte, hatte sie gesagt: »Aber Herr Kommissar, Sie wissen doch, Narben machen sexy.«

August Maler nahm seine beiden Taschen und lief zum Klinikparkplatz, dort wollte er auf Inge warten. Er stand in der Frühlingssonne und zog nach langer Zeit wieder seine alte Sonnenbrille auf. Es war ein guter letzter Tag gewesen, er hatte noch keinen Anfall gehabt. Er nahm sein Handy und versicherte sich für einen Moment, dass der Anruf von Bruno Tietz auch wirklich stattgefunden hatte.

Donnerstag, 19 Uhr
Grisbach

Der Beichtstuhl in der Kirche von Grisbach war alles andere als ein schönes Stück Handwerkskunst. Er sah eher so aus, als könnte man ihn bei einem Möbelhaus bestellen: ein dreieinhalb Meter breiter Schrank aus hellem Fichtenholz mit drei einfachen Türen, die mittlere für den Priester, die beiden schmäleren rechts und links davon für die Sünder. Der Barockbeichtstuhl, der früher hier gestanden hatte, befand sich seit über einem Jahr bei einem Restaurator. Joseph Lichtinger hatte sich inzwischen an den neuen gewöhnt. Wenigstens hatte er hier etwas mehr Platz auf seinem Stuhl, und die seitlichen Gitterfenster zu den Beichtkabinen waren deutlich größer. So konnte er die Person, die sich im Halbdunkel davor hinkniete, besser sehen und musste sie nicht ausschließlich an der Stimme erkennen. Der Bub, der an diesem Abend als Letzter den Beichtstuhl verließ, stammte aus einer sehr gläubigen Familie und wurde jeden Monat zum Beichten geschickt. Er hatte ziemlich abstehende Ohren, die schnell rot wurden. Lichtinger mochte ihn gern. »Der Herr hat dir deine Sünden vergeben«, sagte er. »Geh hin in Frieden.« Und er sah durch das Gitterfenster die Erleichterung, als sich der Junge von den Knien erhob, das Kreuzzeichen machte und durch die Tür entschwand.

Joseph Lichtinger blieb noch einen Moment sitzen. Die lange Nacht lag wie ein Gewicht auf seinen Gedanken. Geh hin in Frieden. Wann hatte er selbst zuletzt gebeichtet? Jahre war das her. Der Priester in München, bei dem er es getan hatte, lebte schon gar nicht mehr.

»Fehler muss man nicht beichten, man muss sie korrigieren«, hatte Gabriel Tretjak einmal zu ihm gesagt. »Es geht nicht um Fehler, sondern um Sünden«, hatte er geantwortet. Da waren sie schon weit voneinander entfernt gewesen, die früheren Freunde, die Unzertrennlichen. Die Erfinder des Reglers, dieses Berufes, den nur ein Einziger ausübte. Ich hab für dich gebetet, Gabriel, dachte Lichtinger, oft, nicht nur beim letzten Mal dort in Schweden, an deinem Bett auf der Intensivstation. Und jetzt? Warum willst du mir nicht helfen? Nur einmal innerhalb der letzten Monate hatte Lichtinger von Tretjak eine Antwort bekommen – auf die unzähligen Anrufe und Nachrichten. Eine karge Antwort war das gewesen, eine SMS mit einem Satz, mehr nicht: *Ich beginne ein neues Leben. T.* Typisch Gabriel, dachte Lichtinger. Vorbei ist vorbei, keine Gedanken in Richtung Vergangenheit, Altes abschneiden, Neues beginnen. Das war sein Lebensprinzip. War es immer gewesen. Vielleicht deshalb, weil gerade er um die Kraft der Vergangenheit wusste, um die Energie, die dort schlummerte – die man freisetzen konnte. Wie oft hatten sie darüber geredet, dass man Menschen am besten manipulieren konnte, wenn man in ihrer Vergangenheit Ansätze dazu fand. Wie oft hatte der Regler sich dieser Erkenntnis bedient. Lichtinger erinnerte sich daran, wie Tretjak einmal den Auftrag bekommen hatte, den mächtigen Vorstandsvorsitzenden eines Pharmakonzerns zu stürzen. Wie immer hatte er alle Personen in dessen Umfeld durchleuchtet und war dabei auf einen Mann aufmerksam geworden, dessen große Leidenschaft früher die Großwildjagd gewesen war. Dieser Mann war der Finanzvorstand des

Konzerns. Tretjak machte ihn zu seinem heimlichen Verbündeten. Mit dem Auftrag: Gehen Sie auf die Jagd nach dem großen Tier. Durchkämmen Sie die Finanzdaten, Transaktionen, Rechnungen, alles, pirschen Sie sich über Zahlen an den Vorstandsvorsitzenden heran – und erledigen Sie ihn mit einem Schuss. Dieser Schuss war schließlich eine Zahlung von 150 000 Euro gewesen, von einem der Firmenkonten. Als Beraterhonorar getarnt, in Wirklichkeit Bestechungsgeld für einen Steuerfahnder.

Lichtinger öffnete die Tür seiner Kabine und trat hinaus in die Kirche. Dämmerlicht fiel durch die bunten Glasfenster auf die leeren Sitzbänke. Vorn auf dem Altar brannten drei dicke weiße Kerzen. Es war vollkommen still. Er brachte seinen vom langen Sitzen derangierten Anzug in Ordnung. Und dachte daran, dass diese Zeit mit Gabriel die glücklichste seines Lebens gewesen war. Als sie beide Studenten waren in München und sich übermütig damit beschäftigten, wie man es mit niemand Geringerem als dem Schicksal aufnehmen konnte. Aber auch das Gift seines Lebens stammte aus dieser Zeit.

Tretjak hatte keinen seiner Anrufe heute angenommen. Am Nachmittag hatte Lichtinger ihm dann ein altmodisches Telegramm in dieses Clubhaus nach Berlin geschickt, wo er untergekrochen war. Für den Text hatte er erst ein Bibelzitat benutzen wollen, irgendeine intellektuelle Anspielung auf ihre Freundschaft. Auf solche Art hatten sie früher gern kommuniziert. Aber dann hatte er sich dagegen entschieden. »Ich fürchte mich zu Tode«, hatte er schließlich geschrieben. »Bitte, Gabriel, hilf mir. L.«

Erst jetzt sah Lichtinger, dass auf der Sitzbank, die dem Beichtstuhl direkt gegenüberstand, ein Geschenkpaket abgelegt war. Es hatte die Größe und Form einer Hutschachtel, war in teures, dunkelrotes Geschenkpapier gehüllt und geschmackvoll mit dunkelviolettem Band mit Schleife umbunden. Er trat darauf zu und las, was auf dem kleinen roten Kärtchen stand, das an der Schleife befestigt war: *Für Pfarrer Lichtinger – als Dank für seine Güte.* Ein Name stand nicht dabei, auch auf dem Paket selbst war kein Absender zu entdecken. Joseph Lichtinger bekam oft Geschenke aus seiner Gemeinde, das war nichts Besonderes. Im Geiste ging er die sechs Personen durch, die an diesem Abend zur Beichte erschienen waren. Er lächelte ein wenig, als er an die dritte Person dachte. Sie hatte ein blaues Kleid getragen und die Haare zu einem Dutt hochgesteckt gehabt. Immer noch war Andrea eine wunderschöne Frau, und immer wenn sie ihm begegnete, sandte sie einen Blick aus, der ihn an früher erinnern sollte, als sie ein verliebtes Teenagerpaar gewesen waren. Der erste Kuss, die ersten Abenteuerreisen ihrer Hände. Alle Jungen waren in Andrea verliebt gewesen, aber schließlich war es der blonde Lichtinger mit seinen knallblauen Augen und dem drahtigen Körper des Reckturners, der mit ihr im Dunkeln am Fluss entlangspaziert war, immer wieder, einen ganzen Sommer lang.

In der Regel schenkten ihm die Leute Weinflaschen oder Lebensmittel wie selbstgemachten Honig, manchmal auch ein Buch. Solche Sachen. Für das Geschenk heute kam nur Andrea in Frage, dachte Lichtinger. Sie hatte ihm noch nie etwas mitgebracht. Er nahm die Schleife ab und riss das Papier auf. Eines war sofort klar: Von Andrea war dieses Geschenk nicht.

Die Kirche in Grisbach lag mitten im Ort, auf der Kuppe eines sanften Hügels. Sie hatte einen klassischen Zwiebelturm, das Gebäude neben ihr war das Wirtshaus »Anzinger«, dazwischen gab es einen großen Platz mit einer alten Linde. Die Fahrzeuge, die sich an diesem Abend so plötzlich auf dem Platz einfanden, sollten den Ort im Gedächtnis der Grisbacher Einwohner für alle Zeit verwandeln. Polizeifahrzeuge waren das, auch ein Rettungswagen, zwei Limousinen mit Blaulicht auf dem Dach, ein Transporter. Scheinwerfer wurden aufgestellt, um die Kirche von außen und von innen auszuleuchten, gelbe Absperrbänder wurden gespannt und die Kirche von Polizisten in Uniformen gesichert.

Pfarrer Joseph Lichtinger ertappte sich an diesem Abend mehrmals bei dem Gedanken, mit welchen Maßnahmen man diese Bilder wohl wieder aus den Köpfen der Bürger würde löschen können, welche Geschichten dagegensetzen – gegen die Tatsache, dass hier ein abgeschnittener Frauenkopf gefunden worden war, in der fünften Sitzbank vorm Altar, verpackt als Geschenk. Sollte man die Bank austauschen? Wer würde sich noch daraufsetzen wollen? Könnte ein Festival von Kinderchören aus der Gegend dem Kirchplatz seine Unschuld zurückgeben? Joseph Lichtinger wusste, dass das menschliche Gehirn im Schockzustand allerhand Merkwürdiges veranstaltete. Es versuchte, so schnell wie möglich Normalität herzustellen, und richtete die Gedanken auf Machbares, Nebensächliches. Irgendetwas, das half, das Schreckliche aus den Schaltkreisen herauszuspülen. Lichtinger saß hinten in der Kirche auf einer Bank. Er hatte schon drei verschiedenen Beamten Fragen beantwortet, eine freundliche Polizistin hatte ihm eine Decke um die Schultern gelegt. Er sah, wie weiter vorn in der Kirche die sechs Personen vernommen wurden, denen er die Beichte abgenommen hatte. Blasse Gesichter im Licht der Lampen, die die Spurensicherung benötigte. Auch der Junge war dabei. Und als Andrea an der Reihe war, schweifte sein Gehirn ab, weit ab zu den Spaziergängen am Fluss vor einem Vierteljahrhundert. Er wusste, wie absurd es war, jetzt daran zu denken. Denn er musste sich eigentlich andere Gedanken machen. Ganz andere.

Das Buch Mutzenkreuz

Zum ersten Mal sah er sie im Stall bei den zwei Kühen. Plötzlich tauchte ihr Gesicht im Dunkeln auf. Das weiße Gesicht, das Gespenstergesicht. In diesem finsteren Loch tauchte es auf, hinter dem massigen Leib einer Kuh. Er begriff nicht sofort, dass es eine Stoffmaske war, die er da sah. Weißer Stoff mit Löchern für Augen und Mund.

»Wer bist du?«, fragte der Mund. Eine Mädchenstimme, ein Kind.

»Ich wohne jetzt hier«, antwortete er, »seit heute.« Es roch nach Tier und Mist und Heu und nassen Mauern. Licht kam nur durch ein kleines aus der Wand gehauenes Viereck.

»Und wer bist du?«, fragte er. Die weiße Maske sah ihn still an.

»Ich bin die Prinzessin«, sagte sie dann und verschwand hinter der Kuh. Er blieb noch einen Augenblick stehen, dann drehte er sich um und lief zurück zu der grobgezimmerten Holztür, die zugefallen war, stieß sie auf und stand im Freien. Jemand rief nach ihm.

*

Anfangs konnte er nicht glauben, dass der Ort nur aus diesen drei Gebäuden bestand. Das große Haus, das kleine Haus, die Kirche. Sie standen an einem steilen Westhang, tief im Wald. Er wohnte im großen Haus, in einem Raum hinter der Küche. Früher war das die Speisekammer gewesen. Sie hatten die Sachen rausgeräumt, den Holzboden neu geölt und sogar eine Wand neu gestrichen, hellblau. Die

Kammer hatte nur ein kleines Fenster, die Scheibe hatte einen Sprung und war mit Tesafilm geklebt. In dem Zimmer roch es immer ein bisschen nach einem Gewürz. Muskatnuss, wie er später erfuhr. Es war wohl mal ein Beutel aufgerissen und heruntergefallen, und Spuren des Pulvers hatten sich zwischen den Ritzen der Fußbodendielen gehalten. Das Bett war selbstgezimmert und zu kurz. Er war zwar erst dreizehn, aber schon genauso groß wie der Fußballgott Gianni Rivera von AC Mailand. Das hatte er in seinem Sammelalbum gesehen, da waren alle Informationen über die Spieler unter den Bildern aufgeführt, auch die Körpergröße. Jetzt lag das Album unter dem Bett. Das Leintuch war weiß und roch gut, die Bettwäsche war rotweiß kariert und roch auch gut. Über dem Bett hing ein Kreuz, gegenüber, an der blauen Wand neben dem Schrank, hatten sie ein Poster aufgehängt. Es zeigte einen Esel, der Butterblumen fraß. Zwischen dem Schrank und dem Bett war nicht viel Platz. Eine Heizung gab es nicht, aber die Küche, hatten sie gesagt, die war ja immer warm.

Das war jetzt sein Leben. Der Mann hieß Martin, die Frau Nanni. Der Mann hatte einen roten Bart und gutmütige Knopfaugen. Die Frau war sehr dünn und ein wenig krumm, und irgendwie blickte sie immer schräg an einem vorbei. Ihre beiden Söhne waren schon groß und arbeiteten unten im Tal, der eine in einer Bank, der andere in einer Tischlerei. Morgens nahmen sie ihn mit den Berg hinunter zur Schule, mittags ging er allein zurück.

In dem kleineren Haus, an dessen Ende der Kuhstall lag, wohnte eine andere Familie. Es dauerte zwei Monate, bis er die Prinzessin wiedersah. Bis dahin blieb sie verschwunden. Wie verschluckt vom faulig riechenden Herbstboden unter den Fichten.

*

In den ersten Wochen hatten seine Nächte keine Träume. Er schlief tief in dem zu kurzen Bett. Aber er war nicht müde, wenn er einschlief, und er war nicht müde, wenn er aufwachte. Die Tage nahm er in allen Einzelheiten wahr, aber fast so, als gingen sie ihn nichts an, als wäre er nur eine Kamera, die Bilder und Töne aufzeichnete – um sie abzuspeichern und vielleicht eines Tages wieder abzuspulen. Eine gefühllose Apparatur, keine Zellen, die schmerzten, kein Blut, das pumpte. Sein Verstand kommentierte nicht, was er sah. Seine Seele reagierte auf nichts, was mit ihm und um ihn herum geschah.

Er dachte nicht an seine Mutter, die Erinnerungen quälten ihn nicht. Ihre Schreie, ihre Blicke aus den viel zu großen Augen in dem immer kleiner werdenden Kopf – all das war irgendwie weggepackt, verschnürt, eingelagert. Wie seine Sachen, der Tennisschläger, die bunten Radrennfahrer aus Zinn, sein Fernrohr … Er vermisste nichts davon. Er war hier nur mit einem Koffer voll Klamotten angekommen, einzig sein Fußballalbum hatte er im letzten Moment noch eingepackt, aber nun lag es unberührt unterm Bett. Langsam verblassten die Gesichter der Spieler in seinem Kopf, die Trikotfarben, die Vereinswappen, die Namen der Trainer. Dafür registrierte er andere Dinge. Auf welche Weise man die Klinke der Eingangstür zum Haus anheben musste, welche Menge Himbeersirup man in das Wasser der Karaffe mischte, die immer in der Küche stand. Dass bei dem rostigen Moped der Marke Zündapp, das hinterm Haus an der Mauer lehnte, ein Benzinschlauch zum Tank fehlte. Oder die Tatsache, dass der Vater der Familie immer dann, wenn sich die Nachbarin in ihrem dunkelblauen Kittel blicken ließ, irgendeine Tätigkeit aufnahm, die ihn in ihre Nähe brachte.

*

Morgens dauerte der Schulweg hinunter ins Tal fünfzig Minuten. Mittags, den steilen Berg wieder hinauf, war man fast anderthalb

Stunden unterwegs. Aber er mochte den Rückweg lieber, weil er dann alleine war. Die großen Söhne der Familie, die ihn morgens begleiteten, waren freundliche, aber verschlossene Burschen. Und trotz des Vogelgezwitschers und dem lauten Stapfen ihrer Füße auf Wurzeln und wegrollenden Steinen entstand immer eine peinliche Stille auf dem Weg. Es gab auch eine schlechte Schotterstraße nach Mutzenkreuz. Einmal die Woche, jeden Freitagvormittag, machte der Vater seine Besorgungen im Tal und wartete danach in seinem alten VW Passat vor der Schule, um ihn mit nach oben zu nehmen. Dann setzte er sich neben Martin, auf einen schwarzweiß gepolsterten Sitz, registrierte die roten Härchen auf der Hand, die den Schaltknüppel bediente, den Geruch von Birkenwasser, das der Mann morgens in seine Haare und seinen Bart massiert hatte. Die Fahrt verlief immer gleich. Zu Beginn versuchte Martin mit ihm zu reden – über das, was passiert war. Einerseits verbarg sich dahinter echte Anteilnahme, aber irgendwie schwang auch immer noch ein anderes Interesse mit, so kam es ihm jedenfalls vor. Martin und seine Frau Nanni waren arm, nicht so arm wie die Nachbarsfamilie, aber es fehlte immer an Geld. Deshalb nahmen sie gelegentlich Jugendliche bei sich auf, für die das Jugendamt zahlte. Vielleicht hoffte Martin, dass sein neuer Gast mit seiner Herkunft und seiner Geschichte noch etwas mehr wert war als die paar Lire vom Amt?

Von der Schule aus ging es noch ein Stück durch den Ort, vorbei am Bahnhof. Immer wich er Martins Fragen aus, so gut es ging, gab sich in sich gekehrt, den Anschein erweckend, als wäre für ihn alles noch zu frisch, um darüber reden zu können. Wenn der Wagen den Bahnübergang am Ortsende erreichte, war das Gespräch meistens schon am Absterben, und wenn die Straße schließlich in den Wald eintauchte und der Teerbelag endete, gab Martin auf. »Hey, Wochenende!«, sagte er dann und drehte das Radio an. Draußen zog der Wald am Fenster vorbei, drinnen im Wagen dröhnte blechern aus einem kleinen Gitter über dem Armaturenbrett einheimische Volksmusik. Manchmal musste Martin den Sender erst suchen, weil einer seiner Söhne etwas anderes eingestellt hatte, neumodisches Zeug.

Es war auf solch einer Fahrt zurück von der Schule, als er das Mädchen mit der weißen Maske wiedersah. Es stand stumm am Straßenrand, stand da zwischen zwei Büschen, kurz vor der letzten Biegung der Schotterstraße. In einem roten Kleid mit einer großen weißen Schleife, und dann waren sie schon vorbei. Aber er hatte die weiße Stoffhaube über dem Gesicht gesehen, mit Schlitzen für Augen und Mund, und er hatte gesehen, dass Martin kurz die Hand vom Steuer gehoben hatte, zum Gruß.

»Die Michaela«, sagte Martin mit einem merkwürdigen Klang in der Stimme. »Die arme Michaela.« Sie bogen auf den Hof zwischen den drei Gebäuden ein, und der Wagen hielt an. Er musste beim Ausladen der Sachen helfen und lief ein paarmal zwischen Küche und Auto hin und her. Er traute sich nicht, nach Michaela zu fragen. Immer wieder schaute er zurück zur Biegung der Straße, doch das rote Kleid tauchte nicht auf.

Dritter Tag

Freitag, 11 Uhr Ortszeit
Hongkong

Cecil Hopton hatte Rückenschmerzen, er hatte Hunger und Durst. Sein Atem roch nach dem, was er hinter sich hatte: eine lange Nacht auf dem Sitz eines stehenden Autos. Er hatte keine Lust mehr, den Eingang des »Queen E«-Hotels zu beobachten. Wo blieb diese Frau denn heute Morgen? Hatte er sie verpasst? Was war los?

Seit Tagen hielt dieser Nieselregen an, seit Tagen betrug die Luftfeuchtigkeit 95 Prozent, und seit Tagen zeigte das Thermometer 30 Grad. An solchen Tagen konnte man in Hongkong eigentlich nur in einem Raum existieren, dessen Luft von einer leistungsfähigen Aircondition bearbeitet wurde. Cecil Hopton besaß so einen Raum in seinem kleinen Apartment in den New Territories, und er kannte das Wetter in Hongkong seit über dreißig Jahren.

Von der gegenüberliegenden Straßenseite aus hätte man die breite, automatisch aufgleitende Glastür des Hotels besser sehen können. Aber dort waren ein Taxistand und zwei Bushaltestellen. Hopton hatte den Wagen also seitlich am

Rande der Tiefgarageneinfahrt abgestellt und musste den Kopf ständig etwas drehen, um die Szenerie im Blick zu behalten. Den goldfarbenen Teppich mit den kleinen eingewebten schwarzen Kronen, den Portier in der goldfarbenen Livree, die Limousinen, die vorfuhren und Gäste ausspuckten. Jetzt wo er darüber nachdachte, wurde ihm klar, dass er wegen der ungünstigen Sitzposition auch noch einen steifen Nacken hatte. Früher hätte er einen solchen Auftrag niemals angenommen. Früher hätte niemand gewagt, ihm einen solchen Auftrag überhaupt anzubieten. Aber früher, dachte Cecil Hopton, war das britische Königreich auch größer, und die englische Fußballnationalmannschaft hatte einen einäugigen Torwart namens Gordon Banks.

Hopton war durch und durch Brite, das erkannte man natürlich schon an seiner Art, Englisch zu sprechen, die er auch kultivierte. Oder an seiner Vorliebe für Original Branston Pickle, eine in Gläsern abgefüllte braune Sauce, die er zu jeder Speise aß. Aber vor allem erkannte man es daran, auf welch distanzierte und ironische Weise er sich selbst und sein ganzes Leben betrachtete. Er wusste, dass seine beste Zeit hinter ihm lag und dass auch nie mehr eine gute kommen würde. Über diese Tatsache konnte er sehr amüsante und bösartige Bemerkungen machen – allerdings hauptsächlich zu sich selbst, denn viele Freunde und Bekannte hatte er nicht. Das mochte an seinem Beruf liegen, der nicht so ganz ins Bild des distinguierten Engländers passte. Cecil Hopton beseitigte Menschen, er tötete sie – nicht aus Hass oder Liebe, sondern ausschließlich für Geld. Für Pfund, Hongkong Dollar, Euro, Yen, die Währung war nicht so wichtig.

Gewesen, so musste man sagen. War nicht so wichtig gewesen.

Inzwischen betrachtete er sich als pensioniert. Er war 63 Jahre alt, der Friseur musste nur noch die seitlichen Regionen seines Kopfes bearbeiten, und seit seiner schweren Bandscheibenoperation vor zwei Jahren hatte er einen vorsichtigen, leicht schiefen Gang. Seine Anzüge waren zwar einst aus feinstem Stoff maßgeschneidert worden – aber inzwischen waren sie ziemlich aus der Mode gekommen und hatten speckige, abgewetzte Stellen.

Als pensionierter Auftragskiller erhielt man keine Rente oder Sozialleistungen. Niemand fühlte sich für einen verantwortlich, und womit man am allerwenigsten rechnen konnte, war Mitgefühl – auch nicht von früheren Kunden. Sie wollten nach Erledigung ihres Auftrages in der Regel nichts mehr mit der Geschichte zu tun haben. Cecil Hopton lebte von seinen besseren Zeiten und von der Lebensversicherung seiner Frau, die vor fünf Jahren ausgezahlt worden war. Helen war in der Canton Road Ecke Salisbury von einem Taxi überfahren worden. Sie war in England im Familiengrab ihrer Eltern beigesetzt worden, aber Hopton hatte hier in Hongkong, auf dem steilen Friedhof in Happy Town, eine kleine Gedenktafel anbringen lassen. Einmal im Monat ging er dorthin, schaute übers Meer und die Stadt und sagte: »Ich mochte dich die letzten zwanzig Jahre wirklich nicht besonders, Helen, aber ich hatte nichts mit diesem Unfall zu tun.«

Die Frau, die er beobachten sollte, hieß Carola Kern, sie bewohnte eine Suite im »Queen E«, war Deutsche. Er sollte ihren Tagesablauf lückenlos dokumentieren, herausfinden, wann sie wen traf, möglichst auch, warum. Ein bescheuerter Privatdetektiv-Job war das, mehr nicht. Nur zwei Dinge machten dem alten Fuchs Hopton Hoffnung: Sein Tageshonorar war genauso hoch wie bei der Vorbereitung einer Liquidierung. Und sein Auftraggeber war ein alter Bekannter, ein Mann, für den er früher schon gearbeitet hatte, einer, der keinen Penny zu viel zahlte und der sehr genau wusste, wo die Stärken von Cecil Hopton lagen.

Carola Kern war eine auffallend schöne Frau, dunkler Typ, sexy Figur, riesige Augen. Er wusste, dass sie Mitte vierzig war, und er hätte sie für eine Pariserin gehalten. Die Pariserinnen, hatte er im Laufe seines Lebens festgestellt, hatten eine besondere Ausstrahlung, irgendwie eleganter, irgendwie selbstbewusster. Als sich Carola Kern jetzt vom Portier unter einem aufgespannten Schirm zum Taxi bringen ließ, drehte Hopton mit seinem iPhone ein kleines Video davon, ließ seinen Wagen an und fädelte sich in den trägen Hongkonger Verkehr ein. Sein Wagen war in fast demselben Rot lackiert wie die Taxis, nur ohne weißes Dach, das machte ihn unauffällig. Was er im Dossier des Auftraggebers über die Frau erfahren hatte: Sie war früher Journalistin gewesen, hatte dann ihren Beruf an den Nagel gehängt und ein Teegeschäft in Luzern in der Schweiz eröffnet, und zwar so erfolgreich, dass sie bald in mehreren Schweizer Städten Filialen besaß. Die hatte sie jetzt alle verkauft – offenbar, um hier in Hongkong ein neues Leben zu beginnen. Zusammen mit einem Mann namens Tretjak. Den hatte er auch schon gesehen. Anfangs war er hier bei ihr gewesen, aber vor zwei Tagen war er abgereist. Hopton war ihm zum Flughafen gefolgt. Er hatte inzwischen herausgefunden, dass die beiden offenbar eine Firma gegründet hatten. Sie war die Geschäftsführerin, Tretjak der alleinige Gesellschafter, eingetragen war das Ganze auf den Namen L. I. S. T., die Abkürzung für »London Institute of Source and Transformation«. Für dieses Institut, was immer es auch sein sollte, suchten die beiden in Hongkong einen Firmensitz mit Büros und einem Gästehaus, wobei sie offenbar ältere, von Engländern erbaute Villen favorisierten. Jedenfalls verließ Carola Kern das Hotel jeden Morgen, um sich von Maklern solche Häuser zeigen zu lassen. Auch heute war es so, das Taxi hielt schließlich in einer ruhigen Seitenstraße vor einem gepflegten Garten mit Auffahrt, wo schon zwei Herren in Anzügen unter Regenschirmen warteten. Cecil Hopton fuhr an ihnen vorbei und traf eine Entscheidung. Er würde nicht hier warten, stattdessen würde er sich im Hotelzimmer dieser Carola umsehen. Das war zwar nicht im Auftrag vorgesehen, aber er war in seinem Beruf nicht so weit gekommen – und noch am Leben –, weil er immer nur das tat, was man ihm anschaffte.

Als draußen vor Hongkong das Meer aufgefüllt worden war, als ganze Berge weggesprengt und im Himmel über der Stadt meterdicke, kilometerlange Drahtseile geflochten worden waren, da war Cecil Hoptons große Zeit gewesen. Der Bau des Chek-Lap-Kok-Airports war schon für sich genommen ein wahnsinniges Projekt gewesen: den Flughafen einfach ins Meer hinaus zu verlegen – und mit Hilfe riesiger Unterwassertunnel, Hängebrücken, Autobahnen und Zugtrassen an die Stadt anzuschließen. Aber das Ganze in nur sieben Jahren zu schaffen – vor der Übergabe der Stadt an China –, das war teuflisch. Widerstände, die irgendwo auftauchten, mussten schnell beseitigt werden. Und viele dieser Widerstände waren nicht aus Felsgestein, sondern hatten Namen. Beamte, Bauunternehmer, Anwälte, Lieferanten, Gutachter … Hopton hatte zeitweise mehrere Auftraggeber gleichzeitig, die oft nichts voneinander wussten. Für das Verschwinden eines unbequemen Statikprüfers, dessen Leiche erst Monate später aus dem Hafenbecken gezogen wurde, hatte er sogar dreifach kassiert.

Als er an diesem schwülen Vormittag das »Queen E« betrat, verspürte Cecil Hopton zum ersten Mal seit längerer Zeit wieder das Adrenalin, das ein Kribbeln unter der Schädeldecke auslöste. Irgendwie fühlte sich sein Körper plötzlich leichter an, beweglicher. Schluss jetzt mit dieser langweiligen Videodreherei. Es konnte nicht schaden, sich im Zimmer der Dame mal genau umzusehen und mehr über sie und ihren Typen in Erfahrung zu bringen. Jedenfalls, wenn es am Ende darauf hinauslief, dass Carola Kern verschwinden sollte. Und davon ging Cecil Hopton aus.

Freitag, 12 Uhr
Völs, Südtirol

Er wusste gar nicht, ob der Mann mit den Schmetterlingen noch lebte. Damals war er ihm schon ziemlich alt vorgekommen, aber was besagte das schon? Damals waren alle Erwachsenen alt gewesen.

Die Straße jedenfalls schien immer noch dieselbe zu sein. Gabriel Tretjak war bei Atzwang von der Autobahn Richtung Bozen abgebogen, dann ein paar Kilometer nach Völs gefahren, wo sie gleich hinter der Kapelle am Ortsausgang begann, diese Straße, die man eigentlich gar nicht befahren durfte. »Accesso solo per persone autorizzate.« Die Schilder waren schon damals aufgepflanzt gewesen und inzwischen etwas rostig. Zufahrt nur für Personen mit Genehmigung. Ein schmaler, leidlich geteerter Weg, der zuerst in den Wald eintauchte, schnell steiler wurde und sich schließlich in engen Serpentinen zum Massiv des Schlern hochschraubte. Wer in den Bergen nicht zu Hause war, konnte auf dem letzten Stück Angst bekommen. Es verlief sehr ausgesetzt, in fast schwindelerregender Höhe. Links die Felswand nach oben, rechts die Felswand nach unten, und nach einer sehr engen Kehre das Ganze umgekehrt. Leitplanken gab es keine. Tretjak hatte heute Morgen am Flughafen in München einen kleinen Allrad-BMW gemietet. Er erinnerte sich daran, wie er die Straße zum ersten Mal gefahren war, auf dem schwarzen Kunststoffsitz des alten Zündapp-Mopeds, das er wieder zum Laufen gebracht hatte. Er wusste noch genau, wie der kleine Zweitaktmotor geklungen hatte, und es fiel ihm wieder ein, dass die Maschine diese Strecke nur im ersten Gang bewältigt hatte.

Der Eindruck, die Straße führe direkt in den Himmel, entstand, weil man das Ziel nicht sehen konnte. Das Kloster Stassen lag ganz oben auf der Bergkuppe, war aber zur anderen Seite des Tals hin ausgerichtet. Es baute sich nach der letzten Biegung der Straße völlig unvermittelt vor einem auf, so nah, dass man erschrocken vom Gas ging. Nichts hatte sich hier verändert, registrierte Tretjak, als er den Wagen vor der hohen grauen Steinmauer ausrollen ließ und den Motor abstellte. Kloster Stassen war früher eine Burg gewesen, eine der vielen Bergfestungen in Südtirol. Ein paar Gebäude, die um einen breiten viereckigen Turm angeordnet waren, umschlossen von einer mit Zinnen bewehrten Mauer. Wenn man manchen Bauwerken eine freundliche Ausstrahlung bescheinigen konnte, so war hier das genaue Gegenteil der Fall. Tretjak stand vor dem riesigen Tor aus jahrhundertealten, schweren Eichenbohlen. Es gab keine Klingel, keine Luke, kein Schild. Niemand war hier willkommen. Aber Gabriel Tretjak wusste: Er musste sich nicht bemerkbar machen, er war längst bemerkt worden. Er musste nur warten.

Es war ein wunderschöner Tag. Ein blauer Himmel spannte sich über das Land, unten im Tal blühten die Bäume und Büsche. Hier oben war es vollkommen still. Tretjak konnte das Rosengartengebirge sehen mit den Vajolet-Türmen. Mit seinem Vater und seinem Bruder war er ein paarmal zur Kölner Hütte gewandert. Ziemlich klein war er damals noch gewesen, und er erinnerte sich an das karierte Hemd des Vaters, das der immer getragen hatte, wenn es in die Berge ging. Und an seine Hand, an der er sich festgehalten hatte, wenn der Weg schwierig wurde. Südtirol hatte einen besonderen Geruch, fand er. Aber vielleicht ging das allen so mit der Gegend, in der sie aufgewachsen waren … War das hier seine Heimat?, fragte er sich. Wahrscheinlich. Wenn er überhaupt eine Heimat hatte, dann war sie hier. Aber was bedeutete so ein Begriff? Heimat. Ein Wort, das seine Kraft aus der Vergangenheit schöpfte, ein rückwärtsgewandtes Gefühl. Heute, jetzt, ohne Bedeutung. Tretjak hielt nichts von solchen Worten und solchen Gefühlen. Sie waren Gewichte, nichts sonst.

Er dachte an Hongkong, blickte auf die Uhr. Es war kurz nach zwölf Uhr mittags. In Hongkong wurde es schon Abend. Carola hatte sich heute nicht gemeldet. Vielleicht ganz gut so. Er hatte ihr gestern noch nichts von den Leichenteilen erzählt, die ihm ins Hotel geschickt worden waren. Aber er würde es tun, vielleicht morgen. Schließlich hatte er beschlossen, sich diesmal anders zu verhalten, dieses eine Mal, in Bezug auf diesen einen Menschen … Er dachte an den dicken Kommissar in Berlin, der ihn vorgestern Nacht vernommen hatte. Der musste gewiss nicht alles wissen, schon gar nicht, wenn es um Tretjaks Vergangenheit ging. Aber Carola? Keine Geheimnisse, kein Versteckspiel, das war ihre Bedingung gewesen …

Er meinte, Schritte zu hören hinter dem Tor, schnelle, kleine Schritte auf Kiesboden. Ein schwerer Metallriegel wurde hörbar zurückgeschoben, das Tor öffnete sich einen Spalt. Tretjak erwartete einen Kopf in Ordenstracht, stattdessen blickte er in die Sommersprossen eines etwa fünfzehnjährigen Jungen.

»Grüß Gott«, sagte der Junge. Er hatte ein nettes Gesicht mit braunen Augen. »Was gibt's?«

Tretjak erklärte dem Jungen, was zu erklären war. Er sagte seinen Namen und dass er vor langer Zeit die damalige Äbtissin Assuntia gut gekannt habe – und einige der Schwestern, die Josepha und die Innozentia zum Beispiel, und Erich Strobel, den Hausmeister und Schmetterlingssammler. Dass ihm die Benediktinerinnen damals geholfen hätten.

»Ich bin gekommen, weil ich mich nach jemandem erkundigen muss«, sagte Tretjak. »Es geht um ein Mädchen, das damals hier war.«

Der Junge hörte ihm konzentriert zu, und zu Tretjaks Überraschung drückte er dann das Tor weit auf, trat zur Seite und sagte: »Kommen S' herein.«

Der Hof war mit Kies bedeckt, wirkte deutlich einladender als von außen. An der Mauer entlang lief der Streifen eines Beetes, in dem Hortensienbüsche gepflanzt waren, die schon dicke blaue Blüten trugen. Das war früher genauso gewesen, glaubte Tretjak sich zu erinnern. Der Junge überquerte den Hof und führte ihn in ein kleines Haus, das eine Art Warteraum darstellte. Die Äbtissin sei leider nicht da, sagte er, Exerzitien in der Schweiz. Und die Innozentia, die lebe nicht mehr, gestorben schon vor fünf Jahren, die Lunge, alles verklebt … »Aber die Josepha, die is' g'sund«, der Junge lächelte. »Und der Strobel Erich, das is mein Opa. Aber der hört sehr schlecht.«

Kloster Stassen war seit über zweihundert Jahren ein Frauenkloster, für die Öffentlichkeit nicht zugänglich. Die Benediktinerinnen lebten in Klausur. Daran hatte sich nichts geändert, das hatte Tretjak schon dem Internet entnommen.

Der Junge verschwand. Tretjak wartete in dem Häuschen. Der Raum war weiß gekalkt, der Boden mit Steinplatten gefliest. An der einen Wand hing ein Holzkreuz, an der anderen standen vier Holzstühle. In der Ecke auf dem Boden befand sich eine große Vase aus Glas mit abgeschnittenen Hortensienzweigen. Tretjak stand am Fenster und sah, wie Schwester Josepha über den Hof kam. Die schwarze Nonnentracht, die weiße Haube, das runde rote Gesicht. Genau wie früher, dachte Tretjak, in dieser Kleidung alterte man nicht. Auf den Mann an ihrer Seite traf das nicht zu. Er konnte nur mühsam einen Fuß vor den anderen setzen, hielt sich an Josephas Oberarm fest. Tretjak hätte ihn nicht wiedererkannt, viel zu dünn und zu gebrechlich war er geworden, der Mann, der die Schmetterlinge gesammelt hatte.

Zweimal hatte er ihm seine Sammlung gezeigt damals, Tretjak erinnerte sich an die hohen Regale, in denen die flachen Holzkästen lagerten. Wie Schubladen konnte man sie herausziehen und blickte dann durch eine Glasscheibe auf die bunten Falter. Strobel war spezialisiert auf Wanderfalter, solche, die jedes Jahr wie Zugvögel aus Afrika kamen und die Alpen überquerten. Er war stolz darauf, eine Art Rastplatz entdeckt zu haben, wo viele Tausende von ihnen zwischenlandeten. Wo genau das war, hatte er natürlich nicht verraten. Irgendwo im riesigen Massiv des Schlern.

»Du lieber Gott, der Gabriel«, sagte Schwester Josepha zur Begrüßung. Und die tausend Falten im Gesicht von Erich Strobel formierten sich zu einem Lächeln, das Tretjak sehr gut kannte.

Manchmal verschwanden Jahre, sogar Jahrzehnte innerhalb von einer Sekunde, dachte Tretjak. Ein Geruch konnte die Zeit durchschneiden wie ein Messer, blitzschnell eine Erinnerung auslösen und alle damit verbundenen Gefühle. Der Blick in ein Gesicht konnte das auch. Relativitätstheorie der Gefühle. Hatte sich die theoretische Physik jemals damit beschäftigt? Zeit war doch ihr großes Thema, Zeit und Parallelwelten … Er dachte kurz an die Physikerin Sophia

Welterlin am CERN-Forschungszentrum, an ihre Versuche, Teilchen für billionstel Sekunden in die Vergangenheit zurückzuschicken. Das hatte sie fast das Leben gekostet – und ihn, Tretjak, auch.

»Du bist wegen der Michaela hier«, sagte Schwester Josepha, nachdem sie die Stühle zurechtgerückt hatte und sie alle saßen. Der Junge hatte ihr Tretjaks Worte weitergegeben, und sie hatte die richtigen Schlüsse daraus gezogen.

»Ja«, antwortete Tretjak. »Ich dachte, ihr wisst vielleicht, wo sie ist, was sie macht. Ist sie mal zu Besuch gekommen? Hat sie euch mal geschrieben?«

Kloster Stassen war kein Schweigekloster, aber geredet wurde nicht viel. Man beobachtete genau, sah sich lange an, dachte nach. Der gegenwärtige Augenblick wurde nicht von anderen herbeigeplapperten Dingen überlagert. Schwester Josepha hatte viele kleine geplatzte Äderchen im Gesicht. Sie musterte Tretjak eine ganze Weile durch ihre randlose Brille, ehe sie sagte: »Die Michaela. Einmal nur ist sie hergekommen. Aber das ist schon Jahre her, nicht wahr, Erich?« Strobels Gesichtsausdruck zeigte, dass er nur das Wort »Michaela« verstanden hatte, aber er nickte, und er lächelte.

Für Michaela war Erich Strobels Freundlichkeit damals sehr wichtig gewesen. Sein Lächeln und seine Schmetterlinge. Bevor sie das Kloster Stassen verließ, hatte sie unbedingt ein Tattoo haben wollen, das einen seiner Schmetterlinge zeigte. Aber Erich Strobel hatte gesagt: »Nein, keinen der Falter von hier. Du brauchst einen, der noch viel weiter fliegen kann.« Und er hatte ihr ein Bild eines nordamerikanischen Schmetterlings gegeben, der 3000 Kilometer zurücklegte. Er hatte eine besondere Farbe, ein Orange, das wie Gold aussah, und er hatte eine schwarz-weiße Zeichnung. Monarch war sein Name.

»Kuchen hat sie dabeigehabt, Apfelstrudel«, sagte Schwester Josepha. »Und ein Geschenk für den Erich.« Den letzten Satz sprach sie sehr laut.

»Ja, ja«, sagte Erich Strobel mit dem heiseren Klang einer Stimme, die nur noch selten benutzt wurde, und drehte sich um zu dem Jungen. »Hol's schnell her.«

»Sie hat gut ausgesehen«, fuhr Schwester Josepha fort. »Das Gesicht ganz rein, und sie hat auch gesagt, dass es ihr gutgeht. Dass sie sogar schon in Amerika war.«

»Wann war das?«, fragte Tretjak.

Sie zuckte die Achseln, suchte in ihrem Gedächtnis. »Dürfte bald zehn Jahre her sein«, sagte sie schließlich.

Der Junge kam zurück und reichte Tretjak einen kleinen quadratischen Holzkasten mit einer Glasscheibe, durch die man einen Schmetterling sehen konnte.

»Das ist ein Monarch«, sagte Strobel, »den hat sie mir aus Amerika mitgebracht.«

Später, als Tretjak wieder in dem BMW saß und langsam ins Tal hinunterrollte, fasste er in Gedanken das Resultat seiner Recherche so zusammen: null. Im Kloster Stassen wusste man nichts über Michaela, man hatte keine Adresse, es gab schon lange keine Verbindung mehr. Noch später allerdings sollte Tretjak sich fragen, ob ihm nicht etwas hätte auffallen müssen, an diesem Nachmittag dort oben, so nah am Himmel.

Vom Wagen aus machte er ein paar Telefonate in der Angelegenheit Anna Weiß. Er vergewisserte sich bei der Wirtin einer Gaststätte in Franken, dass eine Anna Weiß gestern Abend angekommen war und heute Morgen ihr Zimmer im Schweigekloster Tiefenthal bezogen hatte. Der Tag der Klöster, dachte er.

Dann wählte er eine Nummer in Tel Aviv. Ehud Mandelbaum war einer der besten Computerhacker der Welt. Früher war er ein gefährlicher Pirat im digitalen Meer gewesen, heute verdiente er sein Geld mit Sicherheits-Checks bei großen Banken, offiziell jedenfalls. Tretjak hatte ihm einmal aus der Patsche geholfen, um es salopp zu sagen. Jetzt fragte er ihn nach den Daten über die Personen, die er ihm genannt hatte: den Vater von Anna Weiß, ihren Ehemann und den Mann, der ihr zu dem Kind verholfen hatte und sie jetzt erpresste. Außerdem wollte Tretjak Dossiers haben über die maßgeblichen Leute des Parfümkonzerns, bei dem sie arbeitete. Ehud Mandelbaum sagte, etwas Ungewöhnliches sei ihm bis jetzt nicht aufgefallen, die Daten seien fast komplett, er werde sie noch heute Abend an Tretjaks Rechner schicken – auf die übliche Art verschlüsselt und kennwortgesichert.

Außerdem telefonierte Tretjak mit der Leiterin einer Institution, die in den letzten Jahren viel gesellschaftliche Aufmerksamkeit erhalten hatte. Es handelte sich um eine völlig neuartige, hochgelobte Pflegeeinrichtung für demenzkranke Menschen, wunderschön gelegen an einem See in der Uckermark nahe der Ostsee. Das Problem war nur: Sie war bereits auf Jahre ausgebucht. »Herr Tretjak«, sagte die Leiterin am Telefon, »ich habe gute Nachrichten für Sie. Eines der schönen Erkerzimmer im Westflügel konnte freigemacht werden.«

»Danke, das freut mich«, sagte Tretjak. Er kannte die Frau nicht, aber ihren Ehemann, einen Staatssekretär im Verteidigungsministerium, dessen Namen Tretjak einmal erfolgreich aus dem Skandal um ein Rüstungsgeschäft herausgehalten hatte.

Das Gespräch mit der Privatdetektei, die Tretjak auf den

erpresserischen Freund von Anna Weiß angesetzt hatte, verlief weniger erfreulich. Er bekam die Auskunft, dass der Mann weder seine Wohnung noch sein Büro aufgesucht oder verlassen habe, kurzum, man habe ihn noch nicht beobachten können, weil man ihn noch nicht gefunden habe. »Aber es sind auch erst 38 Stunden vergangen seit ihrem Auftrag«, entschuldigte sich der Mann in der Detektei.

»Das ist ziemlich lang«, hielt ihm Tretjak entgegen, bevor er das Gespräch beendete.

Er hatte den Brenner bereits überquert und fuhr an Innsbruck vorbei, als er sich endlich den beiden Anrufen in Abwesenheit zuwendete, die sein Handy anzeigte. Sie waren aufgelaufen, während er sich mit Schwester Josepha und dem Schmetterlingssammler im Kloster unterhalten hatte.

Beide Anrufer waren von der Polizei. Und beide hatte Nachrichten auf Tretjaks Mailbox hinterlassen. Der erste war ein Kommissar aus München, der eigentlich gar kein Kommissar mehr war. Maler hieß er, und soweit Tretjak informiert war, erholte er sich gerade von seiner zweiten Herztransplantation. Sie hatten mehrmals miteinander zu tun gehabt in den letzten Jahren. Malers Stimme klang noch genauso, wie er sie erinnerte, sachlich, ohne besondere Betonungen. Und er hielt sich auch nicht mit unnötigen Worten auf. »Herr Tretjak, man hat den Kopf gefunden, der zu den Beinen gehört«, so lautete die Ansage. »Und wissen Sie, wo? In der Kirche Ihres Freundes Lichtinger in Grisbach. Bitte rufen Sie mich an, schnell.«

Der andere Anrufer war der Kommissar aus Berlin, Tietz. Seine Stimme klang verärgert: »Herr Tretjak, ich hatte, glaube ich, sehr deutlich gemacht, dass Sie Berlin nicht ohne unser Wissen verlassen sollten, weil wir Sie möglicherweise noch mal vernehmen müssen. Sie halten sich nicht daran, also fordere ich Sie jetzt auf diesem Wege auf, morgen früh um zehn Uhr im Präsidium zur Vernehmung zu erscheinen.«

Wer war diese tote Frau? Warum hatte man ihr den Schmetterling auf die Haut tätowiert? Was wollte man ihm, Tretjak, damit sagen? Was hatte Lichtinger damit zu tun?

In 18 Tagen würde er das alles hinter sich lassen, dachte Tretjak, als er den blauen Autobahnschildern Richtung München folgte. Bis dahin würde sich alles aufklären, bis dahin würde er alles in den Griff bekommen haben. Er hatte sich immer darauf verlassen können, dass er gut funktionierte, wenn es eng wurde. Seine Gedanken wurden klarer, seine Wahrnehmung schärfer.

München. Er dachte an die Zeit, als er hier gelebt hatte, an die Wohnung am St.-Anna-Platz. An seinen Freund Stefan Treysa, den Psychologen, der ihm durch die Krisen geholfen hatte. Es gab Gesprächsprotokolle von ihren Sitzungen. »Du versuchst, deine Emotionen durch Struktur in Schach zu halten«, hatte Treysa einmal gesagt. »Wut, Trauer, Angst ... Immer reagierst du damit, eine Art Plan aufzustellen. Einen Plan, der deine Handlungen, deine Gedanken und deine Zeit strukturiert.«

Als Gabriel Tretjak das Autobahnende erreicht hatte und auf der Rosenheimer Straße Richtung Innenstadt fuhr, sah seine Struktur folgendermaßen aus: Sein Flug nach Berlin war vom Abend auf den nächsten Morgen umgebucht, erste Maschine, 6 Uhr 30. Für heute hatte er ein Zimmer im Park Hilton am Englischen Garten reserviert. Dort war er zum Abendessen verabredet, um 20 Uhr, im 19. Stock, mit Blick über die Stadt. Mit einem Pfarrer aus Niederbayern. Heute hatte er es wirklich mit dem lieben Gott.

Freitag, 18 Uhr
Reinsalden, Brandenburg

Warum hatten die Menschen eigentlich so große Angst vor der Einsamkeit? Vor allem im Alter?

Der Mann saß in einem Ledersessel auf seiner Veranda in der Abendsonne. Seine Hände hielten ein Glas 25 Jahre alten Highland-Park-Whisky.

Der Ton der Einsamkeit war tief, gleichmäßig und beruhigend. Einsamkeit ist wie Ewigkeit, dachte er. Was machte es schon, wenn man vergessen war? Und wenn man selbst an manchen Tagen vergaß, mit welchem Namen man durch die Welt lief. Weiß? Schwarz? Er lächelte. So viele Namen.

Seine Tochter hatte er aufgegeben, in seiner Welt spielte sie keine Rolle mehr. Er hob das Glas auf sie. Im Sonnenlicht sah die Flüssigkeit wie Honig aus. Leb wohl, Mädchen.

Einsamkeit war wie Ewigkeit.

Der Tod?

Er lächelte.

Freitag, 19 Uhr
München

Der letzte Gedanke im Leben der Ethnologie-Studentin Sara Feldkamp richtete sich auf eine Gruppe von Gartenzwergen. Wenn die Blutzufuhr zum Gehirn plötzlich stoppt, weil die Halsschlagader durchtrennt wird, dann laufen die letzten chemischen Reaktionen und elektronischen Schaltungen im Kopf völlig außerhalb jeder Logik ab.

Die Gruppe von Zwergen hatte in der Villensiedlung gestanden, wo Sara Feldkamp aufgewachsen war, im Garten der Nachbarn. Sieben Zwerge waren es gewesen, und die kleine Sara fand sie wunderschön. Wenn sie groß war, da war sie sich damals ganz sicher, würden auch in ihrem Garten solche Figuren stehen.

Als Sara Feldkamp starb, war sie 29 Jahre alt. Eine große blonde Frau, meist lässig gekleidet, Jeans, Stiefel, manchmal aber auch sehr elegant. So sollte sie später der Polizei beschrieben werden. Sie bewohnte ein Apartment in einem Siebziger-Jahre-Haus in München-Solln, einem der teuren Viertel im Süden der Stadt. Ein altes Corbusier-Sofa befand sich dort, eine Stehlampe von Ikea, an der Wand hing der Druck eines Mapplethorpe-Fotos. Sie sah an diesem Tag noch die Nachrichten im Fernsehen, nahm die leichte Leinenjacke über den Arm und verließ die Wohnung um kurz nach 19 Uhr. Sie war mit ihrem Vater zum Abendessen verabredet. Hoffentlich stellte er nicht zu viele Fragen zu ihrem Leben, dachte sie, als sie in den Lift stieg. Unten in der Tiefgarage parkte ihr kleiner dunkelblauer Alfa, ein Mito.

Die Angelegenheit begann eine Sekunde, nachdem sie in den Wagen gestiegen war – und war fünf weitere Sekunden später schon beendet. Im Spiegel sah Sara die vermummte Gestalt auf dem Rücksitz, sah eine schnelle Bewegung, spürte, wie ihr irgendwie heiß wurde am Hals, wollte etwas sagen. Aber in diesem Moment baute sich schon das Bild von den Zwergen in ihrem Kopf auf. Ein ganz und gar friedliches Bild, sehr genau im Detail. Der größte Zwerg hatte eine orangefarbene Weste an mit einem gelben Gürtel. Es war fast dasselbe Gelb wie das der Markierungsstreifen in der Tiefgarage. Was für ein Zufall, dachte Sara Feldkamp noch, was für ein unglaublicher Zufall.

Als der kleine Alfa Romeo kurz darauf aus der Tiefgaragenausfahrt kam, spiegelte sich die tiefstehende Sonne in der Frontscheibe. Deshalb konnte der Zeuge, den die Polizei später im Mordfall Feldkamp ausfindig machen sollte, beim besten Willen keine Angaben darüber machen, wer am Steuer des Wagens gesessen hatte.

Freitag, 20 Uhr
München

Joseph Lichtinger hatte überlegt, ob er sich für das Treffen mit Tretjak umziehen sollte. Jeans, Hemd, Jackett, so etwas ... Aber dann hatte er sich dagegen entschieden. Irgendwie fühlte er sich zurzeit im Pfarrer-Anzug sicherer, man könnte sagen: beschützt. Absurd war das. Aber die Wahrheit war oft absurd. Und gerade er wusste darüber sehr genau Bescheid. Als er den Wagen vorm Hilton-Hotel parkte, blieb er erst noch eine Weile darin sitzen, kontrollierte sein Gesicht und den Hemdkragen im Rückspiegel. Er war ausgesprochen nervös. Vorm Eingang des Hotels herrschte der abendliche Trubel. Gäste trafen ein, zogen Rollkoffer ins Foyer, andere Gäste kamen heraus, fertig angezogen für den Abend. Taxis rangierten, ein Reisebus blockierte den Ablauf. Die Menschen waren schon sommerlich gekleidet, ein stabiles Hoch namens Norbert sorgte seit Tagen für gute Stimmung. Joseph Lichtinger gab sich einen Ruck, stieg aus dem Wagen und durchquerte die Szenerie.

Heute Nachmittag war er von zwei Kriminalbeamten vernommen worden, in seinem Pfarrhaus in Grisbach. Zwei höfliche, aber unangenehme Männer, zwei unangenehme Stunden lang. Joseph Lichtinger war gar nicht klar gewesen, dass er für die Münchner Kripo eine eher zwielichtige Figur mit einer dicken Akte war. Die beiden hatten in seinem Leben herumgebohrt, wollten die letzten Tage lückenlos dokumentiert haben, kamen immer wieder auf die Frage zurück, wer die Tote gewesen sei, ob er nicht das Gesicht erkannt habe, was für eine Verbindung es da geben könne – zwischen ihm, dem Pfarrer, und dem abgeschnittenen Kopf. Das Foto davon hatten sie die ganze Zeit vor ihm auf dem Tisch liegen lassen.

Mit solchen Fragen hatte Lichtinger natürlich gerechnet. Womit sie ihn überrascht hatten, war die Tatsache, wie sehr sie sich für Gabriel Tretjak interessierten, für ihre Freundschaft, für die alten Geschichten. Was hatte Gabriel mit dieser Sache zu tun? Er selbst hatte ihn seit so langer Zeit nicht gesehen, nicht mal gesprochen, aber das schienen ihm die Polizisten nicht recht abzunehmen. Die einzige Erklärung war die dicke Akte mit den alten Fällen.

Als sich die beiden dann endlich verabschiedet hatten, dauerte es keine Minute, bis Lichtingers Handy piepte. Monatelang hatte sich Gabriel Tretjak nicht gemeldet – und jetzt, in diesem Moment, schickte er eine seiner typischen SMS. *Heute Abend zwanzig Uhr im Marco Polo. T.*

Herrgott nochmal, Gabriel. Was glaubst du eigentlich, wer du bist? Das hatte Lichtinger gedacht. Und ein bisschen dachte er das jetzt immer noch, als er im Hotellift die 19 drückte.

Das »Marco Polo« war früher eine Bar gewesen, hoch über München, mit drei Fensterfronten zur Stadt, den besten Cocktails und den schönsten Frauen. Lichtinger war hier oft mit Tretjak verabredet gewesen, meistens, um einen ihrer Siege zu feiern. Dann hatten sie in einer der Nischen im Halbdunkel ihre Gläser gehoben. Wir sind stark. Wir nehmen unser Leben in die Hand. Und nicht nur unseres … Und die psychedelische Lichtorgel über der kleinen Tanzfläche schien ihr Mantra noch zu verstärken.

Irgendwann war das »Marco Polo« aus Brandschutzgründen geschlossen worden. Heute diente es dem Hotel nur noch als Location für besondere Anlässe, Vorträge, Workshops et cetera. Der Raum war umgebaut, der Tresen und die Ledersessel waren einer eher sachlichen Einrichtung gewichen. Tretjak war der einzige Gast. Man hatte das »Marco Polo« nur für ihn aufgesperrt. Er saß in der äußersten Ecke am Fenster, mit dem Rücken zum Eingang. Vor ihm auf dem Tisch standen eine Flasche Wasser und eine Kaffeetasse.

»Eigentlich hatte ich zwei Voodoos erwartet«, sagte Lichtinger, als er von hinten zu ihm trat und neben ihm Platz nahm. Voodoo war ihr Lieblingscocktail gewesen. Ein schneeweißer Drink mit Kirschwasser als Hauptbestandteil, soweit Lichtinger sich erinnerte.

»Soll ich zwei bestellen?«, antwortete Tretjak. »Ich kann dem Mixer das Rezept noch genau sagen.« Er sah Lichtinger ernst an. Älter war er geworden, schmaler.

Lichtinger schüttelte nur den Kopf. Er wusste nicht, was er sagen sollte. Bei ihrer letzten Begegnung, auf der Intensivstation in Schweden, war Tretjak bewusstlos gewesen, an Schläuchen hängend, mit Apparaten verkabelt, auf der Kippe zwischen Leben und Tod. Diese Bilder kamen jetzt zurück – und mit ihnen die Schuldgefühle. Auch Lichtinger war schuld daran gewesen, dass Tretjak in diese Lage gekommen war. Sollte er das Gespräch damit beginnen, dass ihm das unendlich leidtat? Oder sollte er von dem grausigen Geschenk erzählen, das er gestern erhalten hatte? Sollte er Tretjak Vorwürfe machen dafür, dass er auf seine Hilferufe nicht reagiert hatte? Glaubte er überhaupt noch daran, dass Tretjak ihm würde helfen können? Waren sie noch Freunde?

Irgendwie wollten keine Worte aus seinem Mund kommen. Die Stadt draußen wurde gerade dunkel, das Grün des

Parks verwandelte sich in eine graue Fläche. Die Stille zwischen ihnen kam ihm endlos vor.

»Die Wahrheit«, sagte Tretjak schließlich, den Blick weiterhin zum Fenster gerichtet, »ist eine Frage des Standpunktes, nicht wahr? Der Sichtweise, der Wahrnehmung. Das haben wir uns immer zunutze gemacht.« Er machte eine kleine Pause. »Aber weißt du, auf was ich gekommen bin?«, fuhr er dann fort. »Die Wahrheit ist vor allem eine Frage der Uhrzeit. Was morgens um neun wahr ist, kann mittags um zwölf, wenn deine Kirchenglocken läuten, schon falsch sein. Und umgekehrt.« Tretjak wandte den Kopf und sah ihn an. »Was sagst du dazu, Herr Pfarrer?«

Lichtinger spürte die Erleichterung wie einen kühlen Luftzug. Er lächelte. Um die Spannung aufzulösen, hatte der Regler ihr altes Spielfeld betreten und ihm einen Ball zugespielt. Und plötzlich sah er auch so aus wie früher, wie er so dasaß in seinen Jeans und dem weißen Hemd, wie seine Augen blitzten und auf Antwort warteten.

»Die Wahrheit eine Frage der Uhrzeit?« Lichtinger nahm den Ball auf. »Was für ein ausgemachter Blödsinn.«

Ihr Spiel dauerte so lange, bis zwei große Steaks gegessen und eine Flasche Chablis getrunken war. Tretjak führte die Relativitätstheorie ins Feld, die Quantenmechanik, neue Forschungsergebnisse aus der Psychiatrie. Und er erinnerte an ihren Studienkollegen Snobby, der bis heute keine Ahnung davon hatte, dass sie damals sein ganzes Leben umgekrempelt hatten, genau nach Plan, inklusive des Auswechselns der Freundin. »Wenn ich ihn jetzt anrufe«, sagte Tretjak und deutete auf seine alte Omega am Handgelenk, »dann ist seine Wahrheit eine ganz andere.«

Und dann, ganz unvermittelt, sagte er: »Man hat dir den Kopf einer Frau geschickt.«

Lichtinger starrte ihn an. »Woher weißt du das?«

In den Zeitungen heute Morgen war noch nichts davon zu lesen gewesen. Im Radio, Fernsehen und Internet verbreitete sich nur die unscharfe Meldung eines Fundes von Leichenteilen in einem niederbayrischen Ort.

»Ich weiß es von der Polizei«, sagte Tretjak.

»Von der Polizei?«

»Man hat mir am Tag vorher die Beine dieser Frau geschickt«, erklärte Tretjak.

»Um Gottes willen« war alles, was Lichtinger hervorbrachte. Er spürte, wie sich seine Kehle verengte. Wie konnte das sein? Was hatte Gabriel mit dieser Geschichte zu tun?

Tretjak berichtete, dass er vor zwei Stunden mit dem Münchner Kripomann Maler telefoniert habe, dass die DNA-Analyse zwar noch nicht vorliege, aber eine Reihe anderer Indizien kaum Zweifel ließen, dass es dieselbe Frau war. »Sie wissen noch nicht, um wen es sich handelt.« Tretjak räusperte sich, ließ ein paar Sekunden verstreichen, ehe er hinzufügte: »Aber ich habe einen Verdacht. Man wird mir morgen in Berlin sicher die Fotos von dem Gesicht zeigen.« Er sah Lichtinger jetzt direkt an. »Ich verstehe nur überhaupt nicht, wieso du plötzlich eine Rolle spielst. Du hast mit dieser Frau nichts zu tun.«

Lichtinger löste den obersten Knopf an seinem steifen Hemdkragen, stand auf, vergewisserte sich mit einem Blick, dass weder ein Kellner noch sonst irgendjemand in ihrer Nähe war. Dann trat er direkt ans Fenster, holte tief Luft und sagte, ohne sich umzudrehen: »Das ist nicht ganz richtig, Gabriel.«

Ihre Blicke begegneten sich in der spiegelnden Glasscheibe. Er sah, wie Tretjak ebenfalls aufstand und neben ihn trat. »Was ist nicht richtig?«, fragte er.

»Dass ich mit der Frau nichts zu tun habe«, sagte Lichtinger. »Vergiss deinen Verdacht. Ich weiß genau, wer diese Frau ist. Und sie ist nicht die einzige.« Er wunderte sich, wie ruhig er plötzlich war, jetzt, da er es ausgesprochen hatte. Und wie fest seine Stimme war, als er anfing, von der anderen Seite zu reden, von seiner anderen Seite.

Jetzt musste er nicht nach Worten suchen, immer wieder hatte er es in den vergangenen Monaten im Geiste formuliert, adressiert an den Regler, den Freund, den einzigen Mann, von dem er sich Hilfe erhofft hatte. Als er fertig war, blieb es eine Weile still dort oben im Marco Polo.

Dann sagte Tretjak: »Entschuldige mich einen Moment«, drehte sich um und ging hinaus in den Vorraum mit den vier Liftschächten. Dahinter, erinnerte sich Lichtinger, befanden sich die Toiletten. Er blickte Gabriel nach. Zog er ein klein wenig das rechte Bein nach? War das eine Folge der Schusswunde in seinem Oberschenkel? Die andere Kugel hatte in der Lunge gesteckt, sehr nah am Herzen.

Lichtinger setzte sich wieder, trank einen Schluck Wasser. Warum war Gabriel Tretjak plötzlich Teil seiner Geschichte?, fragte er sich. Was steckte dahinter?

Nach einer Weile näherte sich der Kellner mit einem kleinen runden Tablett, auf dem er ein langstieliges, tulpenförmiges Cocktailglas balancierte. Es enthielt eine weiße, cremige Flüssigkeit, darin ein Spieß mit Kirschen.

»Mit schönem Gruß von Herrn Tretjak«, sagte der Kellner und stellte den Drink vor Lichtinger auf den Tisch. Es sollte noch weitere zehn Minuten dauern, bis Lichtinger begriff, dass Tretjak nicht zurückkommen würde.

Unten an der Rezeption fragte er noch, ob Gabriel Tretjak hier ein Zimmer gebucht habe, bekam aber keine Auskunft.

Als er draußen seinen Wagen aufsperrte, registrierte er, dass es deutlich kühler geworden war. Der Sommer, dachte er, war doch noch weit weg.

Er blickte auf die Uhr. Es war 23 Uhr 52. Uhrzeit und Wahrheit. Er, Lichtinger, war heute Abend eine Wahrheit losgeworden, so viel stand fest. Tretjak wieder einmal nicht. Sein Spiel, wie immer. Lichtinger wurde das Gefühl nicht los, dass er einen Fehler gemacht hatte.

Das Buch Mutzenkreuz

Beide Familien in Mutzenkreuz lebten von der Landwirtschaft. Ein beschwerliches Geschäft an steilen Hängen, wo Lichtungen in den Wald geschlagen und schmale Terrassen für kleine Felder und Beete angelegt waren. Ein kleiner Weinberg gehörte auch dazu, weiter oben, schwer zu erreichen, und etwas Wald, aus dem man ab und zu Holz verkaufen konnte. Auf dem Hof liefen Hühner herum; wenn es dämmerte, kamen sie in einen alten Holzstall mit einem geflickten Zaun drum herum, wegen der Füchse. Die Nachbarsfamilie hatte zwei Kühe, die aber nur selten aus dem dunklen Stall durften. Ursprünglich hatte hier oben alles Martins Familie gehört. Aber Martins Großvater hatte einen Teil des Hofs verkaufen müssen, als vier harte Winter in Folge die Familie in den Hunger getrieben hatten. Martin sprach oft davon, eines Tages das kleinere Haus zurückzukaufen, samt dem bisschen Grund. Vor allem an den Abenden sprach er davon. Dann saßen sie um den großen Tisch in der Küche beim Abendbrot, vor sich Essiggurken aus einem Fass im Keller, selbstgemachten Joghurt in einer Glasschüssel, selbstgebackenes Brot, manchmal Speck oder Salami, immer Tomaten und Käse. Martin und Nanni tranken Wein, die Söhne und er bekamen den Himbeersaft.

Er war froh, wenn er aufstehen durfte und sich in sein Zimmer verkriechen konnte. Wenn Menschen von Plänen redeten, die nie Wirklichkeit wurden, wenn sie sich befördert vom Alkohol eine Wahrheit zurechtbrauten, die nicht existierte, die nie existierte … und dann beieinanderhockten und ihre Verlogenheit ausdünsteten ... Seit er denken konnte, spürte er in solchen Momenten, wie seine Temperatur fiel. Nicht die Körpertemperatur, die Temperatur in den Leitungen seines Gehirns. Die Gedanken wurden schneller dadurch, präziser und unerbittlicher. In der Physik hieß das Phänomen Supraleitung. Physik interessierte ihn. Und noch mehr die Mathematik. An solchen Abenden lag er dann auf seinem Bett in der Kammer und starrte auf das Poster, das den Esel zeigte, der Butterblumen fraß. Die Unerbittlichkeit der Natur. Die Butterblumen taten, was sie tun mussten: Sie kämpften sich vom Samenkorn durch die Erde an das Tageslicht zur Sonne. Und der Esel tat, was er tun musste: Er fraß die Butterblumen. Schicksal. Nicht zu ändern. Oder doch? Die Stimmen aus der Küche drangen dumpf durch die schwere Holztür. Der Sound seines neuen Lebens.

Schicksal? Nicht zu ändern?

*

Er war im Herbst nach Mutzenkreuz gekommen, zu Beginn des Schuljahres. Es war ein warmer Herbst, und es sollte ein langer Herbst werden. In seiner Erinnerung dehnte er sich später schier endlos. Die Leute hatten viel zu tun. Es musste geerntet werden, was es zu ernten gab, es musste verkauft werden, was verkauft werden konnte. Und es mussten Vorräte angelegt werden für den Winter. Die Männer verstauten Säcke voller Kartoffeln, türmten flache Kisten mit Äpfeln übereinander, hoben Heuballen auf den Dachboden und kippten mit Hilfe eines winzigen Traktors Zuckerrüben in ein steinernes Silo. Die Frauen kochten Marmelade und Sirup, sie machten das Obst ein in großen Gläsern mit roten Gummis unter den Deckeln. Man gab ihm kleine Hilfsarbeiten, war aber stets darauf bedacht, die Auflagen des Jugendamtes zu beachten. In der ersten Zeit kam die Frau vom Jugendamt jede Woche einmal keuchend den

Berg hoch, um nach dem Rechten zu sehen. Wie war er untergebracht? Was bekam er zu essen? Die Antworten auf solche Fragen notierte sie dann in einem Formular. Später kam sie nur noch einmal im Monat.

*

Die Nachbarin war jünger als Nanni, er schätzte sie auf Mitte dreißig. Sie war keine Schönheit, ihr Gesicht war immer ungeschminkt und hatte einen strengen, harten Zug um den Mund. Die aschblonden Haare waren meistens fettig und strähnig. Aber sie hatte eine schlanke, muskulöse Figur und große Brüste, die sich unter dem Kittel bewegten wie selbständige Lebewesen. Manchmal drückten sie die festen Nippel durch den Stoff.

Die Unerbittlichkeit der Natur zeigte sich auch in der blitzschnellen Bewegung, mit der die Nachbarin ihr Höschen herabzog, auf den Boden fallen ließ und gleichzeitig mit einem Bein herausschlüpfte. Als er das zum ersten Mal zufällig beobachtete, hörte er vor Schreck auf zu atmen. Er blieb regungslos stehen, dort im Gebüsch, wo er Himbeeren pflückte, und er registrierte genau, was in der Steinruine passierte, wo früher der Brunnen gewesen war. Sein Blickfeld war von einer halbverfallenen Mauer und einem Baumstamm begrenzt. Er sah zuerst nur die Nachbarin, wie sie sich nach vorn beugte, auf die kaputte Wasserpumpe stützte, ein Hohlkreuz machte und mit einer Hand den Kittel nach oben zog und ihren weißen Hintern entblößte. Martin war auch untenherum rothaarig, daran erkannte er ihn. Seinen Kopf konnte er nicht sehen. Daran und an der heruntergelassenen Arbeitshose mit dem grünen Streifen an der Seite. Martins Schwanz ragte wie ein Pflock aus dem Gebüsch der Haare heraus. Kurz nur konnte er das sehen, dann verschwand der Pflock zwischen den gespreizten Beinen der Nachbarin. Die Natur nahm ihren Lauf, es ging alles ziemlich schnell, kurze heftige Bewegungen, kaum Geräusche, ein paar unterdrückte Seufzer und am Ende eine Art Grunzen. Vorbei. Die Unterhose wurde über den weißen Hintern gezogen, der blaue Kittel verschwand zwischen den Bäumen in Richtung der Kirche. Er konnte Martin nicht sehen, aber er hörte das metallische Schnappen seines Feuerzeugs und sah Zigarettenrauch hinter der Mauer aufsteigen.

*

Es kamen die Nächte, in denen er nicht mehr schlief. Manchmal fiel Mondlicht durch das Fenster in seine Kammer und beleuchtete den Esel an der Wand. Aber das Bild verschwamm in seinen Gedanken, und er sah die Schenkel der Frau an der Wasserpumpe, wie die Muskelstränge sich rhythmisch anspannten, und er musste sich anfassen, und danach war das Laken nass, und sein Herz pumpte. Dann lag er lange wach und starrte an die Decke, lag in dem Geruch seines Spermas, der sich mit dem Aroma von Muskat mischte und dem Duft des Zwetschgenkompotts aus der Küche.

Er hatte die Szene noch oft heimlich beobachtet in diesem Herbst, immer von derselben Stelle aus, zwischen den dornigen Zweigen der Himbeersträucher, deren Früchte längst zu Marmelade zerkocht waren. Manchmal kam er zu spät und sah nur noch den Zigarettenrauch, manchmal wartete er vergebens, einmal war nur die Nachbarin da, Martin war im letzten Moment von Nanni ins Haus gerufen worden. Nach einer Weile schob sie eine Hand unter ihren Kittel und rieb sich zwischen den Beinen.

Beim Abendessen sprach Martin gelegentlich schlecht über die Nachbarin. Wie sie ihren Mann behandele, diesen Trottel, dass sie die Krankheit ihrer Tochter nicht in den Griff bekomme. Die arme Michaela, geschlagen mit solch einer Mutter. »Ein primitives Weib, die Nachbarin«, sagte Martin, sobald die Sprache auf sie kam. Und seine Frau Nanni zuckte mit den Schultern, sagte nichts, räumte die Teller vom Tisch.

*

Wenn man in einer mathematischen Gleichung nur eine einzige Zahl geringfügig veränderte, bekam man ein anderes Ergebnis. Diese Tatsache faszinierte ihn. Um ein Problem zu lösen, brauchte man zuerst den richtigen Ansatz – und danach durfte man auch in der Rechnung keinen einzigen Fehler machen. Nur so kam man ans Ziel. Dann allerdings zwangsläufig, verlässlich, todsicher. Das war das Versprechen der Mathematik. Es gab keine Interpretationen, keine Gefühle; alles, was man tat, hatte Konsequenzen, konnte zurückverfolgt werden. Und vorausberechnet werden. Das gefiel ihm. Eine kleine Änderung in der Gegenwart konnte die Zukunft entscheidend beeinflussen, und zwar verlässlich und berechenbar. Unten im Tal, in dem einzigen Gymnasium weit und breit, nahmen sie im Mathematikunterricht gerade Vektoren durch. Das waren Gebilde, die einen Wert und eine Richtung hatten. Man konnte sie am ehesten durch einen Pfeil darstellen. Oben auf dem Berg in seiner Kammer begann er, die Gleichung seines neuen Lebens aufzumalen. Abends, wenn es still war, zog er dazu die Reißnägel aus der Wand, die das Eselposter hielten, drehte das Bild um und pinnte es wieder fest. Mit Bleistift und Radiergummi bearbeitete er die weiße Fläche.

Jeden Tag ergänzte er seine Zeichnung. In der Mitte der Grundriss von Mutzenkreuz, die beiden Gebäude, der Hof, die Kirche, auch die Ruine mit der Wasserpumpe war eingezeichnet, die Schotterstraße. Einzelne Figuren waren eingezeichnet, mit Namen versehen und Informationen. Der Martin, die Nanni, ihre Söhne, die Nachbarin, ihr Mann Hans, sogar die zwei Kühe waren zu sehen. Michaela anfangs bei den Kühen, später radierte er sie dort aus und stellte sie vor das kleine Haus, noch später neben die Kirche. Er zeichnete Verbindungslinien zwischen den Figuren, Pfeile, die auf Informationen deuteten, die am Rand notiert waren, er beschriftete jeden freien Raum. Auf der Rückseite des Esels entstand ein eigenes Bild, mit ihm selbst als zentraler Figur in der Mitte. Wenn er das Zimmer verließ, drehte er es wieder zur Wand. Nachmittags auf seinem Rückweg von der Schule, allein im Wald, dachte er oft an seine Zeichnung und stellte allerhand Überlegungen an. Was wäre, wenn … Harmlose Sachen waren darunter. Was wäre, wenn der Fuchs alle Hühner holen würde, weil jemand die Stalltür offen gelassen hatte … Wer würde wen verdächtigen, was hätte es für Konsequenzen? Oder was wäre, wenn jemand von den Treffen an der Wasserpumpe erfuhr … Nanni zum Beispiel? Oder Michaelas Vater? Was müsste er dann in seiner Zeichnung ändern? Und wie würde sich das auf sein eigenes Leben auswirken?

Immer häufiger zog jetzt Nebel auf in Mutzenkreuz. Das Laub fiel schnell, die Luft wurde kühler, man zog sich Pullover über. Eine düstere Stimmung breitete sich aus. Und in den Nächten, in denen er nicht schlief, stellte er bald fest, dass in Mutzenkreuz niemand schlief.

*

Er stand zwischen den Himbeeren und blickte auf die grauen Steinmauern am alten Brunnen. Es war früher Abend, und es dämmerte. Das war gut, weil die Sträucher ohne die Blätter weniger Schutz boten, aber es war auch nicht gut, weil er in dem Zwielicht das Geschehen nur schemenhaft erkennen konnte. Er hatte gesehen, wie Martin auf dem Hof ein paar Worte mit der Nachbarin gewechselt hatte, die daraufhin nach einem kleinen Umweg am Beet mit dem Weißkohl vorbei Richtung Brunnen gegangen war. Sie trug Jeans und einen Armeeparka, aber als er seinen Beobachtungsposten bezog, sah er, dass sie die Hose schon ausgezogen, auf ein Steinsims gelegt und sich daraufgesetzt hatte. Sie wartete. Die Entfernung zu ihr betrug vielleicht dreißig Meter. Er sah die zarte Fahne ihres Atems in der schon ziemlich kühlen Luft. Es war vollkommen still.

Als er die Hand auf seiner Schulter spürte, erschrak er so heftig, dass er einen unbedachten Schritt machte, und ein paar Äste unter seinen Füßen laut knackten. Aber er sah nicht, ob das Geräusch die Nachbarin aufmerksam gemacht hatte, weil er sich umdrehte, praktisch hineindrehte in ein fremdes Gesicht, das vor seinem erschienen war, nur wenige Zentimeter entfernt. Er wich etwas zurück, und als Erstes fiel ihm die Farbe des Gesichtes auf. Es war rot, rot wie rohes Fleisch, das Gesicht sah aus wie verbrüht. Er sah Hautfetzen und schwarze Augen, die tief in diesem Fleisch lagen. Sie blickten ihn vollkommen ruhig und ernst an. Er wusste, dass es Michaela war, obwohl er ihr Gesicht nie gesehen hatte. Sie hielt einen Finger senkrecht vor ihre Lippen, leise, leise, hieß das, und sie bedeutete ihm mit einer leichten Kopfbewegung, wieder nach vorn Richtung Brunnen zu schauen. Als er es tat, schob sich ihr Gesicht ganz nah neben das seine, und ihre Hand lag immer noch auf seiner Schulter. So harrten sie fast reglos aus und beobachteten. Wie Martin sich aus dem Wald näherte, wie Michaelas Mutter ihm die Hose aufknöpfte und sein Glied in den Mund nahm …

Manchmal blickte er verstohlen zur Seite und sah, wie Michaelas schwarze Augen aufnahmen, was dort in der Dämmerung am Brunnen geschah. Er konnte an nichts erkennen, ob es neu für sie war, was sie sah. Sie wurde bald zwölf Jahre alt, das hatte er bei einem Gespräch in der Küche mitbekommen. Ihre Gestalt wirkte jünger, kindlicher, ihr Gesicht älter. Ich bin die Prinzessin. Er erinnerte sich an ihre Worte bei der ersten Begegnung im Kuhstall. Er hatte den Eindruck, dass Michaela neben ihm kaum atmete. Ihre Mutter dagegen atmete jetzt lauter, sie hatte die Beine um den rothaarigen Mann geschlungen, der vor ihr stand, und sie machte schaukelnde Bewegungen, die schneller wurden.

Später, als der Brunnen schon im Dunkeln lag, als es schon eine Weile her war, dass die beiden Menschen dort ihre Kleider in Ordnung gebracht hatten, sich mit der Hand durchs Haar gefahren waren und sich getrennt davongemacht hatten, da stand er immer noch neben Michaela im Gebüsch, und sie hatten nichts gesagt. Man hatte schon nach ihnen gerufen, weil es Abendbrotzeit war, in beiden Häusern. Plötzlich nahm Michaela ihre Hand von seiner Schulter und flüsterte ihm etwas ins Ohr. Er war sich erst nicht sicher, ob er die Worte richtig verstanden hatte, wollte fragen, doch da war sie schon weggetaucht, genauso geräuschlos, wie sie gekommen war. Aber der Satz klang in seinem Kopf nach, und er hörte ihn den ganzen Abend über:

»Komm heut Nacht zur Kirche. Um drei Uhr.«

Teil 2

Brüder

Vierter Tag

Samstag, 7 Uhr
Amsterdam

Marko gefiel es sehr, wenn Luca ihn teilhaben ließ an seiner Arbeit. Wirkliche Zusammenarbeit hätte er es nicht genannt. An diesem Morgen bekam er von Luca eine »laute« SMS, wie sie es nannten, wenn die Stummschaltung aufgehoben wurde, das bedeutete Dringlichkeit. Sie kam um kurz vor sieben Uhr, aber sie weckte ihn nicht. Marko kam seit jeher mit vier, fünf Stunden Schlaf aus.

Lagebesprechung, im weißen Quadrat?, lautete der Text der SMS.

Gerne, schrieb Marko zurück.

Frühstückstisch. Mittagszeit. Teepause. Abendspaziergang, bei dem nie vergessen wurde, den Mond im Himmel über Amsterdam zu suchen und anzuschauen. Sie hatten sich den Alltag klar gegliedert, jedes Ritual wurde penibel eingehalten. Sie hatten sich ein Korsett des Lebens geschaffen. Marko und Luca schliefen in getrennten Schlafzimmern. Wenn sie Sex hatten, und sie hatten oft Sex, kam immer

Luca in das Zimmer von Marko. Nie umgekehrt. Veränderungen, schon gar spontane, waren nicht ihre Sache. Eine solche morgendliche SMS hatte es noch nie gegeben.

Sie lebten nun schon einige Jahre als Paar zusammen. Luca war irgendwas um die fünfzig, Marko ungefähr zehn Jahre jünger. Genauere Auskunft gaben sie sich beide nicht. Als wichtigste Regel hatten sie für ihre Beziehung aufgestellt: Es gab keine Fragen, niemals. Was einer sagen wollte, sagte er, was nicht, eben nicht. Keine Fragen, nur Erzählungen. So blieb immer ein Geheimnis. So wehrte man sich gegen die Dumpfheit des Alltags, der jeden Zauber vernichtete. Das hatten sie zum Rezept ihrer Liebe erklärt. Vielleicht hatten sie auch nur schnell erkannt, dass sie bei ihrer beider Leben aus dem Fragen gar nicht mehr herausgekommen wären.

Luca Tretjak – der Mann, der nicht sprechen konnte, zumindest meistens nicht. Das Rätselhafte dabei war, dass er nicht völlig stumm war, von einem Moment auf den anderen konnte er manchmal reden, sehr deutlich, als wäre es die normalste Sache der Welt. Doch genauso plötzlich stoppte es wieder, manchmal für Wochen. Schon als Jugendlicher hatte die Blockade begonnen. Wodurch sie ausgelöst worden war, konnte nie geklärt werden. Dramatische Anlässe hatte es genug gegeben. Der schreckliche Tod der Mutter, der verantwortungslose Vater, der die Familie verließ. Und der kalte Bruder, Gabriel Tretjak, den man einen Racheengel nennen konnte. Den Vater verbannte er ins Exil, den Bruder Luca jahrelang ins Kloster. Jedenfalls war das die Version, die Luca ihm erzählt hatte.

Marko Larsen war Strichjunge gewesen, dann lange der Abenteuerjunge der besten Amsterdamer Gesellschaft. Er wechselte täglich seine Outfits – mal war er Frau, mal Transvestit, mal auch einfach nur schmaler Junge in Jeans, T-Shirt und Sonnenbrille. Mehrmals hatte er im Gefängnis gesessen, wegen schwerer Körperverletzung, wegen Drogenhandels. In einem Mordprozess wurde er freigesprochen. Er hatte einem Freier das Geschlechtsteil abgeschnitten. Das Gericht war jedoch davon überzeugt, dass er in Notwehr gehandelt hatte. Alles lange her. Seit Jahren: keine besonderen Vorkommnisse mehr im Leben von Marko Larsen.

Das weiße Quadrat, so nannten sie das Zimmer im hinteren Teil der Wohnung. Luca und Marko waren beide Fans eines längst verstorbenen Kölner Künstlers, Hans Chipper, der Skulpturen und Gebilde aus weißen Kugeln, weißen Quadern, weißen Vierecken angefertigt hatte, allesamt aus Kunststoff. Große und kleine Kunstwerke. Sie standen in der gesamten Wohnung verteilt; das größte davon, zusammengesetzt aus 540 kleinen Quadraten, befand sich in jenem Zimmer am Ende des Ganges. Sonst gab es dort nur einen riesigen Bildschirm und davor eine schwarze Couch. Es war Lucas Arbeitszimmer. Der Bildschirm gehörte zu seiner Computeranlage. Hier wurde alles, was Luca dachte und tat, verarbeitet. Jede Information, die von draußen kam – und es waren viele –, tauchte hier auf. Draußen: Das waren vor allem seine Informanten, eine Handvoll Leute, alles Spezialisten. Über den Bildschirm hielt er Kontakt mit ihnen.

Es war vor etwa fünf Jahren gewesen, als Luca Marko eine Mail geschrieben hatte: »Würdest du mir einen Gefallen tun? Ich möchte, dass du mir bei meiner Arbeit hilfst. Ich halte dich für einen außerordentlichen Menschenkenner. Du bist ein Meister des Lebens. Diesen Blick brauche ich. Ja?« Diese Mail hatte sich Marko aufgehoben. Sie war für ihn eine pure Liebeserklärung.

Lucas Sitzungen mit ihm waren klar formatiert. Das Zimmer verdunkelte sich, nur noch das matte Licht des Bildschirms war zu sehen. Zu Beginn erschienen verschiedene Fragen, wie eine Art Vorspann zur nachfolgenden Aufführung. Die Fragen lauteten immer gleich. Was ist die Aufgabe? Was ist das Ziel? Was ist der Kern der Geschichte? Was ist wahr? Was sind die Ablenkungsmanöver? Wer steuert die Täuschungen? Wer steckt dahinter? Wer profitiert von wem? Wer profitiert von was? Und am Ende des Vorspannes stand immer der Satz: Folgen Sie der Spur des Geldes, sie führt immer ins Zentrum der Geschichte! Der Satz klang nach Mafia, das mochte Marko.

Geschäftsmann, Unternehmensberater – so lautete Lucas offizielle Berufsbezeichnung. Marko hatte sich früher nie dafür interessiert, welche Geschäfte sein Geliebter eigentlich machte. Er freute sich am Reichtum von Luca. Die wunderschöne Wohnung, unfassbar groß, die Überweisungen von Luca auf sein Konto. 100 000 Euro waren die Richtschnur; wenn der Stand unter 50 000 fiel, wurde automatisch wieder aufgestockt. Auch heute, nach jahrelanger Zusammenarbeit, hätte Marko nicht genau sagen können, was Luca für einen Job hatte. Ein bisschen Detektiv, ein bisschen Anwalt, ein bisschen Ganove? Marko hätte nicht einmal sagen können, von wem Luca seine Aufträge bekam. Von wem wurde er so üppig bezahlt? Keine Ahnung. Luca hatte bislang nie darüber gesprochen. Er hatte sicher seine Gründe.

Am Anfang stand immer ein Problem, oft ein Geflecht von Problemen. Luca hatte einmal gesagt, dass Menschen an einem anderen Ort oft besser aufgehoben seien als an dem, an dem sie sich gerade befanden. Das zu organisieren, dabei helfe er mit. Luca hatte auch einmal gesagt, dass Menschen manchmal eine andere Identität brauchten als die, die sie hatten. Auch das zu ermöglichen gehöre zu diesem Job. Wer hätte dafür größeres Verständnis gehabt als Marko?

Eines hatte Marko rasch kapiert: Es war immer ernst, und manchmal sehr ernst. In einem der ersten Fälle, an denen er beteiligt war, ging es um einen Mann, der bereits zwei Vorschläge abgelehnt hatte, die sein Problem hätten lösen können. Eines Tages erschienen dann zwei Fotos von dem Mann auf dem Bildschirm vor der Couch. Er war tot, mit einem Einschussloch im Kopf. Luca zeigte keine Regung, als er die Fotos betrachtete. So war es auch später immer in vergleichbaren Situationen. Luca blieb eiskalt. Er tippte einen Zahlencode als Antwort an den Informanten, der die Fotos geschickt hatte. Viermal die Sieben, was so viel bedeutete wie: »Ende der Angelegenheit. Alle Spuren löschen.« Luca liebte Zahlen, sie waren sein Markenzeichen.

Marko hatte vieles in seinem Leben erlebt. Wie sich scheinbar nette Menschen plötzlich in Monster verwandelten. Dass plötzlich Menschen weggingen, von denen man gedacht hatte, sie würden einen nie verlassen. Wie Menschen zu Verrätern wurden. Zu Feiglingen. Zu Betrügern. Nach seiner Erfahrung war das größte Hilfsmittel gegen all diesen Dreck: Angst. Wenn man vor jemandem Angst hatte, behandelte man ihn mit Respekt. Marko hatte bemerkt, dass Luca zu den Leuten gehörte, vor denen andere Angst hatten. Das war gut.

An diesem Morgen hatte Marko beschlossen, keine Perücke zu tragen, kein Make-up, keinen Lippenstift, nur ein wenig Kajal um die Augen. Schwarze Jeans, schwarzes T-Shirt. Er stellte die Karaffe mit Mineralwasser auf den Couchtisch, zwei Gläser, ein Schälchen mit ein paar aufgeschnittenen Limetten dazu, eine Silberschüssel mit Eiswürfeln. Es war erst zehn Uhr, aber es begann bereits beachtlich warm zu werden im frühsommerlichen Amsterdam. Luca trug ebenfalls eine schwarze Jeans, dazu ein blaues Hemd. Er hatte einen dezenten roséfarbenen Lippenstift aufgetragen, was ganz wunderbar zu seinen kurzen roten Haaren passte, wie Marko fand.

In der Lehne der Couch war eine goldene Tastatur eingelassen. Luca drückte auf einen der Knöpfe, und im Zimmer wurde es dunkel. Die Vorstellung konnte beginnen.

Nach dem üblichen Vorspann mit den allgemeinen Fragen hatte Luca in einigen Sätzen das bisher Geschehene zusammengefasst:

Eine Frau wird umgebracht. Junge Frau. Beruf: Prostituierte. Identität: noch unbekannt. Frau wird zerstückelt. Die abgeschnittenen Beine werden in einem Paket an Gabriel geschickt. Adresse derzeit: Berlin, Soho House. Der Kopf der Frau wird ebenfalls in ein Paket gesteckt und an den bayrischen Pfarrer Joseph Lichtinger verschickt. Das Paket liegt auf einer Sitzbank in seiner Kirche, als Lichtinger es findet.

Gabriel erhält das Paket aus den Händen des Hotelpersonals. Das Paket war an der Rezeption für ihn abgegeben worden.

Der Frau wurde nach ihrem Tod ein seltenes, sehr wertvolles Tattoo auf den Oberschenkel aufgebracht. Muss von einem Spezialisten ausgeführt worden sein, da nur wenige Tattoo-Künstler in der Lage sind, diese Tätowierung zu stechen. Es handelt sich um einen Schmetterling, Katalognummer 126. Teile der Tätowierung bestehen aus reinem Gold.

Das Schmetterlings-Tattoo hat eine Geschichte. In der

Jugend hatte Gabriel in dem kleinen Südtiroler Bergdorf Mutzenkreuz eine Freundin: Sie hieß Michaela und lebte in einer schrecklichen Familie. Gabriel und Luca halfen ihr, diesem Leben zu entkommen. Als eine Art Glücksbringer ließ sich Michaela später auf ihrem Oberschenkel diesen besonderen Schmetterling tätowieren. Weder Gabriel noch Luca wissen, was aus Michaela geworden ist. Seit Jahrzehnten besteht kein Kontakt mehr.

Es ist anzunehmen, dass der Absender mit dem Tattoo auf dem Bein der Toten eine Botschaft irgendeiner Art senden wollte. Aber welche?

Bisher ist unklar, welche Rolle die tote Prostituierte spielt. War sie nur eine »Brieftaube«? Oder mehr?

Es ist weiter völlig unklar, warum Joseph Lichtinger den Kopf der Toten erhalten hat.

Ende der beschriebenen Lage, 7 Uhr, gezeichnet: Luca Tretjak.

Luca drückte auf eine Taste, und der Schirm wurde wieder schwarz. Fragend blickte er Marko an. Marko wusste, was der Blick bedeutete: dass er jetzt etwas sagen sollte.

»Lichtinger?«, fragte er, »ist das der Mann, den ich damals in Schweden im Krankenhaus kennengelernt habe, als wir Gabriel besuchten?«

Luca nickte.

»Der kam mir irgendwie merkwürdig vor, aber interessant. Erinnerst du dich, wir haben damals über ihn geredet. Du hast erzählt, dass er Pfarrer ist. Und ich dachte sofort, es ist selten, einen Mann zu erleben, der fast bebt vor lauter Widersprüchen. So habe ich ihn in Erinnerung.«

Luca tippte in sein iPad: »Ich weiß, Widersprüche sind dein Spezialgebiet. Die kannst du geradezu riechen.«

Marko musste lächeln. Er hörte gern Komplimente. Nach einer kurzen Pause tippte Luca weiter, diesmal erschienen die Sätze auch vorn auf dem Bildschirm. Luca schrieb, dass er bereits gestern das gesamte Informantenteam auf den Fall angesetzt habe, also alle fünf Leute. Er habe ihnen konkrete Aufgaben gestellt. Einer sollte sich um das Rotlichtmilieu kümmern, in dem die ermordete Prostituierte verkehrte. Einer sollte sich an Nachforschungen über Michaelas Leben machen. Ehud Mandelbaum aus Tel Aviv sollte nach allen nur möglichen Verbindungen zwischen der Prostituierten und den anderen Figuren dieser Geschichte fahnden. Die letzten beiden Aufgaben hießen »Lichtinger« und »Mutzenkreuz«.

Keiner von Lucas Informanten zog jetzt in die Welt hinaus, klingelte an irgendwelchen Haustüren. Die fünf verkleideten sich nicht, sie brauchten keine Dienstwagen und auch keine Privatflugzeuge. Seit gestern saßen sie mit ihren Aufträgen an ihren Computern. An ganz verschiedenen Orten. Sie kannten sich nicht, aber sie hatten eines gemeinsam: Sie beherrschten das weltweite Netz wie kaum jemand sonst.

Es war jetzt 10.30 Uhr. Wie vereinbart, traf die erste Runde an Informationen ein. Mails, die auf dem Bildschirm erschienen. Zwei der Informanten hatten abgewinkt, die Zeit sei noch zu kurz gewesen. Auch die anderen betonten, sie seien erst ganz am Anfang, aber ein paar Informationen hätten sie bereits.

Der Rotlicht-Mann schrieb, dass in Bayern in letzter Zeit mehrere Prostituierte verschwunden seien. Auch Leichenteile von Frauen seien aufgetaucht, man habe sie aber noch niemandem zuordnen können.

Luca tippte zurück: »Information bitte an Berliner Polizei weiterleiten, an Herrn Bruno Tietz. Natürlich ohne Absender, wie immer.«

Es gab auch eine erste Spur zu Michaela. Vor sechs Jahren hatte sie anscheinend ein Zeugnis einer Zeitarbeitsvermittlung in Stuttgart erhalten, ein sehr gutes Zeugnis, für verschiedene Zeitverträge als Sekretärin in einer Anwaltskanzlei. Sie hatte damals eine Stuttgarter Adresse, war auch polizeilich gemeldet gewesen, zusammen mit einem Mann, wohl ihrem Freund. Nette Leute, sehr höflich, hatte ein Nachbar am Telefon gesagt. Aber vor etwa fünf Jahren waren sie weggezogen, nach Köln, wie sie dem Nachbarn angegeben hatten. In Köln: bislang noch keine Spur.

Mandelbaum schrieb aus Tel Aviv, er sei bisher nur auf eine Sache gestoßen, allerdings auf eine sehr merkwürdige. Ein Online-Dienst habe in der Nacht den Namen der zerstückelten Prostituierten gemeldet, Julia Jaspers. Eine Frau mit diesem Namen und derselben Ausweisnummer habe gestern in Nürnberg einen Mietvertrag für eine neue Wohnung unterschrieben, zwei Zimmer, Dachgeschoss. Zu einem Zeitpunkt, als die echte Julia Jaspers schon mehrere Tage tot gewesen war.

Eine Meldung gab es zu Joseph Lichtinger: Man habe einen Kreditkartenbeleg gefunden, zwei Jahre alt. Er habe in einer Erotikbar mit seiner Karte bezahlt.

Luca beendete die Lagebesprechung mit dem Hinweis, die nächste Sitzung finde in acht Stunden statt, um sieben Uhr abends.

Marko fragte ihn, was denn das Besondere an diesem Fall sei. Der Kern. Luca wollte sprechen, wie Marko merkte, aber es ging nicht. Er tippte: »Das Besondere ist: Wir stecken in dieser Geschichte mittendrin. Wir sind ein Teil davon. Das gefällt mir nicht.«

Marko merkte Luca die Nervosität an. Aber was ihn mehr verstörte: Luca hatte »wir« gesagt. Und meinte damit offensichtlich sich und seinen Bruder. Gabriel und Luca. Diese Formulierung war in der Zusammenfassung eben auch schon aufgetaucht. »Wir.« Was sollte das denn?

Samstag, 11 Uhr
Berlin

Seine Laune wurde von Telefonat zu Telefonat schlechter.

»Verstehe ich dich richtig«, sagte der Berliner Kriminalhauptkommissar Bruno Tietz, »es gibt im Raum Regensburg vier weibliche Prostituierte, die seit Monaten verschwunden sind?«

»So würde ich das nicht formulieren«, sagte der Regensburger Kommissarkollege.

»Wie würdest du es formulieren?«, fragte Tietz.

»Du weißt doch, wie das ist«, sagte der Kollege, »die Nutten arbeiten mal da und mal dort, aber sie melden sich nicht ab. Wo kämen wir da hin, wenn wir jeder vermissten Nutte nachlaufen würden?«

Jetzt hatte der Mann gleich zweimal danebengegriffen. Es gab nämlich eine Reihe von Formulierungen, die Tietz augenblicklich an die Decke brachten. »Du weißt doch, wie das ist« – das hasste er besonders, weil es immer gleichbedeutend mit Nichtstun war. Die Entschuldigung wurde vorweggenommen, angebliche Zwänge, angebliche Erkenntnisse, angebliche andere Prioritäten. »Wo kämen wir da hin« – das war dann nur noch das Nachklappern der gleichen Aussage.

»Verstehe ich dich richtig«, fragte Tietz, »ihr habt beschlossen, trotz der drängenden Vermisstenanzeigen keinerlei Ermittlungen aufzunehmen, um die Sache aufzuklären?«

Der Kollege antwortete eisig: »Spar dir deinen Tonfall. Wir brauchen keine Belehrung aus Berlin. Nach unserer Einschätzung gab es keinen Fall, also gab es auch keine Ermittlungen.«

Tietz versuchte sich zu kontrollieren. »Wir können jetzt die Tote von gestern identifizieren. Sie heißt Julia Jaspers, ist 36 Jahre alt. Ist das vielleicht eine von euren Vermissten? Könntest du nachschauen?«

»Moment«, sagte der Kollege. Es dauerte. Und dauerte. Man konnte nicht behaupten, dass dieser Kommissar in dem Fall drin war. Aber klar, es gab ja auch keinen Fall. Oder wollte er sich dafür revanchieren, dass er am Samstagmorgen ins Büro hatte fahren müssen? Noch ein langer Moment, dann hörte Tietz: »Ja, Julia Jaspers, 36 Jahre alt. Sie wurde vor drei Monaten vermisst erklärt, von einer Kollegin von ihr, ich sag mal, von einer Arbeitskollegin.«

Er sagte dann noch, er werde jetzt doch einen Beamten zu dem Pfarrer senden, dem der Kopf der Leiche geschickt worden war. Vielleicht könne er ja mit dem Namen der Toten etwas anfangen. »Beim ersten Verhör mit den Münchner Kollegen kam nichts raus, aber das hatte ich mir auch schon vorher gedacht.«

Bruno Tietz hatte zuvor schon mit den Kollegen aus München und Straubing telefoniert. Die Gespräche waren nicht so ärgerlich gewesen wie mit dem Regensburger Supermann, aber im Ergebnis ähnlich: Überall wurden Prostituierte vermisst, seit Monaten, keinerlei Lebenszeichen, in Straubing zwei, in München zwei. Bei einer der Münchner Vermissten, der Leiterin eines dieser Etablissements, hatte man einen Fall daraus gemacht. Es gab eine Pressemitteilung, die Boulevardzeitungen sprangen darauf an. »Puffmutter verschwunden« – die Chefin der »Roten Lagune«, die schöne Verena, Nachname unbekannt. Die Hinweise, die eingingen, »prüfe man noch«, sagte der Münchner Kollege von der Sitte. Er deutete an, es habe Unstimmigkeiten darüber gegeben, wer sich um den Fall kümmern sollte, die Sitte-Leute oder die Vermissten-Experten. In Straubing war gar nichts geschehen. »Du weißt doch, wie es ist. Aber jetzt kümmern wir uns. Großes Polizistenehrenwort.« Wieder so eine Formulierung, die Tietz wirklich verabscheute.

Eine E-Mail hatte ihn zu den Anrufen veranlasst. Um 7 Uhr 30 heute Morgen war sie eingegangen, an ihn persönlich adressiert. »Sehr geehrter Herr Tietz, in Bayern sind Prostituierte verschwunden, vor allem in Regensburg, aber auch in Straubing und München. Es könnte Verbindungen geben zu dem Fall in Berlin.« Mit freundlichen Grüßen, ohne Absender. Natürlich hatte Tietz sofort bei den IT-Experten des Präsidiums nachgehorcht, ob sie nachvollziehen konnten, woher diese Mail stammte. Die Antwort war rasch gekommen: Keine Chance, die Mail stamme aus einem sehr sicheren Kanal. Sehe nach echten Profis aus.

Tietz mochte es gar nicht, wenn er das Gefühl hatte, dass ihn jemand steuerte. Dass ihn jemand in eine Richtung zog. Das Marionetten-Gefühl. Wobei er bei der Vorstellung, eine Marionette zu sein, selbst schmunzeln musste. Er vermied Gedanken über sein Gewicht, wann immer er konnte. Aber die Vorstellung von der Marionette Tietz erheiterte ihn. Der Faden, an dem diese Marionette hing, den wollte er sehen.

Zwischen den Telefonaten hatte um zehn Uhr dieser Gabriel Tretjak in der Tür gestanden. Sie waren in den kleinen Besprechungsraum gegangen. Tietz hatte gefragt, ob er etwas dagegen habe, wenn das Gespräch auf Band aufgenommen würde. Tretjak hatte den Kopf geschüttelt.

»Sind Sie ein Mann, der regelmäßige Bordelle aufsucht?«, fragte Tietz.

»Nein.«

»Haben Sie Beziehungen zu Prostituierten?«

»Was meinen Sie mit Beziehungen? Ich bin kein klassischer Kunde, wenn Sie das meinen«, antwortete Tretjak.

»Kennen Sie Prostituierte?«

»Ich habe gelernt, dass im Wirtschaftsleben die Grenzen fließend sind. Was ist Geschäft? Was ist Prostitution? Auf Ihre Frage antworte ich: Ja, ich kenne Prostituierte. Sind oft sehr angenehme Frauen.«

»Was haben Sie für ein Geschäft, Herr Tretjak?«

»Nicht so leicht zu beschreiben«, sagte er, »lassen Sie es mich so sagen, wie ich es immer sage: Ich regle das Leben anderer Leute, private Sachen, geschäftliche Sachen. Es gibt viele Leute, die wollen ihr Leben ändern, tun es aber nicht. Das mache ich dann für sie – wenn sie es wirklich wollen.«

»Sie regeln das Leben anderer Leute«, wiederholte Tietz. »So könnte es die Mafia im Grunde auch formulieren.«

»Nein, Herr Kommissar, die Mafia arbeitet für sich. Ich arbeite für andere. Das ist der Unterschied. Dass ich damit Geld verdiene, sollte aber niemanden wundern; ich habe meinen Preis.«

»Sagt Ihnen der Name Julia Jaspers etwas?«, fragte Tietz.

»Nein.«

»Das ist die Dame, von der die Beine stammen, die man Ihnen geschickt hat.«

Tretjak schwieg.

»Drei Tage danach: Haben Sie irgendeine Idee, warum man Ihnen die Beine dieser Frau geschickt hat?«

»Nein«, antwortete Tretjak, »keinerlei Idee.«

Für einen Augenblick hatte sich der Adrenalinspiegel von

Tietz erhöht. Da saß einer vor ihm, der den Eindruck machte, dass ihn so gar nichts berührte. Doch was sollte ein Wutanfall bringen? Tietz versuchte, ruhig zu bleiben, und fragte weiter.

»Den Kopf der Dame bekam ein Pfarrer namens Joseph Lichtinger geschickt. Sie wissen das. In was für einer Beziehung stehen Sie zu ihm?«

»Ich kenne Joseph Lichtinger schon sehr lange. Wir waren Studienfreunde. Wir sehen uns inzwischen selten, aber wir sind immer noch befreundet«, sagte Tretjak.

»Besucht Herr Lichtinger Bordelle?«

»Das müssen Sie ihn selbst fragen, Herr Kommissar.«

Das Gespräch hatte nicht länger als eine halbe Stunde gedauert. Als sich Tretjak verabschiedete, überlegte Tietz, warum er ihn eigentlich einbestellt hatte. Vielleicht, dachte er jetzt, hatte er diesem nicht unsympathischen, aber doch sehr überheblich wirkenden Mann demonstrieren wollen, über welche Macht die Polizei verfügte. Und wenn es nur das war: zu bestimmen, wo einer am nächsten Morgen um zehn Uhr zu sein hatte.

Ach, Vater, dachte Tietz, ich weiß: Polizisten sind nie irgendwer. Polizisten sind wichtig. Polizisten müssen immer dafür sorgen, dass sie einen besonderen Auftritt haben. Polizisten sind stolz und lassen sich von keinem etwas sagen. Und Polizisten sind leidenschaftlich Polizisten. Sie lieben ihre Arbeit.

Sein Vater hatte gern solche Lehrsätze gesprochen. Er hatte gern moralisiert. Er war sein Leben lang ein kleiner Polizeibeamter gewesen, allein dreißig Jahre im Polizeirevier in Spandau. Als er starb, kamen Hunderte von Kollegen zur Beerdigung, und die meisten von ihnen weinten. Drei

Leute hielten Grabreden. Der Vater hatte bestimmt, wer reden sollte; der Krebs hatte ihm lange Zeit gelassen, über solche Dinge nachzudenken.

Der Erste, der sprach, war der Bruder des Vaters, auch ein Polizist. Der zweite war der Cousin des Vaters, ebenfalls bei der Polizei. Und der dritte war Bruno Tietz. Man konnte nicht sagen, dass er ein großer Redner war, aber an diesem Tag rührte er die Trauernden sehr, als er erzählte, wie der Vater in sein Büro gekommen sei, nachdem Bruno Leiter der Mordkommission geworden war. Natürlich ohne einen vereinbarten Termin. Er habe mit seinem Sohn etwas zu besprechen, sofort. Der Vater hatte ihm ein Manuskript übergeben: »Gedanken zur Arbeit eines Hauptkommissars – von Fritz Tietz.« Es waren rund 150 Seiten, eng mit Schreibmaschine beschrieben. »Ich bin sicher«, sagte Bruno Tietz mit zitternder Stimme in seiner Rede, »wäre ich Bundeskanzler geworden, wäre der Text auch nicht länger gewesen.«

Dann hatte er in seiner Rede noch das allerletzte Wort seines Vaters erwähnt. Tagelang hatte er seinem Ende entgegengedämmert und schon lange nichts mehr gesagt. »Es gab einen Moment, da wollte ich wissen, ob er überhaupt noch lebt. Ich bin ganz nah an sein Ohr ran und habe ihn gefragt: ›Papa, wenn du jung wärst, würdest du noch einmal Polizist werden?‹ Da gingen seine Augen noch einmal auf, und er sagte ganz klar, fast verwundert, dass man eine solche Frage überhaupt stellen konnte: ›Natürlich.‹«

Ja, das hatte Bruno Tietz in seiner Rede gesagt: »›Natürlich‹ war das Schlusswort meines Vaters.« Und dann hatte auch er weinen müssen.

Die Männer in der Familie Tietz zeichneten sich durch zwei Gemeinsamkeiten aus: Sie wurden alle Polizisten und alle irgendwann dick. Wenn sie jung waren, konnte man von dem späteren Gewicht noch nichts ahnen, aber von dreißig an begannen die Jahresringe zu wachsen und zu wachsen. Wenn sie jung waren, verliebten sich schmale, zarte Frauen in sie. Diese Frauen blieben auch mit den Jahren schmal, und so war es immer ein amüsanter Anblick, wenn die Großfamilie Tietz gemeinsam ein Restaurant aufsuchte – die sehr zarten Frauen und die sehr dicken Männer.

Bruno Tietz fragte sich manchmal, besonders an seinen zornigen Tagen, wie dieser einer war, ob das große Familienethos des guten Polizisten nicht doch eher ein Fluch war. Angesichts der Stümper, der Bürokraten, der Idioten, der Feiglinge, der Trottel, der Faulpelze, mit denen man es bei der Polizei doch in Wirklichkeit so oft zu tun hatte. Wäre es nicht leichter, man wäre selbst ein Trottel, ein Stümper oder wenigstens ein Faulpelz?

Vielleicht waren es solche Gedanken, die Tietz an diesem späten Vormittag dazu brachten, die Privatnummer von August Maler zu wählen, seinem Münchner Kollegen. Sie hatten vor einigen Jahren gemeinsam einen Doppelmord aufgeklärt. Für den Durchbruch bei den Ermittlungen hatte Maler gesorgt, als er auf die Idee gekommen war, Wochen nach der Tat an das Grab eines der Ermordeten zu gehen. Dort lag eine frische rote Rose. Am nächsten Tag ging Maler wieder hin, und wieder fand er eine Rose. Am nächsten Tag ebenso. Es war die entscheidende Spur gewesen.

Klar, Maler war krank. Nicht im Dienst. Herztransplantation, schlimme Sache. Aber er hatte neulich doch ganz munter geklungen. Krank sein, dachte Tietz, war jedenfalls noch nie eine erfüllende Angelegenheit gewesen.

Am Apparat meldete sich Inge Maler, Augusts Frau. Eine tolle Frau. Sie hatten sich mal bei einem Polizeikongress in

Berlin kennengelernt. Es war ein schwachsinniger Kongress gewesen, aber sie hatten eine gute Zeit gehabt, die Tietzens und die Malers.

»Hallo, Bruno. Schön, deine Stimme zu hören«, sagte sie.

»Ist August da?« Tietz war nicht so der Plaudertyp am Telefon.

»Ist nicht da. Hat einen Arzttermin. Dann irgendeinen Psychologen. Der ist dauernd unterwegs. Tut ihm aber gut.«

»Ich wollte mich mit ihm noch einmal beraten, wegen Gabriel Tretjak und dem neuen Fall mit der zerstückelten Leiche, Julia Jaspers, wir wissen jetzt den Namen. Ich hätte da noch ein paar Fragen an August.«

»Schreckliche Geschichte wieder«, sagte Inge nach einem kurzen Moment der Stille. »August hat es mir erzählt. Dieser Tretjak hat anscheinend die besondere Begabung, das totale Grauen anzuziehen.«

Inge Maler gehörte zu den wenigen Polizistenehefrauen, die über die aktuellen Fälle ihres Mannes sehr genau Bescheid wussten. Sie wollte immer alles erfahren, nahm Anteil, ermittelte regelrecht mit. August Maler hatte eine zweite Kommissarin zu Hause. Diese Leidenschaft, dachte Tietz, hatte sicher mit ihrer eigenen schlimmen Geschichte zu tun.

»Sagst du ihm, er soll sich bitte melden bei mir?«, fragte Tietz.

»Ja, mach ich. Bis bald, Bruno«, sagte Inge.

Tietz wollte gerade aufbrechen zum Mittagessen, zu seiner Lieblingscurrywurstbude gleich um die Ecke des Präsidiums, da kam ein Anruf aus München. Es war der Kollege, mit dem er heute schon am Morgen gesprochen hatte.

»Wir haben einen neuen Fall, gerade reinbekommen.

Wahrscheinlich Mord. 29-jährige Edelprostituierte. Kehle durchgeschnitten. Gefunden in ihrer Parkgarage.«

»Gibt es Zeugen?«, fragte Tietz.

»So wie es aussieht nicht.«

»Einen Verdacht?«

»Nein«, sagte der Münchner Kollege, »aber es gibt ein Problem. Die Frau heißt Feldkamp, und ja, sie ist tatsächlich die Tochter von Markus Feldkamp.«

»Dem Bundesfinanzminister?«, fragte Tietz.

»Genau. Ich habe gerade mit ihm telefoniert. Völlig fertig, der Mann, außer sich. Und er denkt, seine Tochter war eine fleißige Studentin. Er hat keine Ahnung, was sie wirklich gemacht hat.«

Samstag, 14 Uhr
Berlin

Mechthild Wüstmann ärgerte sich über ihre Mitarbeiter. Schlaftabletten, das waren sie. Alle. Aber am meisten ärgerte sie sich über sich selbst. Wie hatte sie so viele Stunden vor sich hindämmern können – ohne zu reagieren! Eine Schlaftablette, auch sie. Dieser Gabriel Tretjak war bestimmt ein schwieriger Kunde, aber er war ein guter Kunde. Sie ahnte, dass sie nach diesem Flop keinen Auftrag mehr von ihm bekommen würde. Zwei hatte sie bisher gehabt, und bei beiden hatte ihre Privatdetektei gut gearbeitet. Nie zuvor in den 23 Jahren, die sie das Geschäft betrieb, hatte sie erlebt, dass ein Kunde am Ende mehr Geld zahlte, als sie in Rechnung gestellt hatte. Es war in bar in einem Umschlag per Post gekommen, plus einer kleinen Karte. »Gute Arbeit, Kompliment. T.«

Aber diesmal hatten sie Mist gebaut. Bei einem so einfachen Auftrag. Einen Mann beobachten und durchleuchten, Ansatzpunkte finden, damit man Druck auf ihn ausüben konnte. Sie hatten so viele Details von Tretjak übermittelt bekommen. Die Adresse in Berlin-Schöneberg, die Büroadresse im gleichen Viertel, Beruf Anlageberater, seine finanzielle Notlage, Fotos, sogar sein Hobby Squash hatte Tretjak erwähnt … Sie hätten sofort misstrauisch werden müssen, als der Mann nirgends auftauchte, als sie ihn nicht zu Gesicht bekamen trotz Einsatz rund um die Uhr. Die

Abfrage bei den Unfallkrankenhäusern und Bestattungsinstituten hätten sie sofort einleiten müssen, sofort, sofort ... Nicht erst nach vierzig Stunden. Schlaftabletten.

Sie saß in ihrem Büro. Es war still, weil die Fenster geschlossen waren. Ihr Büro ging zur Straße hinaus, und eigentlich mochte sie die Geräusche der Stadt, die Autos, das Rumpeln der Straßenbahn, das Rufen der Menschen. Nur wenn sie telefonierte, schloss sie alle Fenster. Die Telefonanlage auf ihrem Schreibtisch war mal modern gewesen. Ein graues Monster mit vielen Knöpfen, die alle aufleuchten konnten. Gerade erst hatte sie den Hörer aufgelegt. Es kam ihr vor, als hätten sich nach dem Gespräch mit Tretjak Eiskristalle auf dem grauen Kunststoff gebildet. Der Mann, den sie hätten durchleuchten sollen, war tot. Bei einem Unfall ums Leben gekommen. In seiner eigenen Küche, wegen eines alten Herdes, einer defekten Stromleitung. Vor zehn Tagen schon war das passiert. In drei Berliner Zeitungen waren Todesanzeigen erschienen. Er war einst eine große Nummer unter den Anlageberatern gewesen. Längst beerdigt, der Mann. Das hatte sie Tretjak sagen müssen, gerade eben.

Schon das Schweigen war eisig gewesen. Dann die leise Stimme: »Vor zehn Tagen? Und das haben Sie jetzt schon herausgefunden?«

Sie hatte angefangen zu reden, sich zu entschuldigen, aber sie hatte schnell gemerkt, dass die Verbindung schon tot war. Sie versuchte jetzt, langsam zu atmen, länger aus- als einzuatmen. Schließlich drückte sie auf einen der Knöpfe ihrer Anlage und bestellte die beiden für das Desaster verantwortlichen Mitarbeiter zu sich. »Und zwar sofort bitte, egal, wo Sie sind«, sagte sie in den Kasten hinein. »Ja, ich weiß, dass Samstag ist, danke.«

Sie stand auf, drehte sich zum Fenster und blickte hinaus. Ihr Spiegelbild veranlasste sie, das braune Strenesse-Kostüm, das sie trug, etwas zurechtzuzupfen. Dann lächelte sie sich selbst zu, ein kleines, aufmunterndes Lächeln. Es war nicht immer leicht, Chef eines Unternehmens zu sein. Aber eines war großartig daran: sich selbst konnte man nicht feuern.

Samstag, 15 Uhr
München

Später sollte sich August Maler sagen, dass in dieser immer grausiger werdenden Geschichte zunächst nichts, gar nichts dafür gesprochen hatte, dass er zu einer handelnden Figur werden sollte. Ausgerechnet auf ihn, den angeschlagenen, von Wahnvorstellungen geplagten Mann, sollte es am Ende ankommen. Wenn er das geahnt hätte, hätte er sich sicher ganz anders verhalten.

Die ersten beiden Tage wieder zu Hause waren besser gelaufen als von ihm erwartet. Die Angst, die ihn in der Rehaklinik wellenartig angefallen hatte, hatte sich verflüchtigt. Dort war sie alle zwei, drei Stunden gekommen, hatte ihn runtergedrückt in die eigene, armselige Existenz. Die Angst hatte ihn verstummen lassen. Es war keine Angst vor irgendetwas. Es war einfach nur Angst. Der pure Rohstoff Angst.

Sie war immer noch da, er spürte sie genau. Aber sie verlor an Kraft. Wie ein schwächer werdender Magnet, der immer weniger anziehen konnte. Die Ärzte hatten es vorausgesagt. Sein Körper würde die speziellen Medikamente, die er bei der Operation und auf der Intensivstation bekommen hatte, allmählich ausscheiden, hatten sie gesagt. Dass diese Medikamente Ängste produzierten, war bekannt, aber ohne sie könne man nicht überleben. Angst oder Tod, das waren die Alternativen. So hatten es die Ärzte dargestellt. Man musste die Angst eben aushalten.

Zwölf Wochen und zwei Tage war es nun her, seit ihm

zum zweiten Mal ein neues Herz eingepflanzt worden war. Erst zwölf Wochen und zwei Tage. Maler hatte sich in der künstlichen Ruhewelt der Klinik Sorgen gemacht, dass ihn das Leben zu Hause stressen würde. Dass ihn seine zwei Söhne und seine Frau überfordern würden. Das Gegenteil trat ein. Er hatte es sofort gemerkt, als er durch die Tür gekommen war. Das Gefühl, dass der Boden unter seinen Füßen schwankte, hatte sofort aufgehört.

August Maler war nie ein besonders aufmerksamer Ehemann und Familienvater gewesen. Kamen seine Frau oder die Kinder vom Friseur, hatte irgendeiner neue Kleidung an – Maler merkte es nicht, nie. Doch in diesen ersten Tagen nach der Klinik war er sehr aufmerksam. Dauernd sah er Inge an, wie sie ging, wie sie lachte, ihre Augen, ihren Mund. Ihre Brüste, ihren Hintern.

»Was schaust du denn dauernd so?«, fragte sie.

»Ich schaue eine schöne Frau an«, antwortete er.

Und Maler sah seine hübschen Kinder an, er konnte gar nicht aufhören damit. Wurde da einer ein bisschen rührselig?, dachte er. Kam wahrscheinlich auch von den Medikamenten.

Gestern Abend hatten sie Tipp-Kick gespielt, er und die beiden Söhne, auf dem Boden liegend, vor dem Spielfeld aus grünem Filz. Zwei Torwarte aus Plastik, zwei Fußballspieler aus Metall, einer rot, einer gelb. Das Spiel machte allen großen Spaß. Als sich Maler einmal vorbeugte, um seinen Spieler in die richtige Position zu bringen, fiel die weiße Karteikarte aus seiner Jacke. Max, der Jüngere, nahm sie und fing fürchterlich an zu lachen. Er gab sie Paul, und auch der prustete los. Auf der Karte stand: »Ich heiße August Maler.« Und wo er wohnte, wie seine Telefonnummer war. Papa wusste nicht, wie er hieß! Papa wusste nicht, wo er wohnte!

Seine Söhne lachten und lachten. Maler wollte zu einer Erklärung ansetzen, aber dann lachte er einfach mit. Erklären konnte man später.

Zu Hause hatte ihn der Bewusstseinsverlust bisher nur einmal gepackt. Es war an diesem Morgen gewesen, bei der Morgentoilette. Plötzlich: alles weg. Er stand nackt vor dem Badezimmerspiegel. Wer bin ich? Wo bin ich? Er blieb einfach stehen, nach zwei, drei Minuten war es vorbei. Auch wieder etwas, was man aushalten musste, hatte Maler gedacht.

Kurz darauf, um halb neun, hatte schon das Taxi gewartet, das ihn ein paar Straßen weiter zum Hausarzt brachte. Dort wurde ihm wie jeden Morgen Blut abgenommen, das per Kurier ins Klinikum Großhadern gebracht wurde, ins Labor der Transplantationsmedizin. Kurze Zeit später bekam er einen Anruf, wie viele Tabletten er zu nehmen hatte, je nachdem wie das Blutbild ausgefallen war. Dann ging es weiter per Taxi nach München, zur Praxis des Psychologen Werner Hentschke, des Filmdoktors aus der Klinik. Das Taxi bezahlte die Krankenkasse, auch der Taxifahrer wurde von der Kasse bestimmt. Es war meistens derselbe Fahrer, sehr groß, kahl, sehr wortkarg. An irgendjemanden erinnerte Maler dieser Mann, doch ihm fiel nicht ein, an wen.

Die Praxis lag im Stadtteil Schwabing, in der Konradstraße, einer ruhigen Seitenstraße mit hohen schattigen Bäumen und hohen alten Häusern. Hausnummer 24. Maler kannte das Haus, im Parterre befand sich eine Drogenberatungsstelle. Maler hatte dort einmal in einem Mordfall ermittelt; eine Drogenberaterin hatte sich als Mörderin entpuppt. Die Frau hatte sich verraten, weil sie eine Flugreise gebucht hatte, für sich allein – zu einem Zeitpunkt, als ihr

Ehemann noch lebte. Nur sie hatte da schon wissen können, dass sie nur ein Ticket brauchen würde. Solche Sachen vergaß Maler nie.

Diesmal ging er in den ersten Stock. Die Tür war schon offen, Werner Hentschke wartete in seinem Rollstuhl auf der Türschwelle. Er war um die vierzig. Hatte erst angefangen, Psychologie zu studieren, als er mit Ende zwanzig an multipler Sklerose erkrankt war. Er sagte gerne, er sei aus purem Eigennutz Psychologe geworden. Er habe wissen wollen, ob die Lehre von der Seele dabei helfen konnte, eine solche Diagnose zu überstehen. Seine Antwort heute: Ja. »Die Seele hat eine ungeheure Kraft. Sie kann alles besiegen, wenn wir sie zu Hilfe rufen«, pflegte er häufig zu sagen. Werner Hentschke arbeitete zwei Tage die Woche in der Rehaklinik am See und drei Tage in seiner Praxis in München.

»Guten Tag, Herr Kommissar.«

»Guten Tag, Herr Hentschke.«

»Na, wie fanden Sie den Film? Gute Gedanken dabei gehabt? Oder böse?« Der erste Wortwechsel fand noch an der Tür statt. Es ging um den Thriller »Das Schweigen der Lämmer«. Die junge FBI-Agentin Starling, gespielt von Jodie Foster, erhoffte sich Hilfe bei der Fahndung nach einem Serienkiller – von einem anderen Serienmörder, dem inhaftierten Hannibal Lecter, gespielt von Anthony Hopkins. Lecter sagte, sie müsse darüber nachdenken, was der Kern der Handlungen des Täters sei. Der Menschenfresser Lecter zitierte Marc Aurel: Alles habe ein Zentrum, einen Kern, alles erkläre sich von diesem Kern aus. Alles sei letztlich ganz einfach.

Das war die Szene gewesen, die diesmalige Hausaufgabe für Maler, mit der dazugehörigen Frage: »Was ist der Kern

Ihrer momentanen Lebenssituation, Herr Kommissar?« Inge und er hatten sich die Szene angeschaut, natürlich dann auch den ganzen blutigen Film. Über die Frage hatten sie lange geredet. Eine wirklich interessante Frage.

»Ich hatte gute Gedanken, glaube ich«, sagte Maler.

»Das freut mich. Und, was ist Ihr Kern?«, sagte Hentschke und lachte.

Maler machte eine fragende Geste. Mussten sie das hier draußen besprechen, ging das nicht besser drinnen?

Hentschke antwortete: »Nee, Herr Kommissar, wissen Sie was, die Redestunde fällt heute aus. Es ist so schönes Wetter heute. Es ist Samstag. Lassen Sie uns einen Ausflug machen. Lassen Sie uns zusammen den Friedhof hier um die Ecke besuchen. Sie schieben mich, wir schweigen und genießen die Sonne.«

Und so machten sie es. Den kleinen Friedhof mitten in Schwabing kannte in München jeder. Er war ein Kleinod, eine Idylle. Mütter schoben ihre Kinderwagen durch, Liebespaare saßen auf Bänken, alte Leute fütterten Vögel. Und an diesem Tag schob ein Patient seinen Therapeuten die Wege entlang zwischen den Gräbern. Einmal drehte sich Hentschke zu Maler nach oben: »Man sucht mit einem Patienten, dem gerade mit einem neuen Herzen ein neues Leben geschenkt wurde, einen Friedhof auf. So plump kann die Psychologie sein, zumindest, wie ich sie verstehe.« Hentschke lachte.

Als Maler wieder in sein Taxi stieg, um nach Hause zu fahren, hatte er eine neue Filmszene dabei, aus dem Film »Frankie und Johnny« mit Michelle Pfeiffer und Al Pacino, »einem Liebesfilm«, wie Hentschke betonte. Und er hatte eine neue Frage im Gepäck. Hentschke hatte sie ihm mit der

Hand auf das Cover der DVD geschrieben: »Warum brauchen wir immer Umwege, besonders in der Liebe?«

Das Taxi bog gerade in die Münchner Lindwurmstraße ein, als sein Handy brummte. Tietz rief an, der Berliner Kommissar.

»Hallo, Bruno.«

»Inge hat gesagt, ich darf dich anrufen.«

»Was kann ich für dich tun?«, fragte Maler.

»Wir haben in dem Fall eine erste Spur«, sagte Tietz. »Dieser Pfarrer, dieser Joseph Lichtinger, steckt tief drin in dieser Geschichte. Der war Stammkunde bei den Nutten, bei der Zerstückelten und anscheinend auch bei der Münchner Toten, der Tochter des Ministers. Vielleicht haben wir den Fall schneller gelöst, als wir dachten.«

Joseph Lichtinger? Dieser gutaussehende Mann mit den fast blondiert wirkenden Haaren? Pfarrer Lichtinger. Der alte Tretjak, der Vater von Gabriel, hatte damals zu Maler gesagt, dieser Mann könnte wissen, welches Geheimnis zwischen den Brüdern Gabriel und Luca bestand. Den »Adler-Mann« hatte der alte Tretjak ihn genannt, wegen eines zweiten Wohnortes hoch oben in den Südtiroler Bergen. Lichtinger. Der Mann, der auch an so etwas wie Voodoo-Rituale glaubte, der gezielt Kaninchenblut verschüttet hatte … All diese Dinge gingen Maler durch den Kopf. Es war zu viel, Maler merkte, wie er nervös wurde, wie ihm der Schweiß ausbrach. Lichtinger. Der langjährige Weggefährte und Freund des Reglers. Nie hatte die Polizei ganz klären können, welche Rolle er bei Tretjaks dubiosen Unternehmungen gespielt hatte. Welche Rolle er im System des Reglers spielte.

»Kannst du mir eine Einschätzung von diesem Typen geben? Was ist das für einer?«, fragte Bruno Tietz.

»Schwer zu sagen. Ich habe ihn nie so richtig erlebt. Gritz hat immer mit ihm gesprochen, du weißt, Rainer ...«

»Ja, ja, dein Partner. Guter Typ. Hatte in einem Fall mal zu tun mit ihm. Hat mich erschüttert, damals, als ich von seinem Tod hörte.«

Bei Maler kamen Bilder von Rainer Gritz hoch. Der große, schlanke Freund. Der Zuverlässigste von allen. Vor einer Bäckerei erschossen. Er merkte, dass seine Nervosität stärker wurde, seine Hände anfingen zu zittern. Er konnte jetzt nicht mehr lange reden.

Maler sagte: »Gritz hielt Lichtinger für eine dubiose Figur. Er hat ihm den Pfarrer nie so richtig abgenommen, das weiß ich. Bruno, ich denke mal über den nach. Und melde mich später wieder.«

Zu Hause legte sich Maler auf die Couch und schloss die Augen. Er wartete auf die Ruhe, doch sie wollte nicht recht kommen. Immer wieder neue Bilder und dann eine Frage, die in seinem Hirn hämmerte: Pfarrer Lichtinger, der Tretjak-Freund – ein Mörder von Prostituierten? Passte das? Konnte das wirklich sein? Irgendwann schlief er ein, tief, erschöpft. Erst nach drei Stunden wachte er wieder auf, er hatte den gesamten Mittag verschlafen.

Maler war ziemlich erregt gewesen, als er nach Hause gekommen war. Ganz auf sich fixiert, bemüht, nicht die Kontrolle zu verlieren, nicht wegzufliegen in irgendein Nichts. Er war so mit sich selbst beschäftigt, dass ihm nicht aufgefallen war, dass Inge verändert gewesen war.

Erst als er wieder wach war, sah er die verweinten Augen, die roten Flecken an ihrem Hals. Diese Flecken bekam sie immer, wenn etwas nicht stimmte mit ihr, wenn etwas los war. Maler ahnte schnell, was los war. Er fragte, ob sie mit

Tietz auch über den Fall gesprochen habe, über die Morde an den Prostituierten. Inge nickte. Ja, sagte sie. »Wir haben gesprochen.«

Als sich Inge Veigel und August Maler kennengelernt hatten, hatte Inge mit Handschellen hinten in einem großen Polizeiwagen gesessen, mit vier anderen Mädchen, die kurze Röcke und durchsichtige Blusen trugen. Festgenommen bei einer Razzia auf dem Straßenstrich. Nichts Besonderes. Außer dass Inge und August wenige Wochen später ein Liebespaar wurden.

Das alles war viele Jahre her. Inge hatte eine Phase in ihrem Leben durchgemacht, ein Jahr nach dem Abitur, in dem bei ihr vieles zusammengebrochen war. Sie war drogensüchtig geworden und in das Milieu eingetaucht, das so gern mit dem Etikett »Rotlicht« gekennzeichnet wurde. Das Klicken der Handschellen hatte das Ende dieser Phase bedeutet.

Längst vorbei, das alles. Längst abgehakt, aufgearbeitet, erklärt, verstanden. Inge hatte Familie, Kinder, einen Beruf. Sie war selbstbewusst, charmant, beliebt. Sie hatte längst ihren Platz gefunden. Und doch, dachte Maler, konnte solch ein Ruf aus der Vergangenheit ausreichen, um all dies zu erschüttern.

Samstag, Mitternacht Ortszeit Hongkong

Carola Kern lag auf dem Bett ihrer Suite im »Queen E«-Hotel und starrte auf ihre gepackten Koffer. Sie war vollständig angezogen, trug eine leichte dunkelblaue Hose, ein schwarzes T-Shirt und flache schwarze Halbschuhe. Ihre Haare waren zu einem Pferdeschwanz gebunden. Neben ihr auf dem Nachttisch stand in einem Eiskübel eine Flasche Ruinart-Champagner. Gabriels Lieblingsmarke. Sie hatte nur ein Glas getrunken. Und dabei würde sie es auch belassen.

Es war erst kurz nach 23 Uhr. Zur Sicherheit würde sie noch bis drei Uhr morgens warten, ehe sie ihre Flucht antrat. Sie dachte an die Situation, in der Gabriel zum ersten Mal von einer gemeinsamen Zukunft gesprochen hatte. In seinem kleinen Häuschen in den Alpen war das gewesen. Sie wusste noch genau, wie sie da nebeneinander gesessen hatten auf einer Holzbank im Garten mit Blick über den Lago Maggiore. Bleigraues Wasser, schneebedeckte Berggipfel. »Willst du mit mir ein neues Leben anfangen?«, hatte er gefragt.

»Falsche Frage, Gabriel«, hatte sie geantwortet.

Es war eine ziemlich lange Stille entstanden zwischen ihnen. Nur die Kirchturmglocke unten im Ort hatte einmal geschlagen, und ein Güterzug hatte seine Geräusche von bewegtem Eisen in die winterliche Luft abgegeben. Als Tretjak schließlich seine Frage anders stellte, wusste sie, dass er begriffen hatte.

»Wenn *ich* ein ganz neues Leben anfangen würde«, formulierte er jetzt. »Ganz neu beginnen, an einem ganz anderen Ort … Würdest du dann bei mir bleiben?«

Die Klimaanlage im »Queen E«-Hotel war die leiseste und angenehmste Klimaanlage der Welt. Man erkannte nur an einem winzigen kleinen Lichtpunkt neben der Tür, dass sie eingeschaltet war. Und daran, dass die Temperatur immer genau richtig war. Man vergaß, wie es draußen war.

Was machte die große Liebe aus? Darüber dachte Carola seit einiger Zeit oft nach. Zweimal hatte sie wegen dieses Mannes ihr Leben total über den Haufen geworfen. Das erste Mal, als sie Journalistin gewesen war in Deutschland – und dann einen Teeladen in Luzern aufmachte, weil sie plötzlich die Chance bekommen hatte, einen Traum zu verwirklichen. Was sie nicht gewusst hatte: Diese Chance war nicht zufällig aufgetaucht, vom Schicksal gesandt, von der Lostrommel des Lebens ausgeworfen. Er, Gabriel Tretjak, hatte es eingefädelt, geregelt, wie er das nannte, heimlich, im Hintergrund. Weil sie als Reporterin in einer Story recherchiert hatte, die einen seiner Klienten betraf und ihm hätte gefährlich werden können. Gabriel hatte sie beiseitegeschafft, aus dem Spiel genommen. Und gleichzeitig hatte er sie geküsst, geliebt, wie sie dachte. Als er verschwand, wäre sie beinahe daran zerbrochen. Als er Jahre später wiederkam – auch. Als alles wieder anfing und schließlich durch zwei Pistolenschüsse beinahe ein endgültiges Ende gefunden hätte.

Sie dachte an seine schwarzen Augen, seine Hände, sie dachte an die seltenen Momente, in denen er auf sie den Eindruck eines rohen, ungeformten Materials machte, gänzlich unberührt, ohne Geschichte, ohne Absichten. Dann hatte sie das Bedürfnis, die Luft anzuhalten, als handele es sich bei diesen Momenten um ein kostbares Pulver, das schon der kleinste Windstoß zerstreuen konnte. Wahrscheinlich war Gabriel Tretjak nicht ihr großes Glück, aber er war bestimmt ihre große Liebe.

Ihr Gepäck bestand aus zwei gleichen anthrazitfarbenen Reisetaschen. Sie standen am Boden vor der Glastür, die auf den kleinen französischen Balkon führte. Nur der Inhalt dieser zwei Taschen war von ihrem alten Leben übrig geblieben. »Nichts mitnehmen«, hatte Gabriel gesagt, »neues Leben bedeutet auch: neue Sachen.« Sie musste lächeln, wenn sie daran dachte, wie sich damals ein riesiger Umzugslastwagen durch die Berge gequält hatte, als sie den Reporterjob aufgegeben hatte und in die Schweiz gezogen war. Alles hatte sie aus ihrem alten Leben mitgenommen, wirklich alles, und dann hatte sie es in die schöne, leere Altbauwohnung gestopft.

Neues Leben, neue Sachen. Gabriel hatte immer nach diesem Prinzip gehandelt. Und Carola wusste, dass sie sein Prinzip noch ergänzen musste: Neue Sachen – und neue Menschen. Sentimental, nein, als sentimental konnte man diesen Mann wirklich nicht bezeichnen. Sie schenkte sich doch noch ein Glas Champagner ein, betrachtete die tausend kleinen Perlen, die aus dem Nichts entstanden und aufstiegen. Bevor sie Gabriel Tretjak begegnet war, hatte sie keine Ahnung davon gehabt, dass es auch bei Champagner große Unterschiede gab.

Auf dem Nachttisch, neben dem Eiskübel, lag das schwarze Buch, dessen Inhalt sie beinahe auswendig kannte. Ein Notizbuch, in Leder gebunden, ohne Beschriftung. Innen auf der ersten Seite stand in Gabriels Handschrift: »Das

Buch Blauer Mondschein.« Es enthielt 150 vollgeschriebene Seiten. Gleichmäßig war hier ein Füller über die Seiten gewandert – wie ein sturer Fußgänger, der nicht anhielt und nicht nach links oder rechts schaute. Kleine gemalte Sternchen unterteilten die Kapitel. Ein fast verspieltes Symbol, das war ihr gleich aufgefallen. Gabriel hatte ihr dieses Buch bei seiner letzten Abreise hier in Hongkong am Flughafen gegeben.

»Was ist das?«, hatte sie gefragt.

»Du wolltest alles wissen«, hatte er geantwortet. »Das nächste Mal kommt der Rest.«

Sie hatten direkt vor der Sicherheitsschleuse gestanden und waren dabei, sich zu verabschieden. Sie hatte das Buch gleich aufgeschlagen und darin herumgeblättert, und sie hatte schnell begriffen: Das war seine Geschichte. Das Geschriebene handelte von ihm, von seiner Kindheit in Bozen, im Hotel »Zum Blauen Mondschein«, das seinen Eltern gehört hatte.

»Es ist in der dritten Person geschrieben«, bemerkte sie und fragte: »Warum?« Im selben Moment bereute sie die dämliche Frage. Er zuckte die Achseln, drehte sich um, legte seine Tasche auf das Band und ging durch das Stahltor des Sicherheitsdetektors. Es gab keinen Alarm, und er drehte sich nicht mehr um.

Sie war zurück ins »Queen-E«-Hotel gefahren und hatte sofort angefangen zu lesen. Es war Vormittag, eigentlich hatte sie noch eine Verabredung mit einem Makler, aber die hatte sie nicht wahrgenommen. Sie hatte nicht mal abgesagt. Als sie das Buch schließlich zuklappte, war es schon Abend. Jetzt nahm sie es wieder zur Hand, schlug es auf, ließ die beschriebenen Blätter mit einer kleinen Bewegung nacheinander in ihrer Hand von einer Seite zur andern fallen.

Gabriels Vater stammte aus Serbien, seine Mutter aus der Türkei, aus einer sehr reichen Familie, die aber gegen die Heirat mit einem Christen gewesen war. Von der Mutter hatte Gabriel die schwarzen Haare. Bruder Luca war älter und aus der ersten Ehe des Vaters. Als bei der Mutter der Gehirntumor festgestellt wurde, war Gabriel noch keine zehn. Carola fiel schnell auf, dass Gabriel bei seinen Aufzeichnungen über diese Jahre einen szenischen Stil gewählt hatte, fast als handele es sich um einen Roman. Vielleicht war es ihm leichter gefallen, sich so der Vergangenheit zuzuwenden? Sie bemerkte, wie klaustrophobisch die Schilderung wirkte. In keiner Eintragung verließ Gabriel das Hotel »Zum Blauen Mondschein«, immer blieb er in den Zimmern, seinem eigenen, dem des Bruders, dem der kranken Mutter oben unterm Dach, wo sie sich so furchtbar veränderte, auch im Wesen. Die Rufe nach ihm, die Aufforderung, sich zu ihr ans Bett zu setzen, die langen Monologe, die immer böser, aggressiver wurden …

In den letzten schrecklichen Wochen, als der Vater flüchtete und der Bruder gleich mit, kamen Frauen aus der Familie der Mutter, um das Sterben zu begleiten. Sie sprachen kein Deutsch, trugen Kopftücher und rochen fremd. Ein Fernrohr schenkten sie dem Jungen Gabriel, damit der die Sterne betrachten konnte. Das tat er dann auch jede Nacht; so konnte er nach draußen, dem Tod für ein paar Stunden entkommen. Aber in dem schwarzen Buch wurde nie beschrieben, wohin er dann ging, wie es war, das Beobachten der Sterne. Nur manchmal am Ende eines Kapitels kam eine Art Tagebucheintrag, der sich auf den Nachthimmel bezog. »Heute ein herrlicher Orionnebel, blaugrün« stand dann da. Oder »Jupiter mit großem roten Fleck und einer Mondpassage«. Konnte sich Gabriel daran heute noch erinnern?

Oder hatte er damals ein Himmelstagebuch geführt? Sie beschloss, ihn das zu fragen. Diese Frage würde ihn nicht bedrängen.

Der Abschied der Brüder. Das war eine Szene in Gabriels Buch, die sie besonders beschäftigte. Die beiden in einer Holzhütte im Garten des Hotels, am Abend, bevor Luca mit dem Vater gehen wird. Gabriel wird bleiben. Luca, der nicht sprechen kann, spricht dann doch. »Wir sind das geheime Tandem, und wir bleiben das geheime Tandem, immer.« Und Luca zündet ein Stück Holz an und brennt sich ein Loch in den Unterarm. Gabriel, der Kleinere, will dieses Zeichen auch, aber Luca sagt: »Nein. Wir tun dir nicht weh.« Und dann ist Luca verschwunden, im dunklen Garten des Hotels, und Gabriel sitzt noch lange in der Hütte, die im Sommer eine Umkleidekabine ist für die Gäste am Schwimmbad.

Die Brüder. Luca und Gabriel. Wo war Luca heute? Was war aus dem Tandem geworden? Gabriel sprach nie von Luca. »Der Rest kommt das nächste Mal«, hatte er am Flughafen gesagt.

Auf der letzten Seite des Buches, das Carola Kern im »Queen E«-Hotel in Hongkong in Händen hielt, wurde beschrieben, wie der Sarg mit dem Leichnam der Mutter vom Dachboden nach unten transportiert wurde – außen am Gebäude, mit Hilfe eines Flaschenzuges. Wie die türkischen Frauen weinten und ihre Klagegesänge anstimmten. Wie jemand sagte: Wer kümmert sich um den Jungen? Und ganz unten auf dieser letzten Seite stand der Vermerk: »Spiralgalaxie im Großen Wagen heute besonders deutlich, mit weit ausgreifenden Armen.«

Sie hatte ein schlechtes Gewissen. Keine Geheimnisse mehr, hatte sie gesagt. Wenn wir noch mal anfangen, will ich wissen, wer du wirklich bist. Ich will, dass du mir alles erzählst, so ist das bei Verliebten, man erzählt sich alles. Er hatte ihr ernst und schweigsam zugehört. Rohes, ungeformtes Material. Keine Antworten, keine Absicht. Kein Wort dazu die nächsten Tage, Wochen. Und dann 150 Seiten. Wort für Wort, Satz für Satz, das Bemühen um Genauigkeit war zu spüren, die fast wissenschaftliche Anstrengung. Die Absicht: ein für alle Mal. Diese Arbeit wird ein für alle Mal erledigt. Und danach wird nie wieder ein Wort darüber verloren.

In den letzten Tagen hatte sie immer wieder überlegt, ob sie ihn erlösen sollte von seiner eigenen Rigorosität. Sie hatte ihn nicht gebeten, ein Buch zu schreiben. Sie wollte nur wissen, wer er war. Wie in einem schlechten Roman, dachte sie, hatte sie ihn gequält. Wofür?

Es war nach Mitternacht. Warum noch warten? Weil er vielleicht noch draußen vor dem Hotel war, der Mann, der hier in ihrer Suite gewesen war. Noch ein Glas Champagner.

Was wäre passiert, wenn sie nicht gemerkt hätte, dass jemand in ihrem Zimmer gewesen war und ihre Sachen durchsucht hatte?

Zu verdanken hatte sie die Entdeckung einem unangenehmen Kollegen in ihrem früheren Leben als Reporterin. Ein Kollege in der Lokalredaktion der Badischen Zeitung. Sie hatte mit ihm das Zimmer geteilt, und alle hatten sie vor ihm gewarnt: Der ist ein Schnüffler, einer, der Ideen und Themen klaut. Vorsicht vor dem. Das ist einer, der den Schreibtisch untersucht, wenn man unterwegs ist. Damals hatte sie eine einfache Methode entwickelt, um das zu überprüfen. Alle Aufzeichnungen auf ihrem Schreibtisch, alle Blätter Papier, auch kleine Notizzettel, bekamen eine auffällige, mit Kugelschreiber gemalte und mit einem Kreis markierte Ziffer oben rechts, wie eine Seitenzahl. Und alle Blätter wurden auf einen Haufen gelegt, in der Reihenfolge der Ziffern, die Eins oben. Allerdings war an irgendeiner Stelle die Reihenfolge vertauscht, statt 7, 8, 9 legte sie zum Beispiel in der Reihenfolge 8, 9, 7 ab. Wenn jemand den Stapel durchsuchte, würde er am Ende die Ziffern richtig ordnen, das war ihre Überlegung. Und genauso war es. Der neugierige Kollege ging immer in die Falle. Immer, wenn sie länger das Zimmer verließ, fand sie danach ihre Papiere richtig geordnet vor.

Diese Gewohnheit hatte sie beibehalten; in ihrem Teegeschäft hatte sie das so gehandhabt, und auch jetzt beim Aufbau des neuen Lebens mit Gabriel machte sie es so, bei der Gründung von L. I. S. T., dem »London Institute of Source and Transformation«.

Vom Moment ihrer Erkenntnis an gestern war es einfach gewesen. Sie hatte die Suite sofort wieder verlassen, das Hotel auch. Drei Manöver hatte sie gebraucht, mehr nicht. Eine Taxifahrt und wieder zum Hotel zurück, ein Spaziergang und wieder zurück, und dasselbe noch mal mit der U-Bahn. Und schon waren ein roter Wagen und ein etwas altmodisch gekleideter, freundlich aussehender älterer Herr ins Zentrum ihrer Aufmerksamkeit gerückt. Dieser Mann beobachtete sie, fast konnte man sagen, er bewachte sie. Was hatte das zu bedeuten?

Die große Liebe. Sie hatte Gabriel nichts gesagt von ihrer geplanten Flucht. Diese Tatsache trieb ihren Puls sofort nach oben, wenn sie daran dachte. Würde er es gut finden, dass sie allein handelte? Auch in einer gefährlichen Situation? Dass sie ihn nicht damit behelligte? In seinem Leben hatte sich schon wieder die Vergangenheit gemeldet. Abgeschnittene Frauenbeine. Sie dachte an ihr letztes Telefonat. Gabriel hatte beunruhigt geklungen. Hatte dieser Typ da draußen etwas damit zu tun? Hätte sie Gabriel nicht unbedingt von ihm erzählen müssen?

Es war jetzt halb drei. Sie stand auf und griff nach den beiden Taschen. Im Magen hatte sie ein flaues Gefühl. Und sie wusste genau, warum. Vielleicht hatte der Mann ja einen ganz anderen Auftraggeber? War sie sicher, wirklich ganz sicher, dass es nicht Gabriel war, der sie beschatten ließ? Die große Liebe, ja. Aber auch der Regler. Der Mann, der gern alles unter Kontrolle hatte. Bis heute war das schöne Zimmer im »Queen E« in Hongkong der Brückenkopf in ihr neues Leben gewesen. In der Tür, beim letzten Blick in dieses Zimmer, fasste sie einen Beschluss. Sie würde allein herausfinden, wer sie beschatten ließ. Und wenn es Gabriel war, dachte sie, dann gnade ihm Gott.

Fünfter Tag

Sonntag, 9 Uhr
Berlin

Hauptkommissar Bruno Tietz hatte gerade etwas schwerfällig Platz genommen an seinem Schreibtisch, einen Pappbecher Kaffee aus dem Kaffeeautomaten vor sich, als der Münchner Kommissar anrief und gleich zum Punkt kam: »Sollen wir diesen Pfarrer Lichtinger nicht trotzdem verhaften?«

Man hatte das Alibi des Pfarrers Joseph Lichtinger überprüft, wo er gewesen war, als der Münchner Prostituierten Sara Feldkamp in der Tiefgarage die Kehle durchgeschnitten wurde. Und er konnte ein ziemlich gutes Alibi vorweisen. Als der Mord geschah, hielt er gerade einen kleinen Jungen über das Taufbecken seiner Kirche. Die Taufgemeinde, bestehend aus etwa einem Dutzend Verwandten und Freunden, war ein perfekter Kollektivzeuge. Um die Mutter des Jungen konnte man sich in diesen Tagen übrigens durchaus Sorgen machen. Sie war ebenfalls eine Dame aus dem Rotlichtmilieu; in welcher Beziehung sie zu dem Pfarrer stand, galt es zunächst noch zu klären.

Tietz musste mal wieder an seinen Polizistenvater denken, der immer gesagt hatte: »Fang nicht an, in deinem Kopf das Leben zu kommentieren, sonst wirst du in diesem Beruf verrückt.«

Trotzdem verhaften? Inzwischen hatte man die Leichen zwei weiterer Prostituierter gefunden. Joseph Lichtinger hatte nachweislich zu allen vier Ermordeten Kontakt gehabt, zu mindestens zweien von ihnen auch sexuellen Kontakt. Bei den beiden anderen hatte der Pfarrer die Art der Beziehung nicht weiter beschrieben. Lichtinger hatte sich bei den verschiedenen Verhören wiederholt in Widersprüche verstrickt, hatte lange nicht zugeben wollen, die Damen überhaupt zu kennen. Auf eine gewisse Weise war das nachvollziehbar, schließlich musste er Rücksicht auf seine Kirche nehmen. Diesen Druck war er inzwischen los, denn der Bischof von Regensburg hatte Lichtinger schon nach den ersten Medienberichten über »den perversen Sex-Pfarrer« suspendiert. Aber auch jetzt zeigte sich der Mann wenig kooperativ. Lichtinger hatte beschlossen zu schweigen und sich einen dieser Staranwälte an die Seite geholt, die sichtlich Freude daran hatten, die Polizei zu piesacken.

War Lichtinger ein Serienmörder? Konnte das sein? Einer, der möglicherweise mit Komplizen arbeitete? Ließ man da vielleicht einen Mann frei herumlaufen, der im Begriff war, weitere Taten zu begehen? Tietz glaubte das nicht. Nein.

»Nein, nicht verhaften«, sagte Tietz, der die Gesamtermittlungen in dem Fall der Prostituiertenmorde leitete. »Wir beschatten ihn weiter. Ich denke, wenn wir ihn beobachten, nützt er uns mehr, als wenn er in Haft sitzt und schweigt.«

»Okay«, sagte der bayrische Kollege. »Lass mich dann bald wissen, was du als Nächstes vorhast.«

Was er als Nächstes vorhatte? Wenn er das gewusst hätte. Er blickte auf seine Pinnwand, auf der die Fotos der vier toten Frauen hingen. Vier Porträtbilder, vier hübsche Gesichter. Julia Jaspers, blond, nettes Lächeln, zerstückelt und in Paketen an Tretjak und Lichtinger verschickt. Sara Feldkamp, blond, grüne Augen, durchgeschnittene Kehle. Dann Miriam Holmhey, blond, blaue Augen. Ihre Leiche war am Moorsee angeschwemmt worden, derart verwest, dass sich die Todesursache bislang nicht hatte feststellen lassen. Und schließlich Birgit Fürst, blond, nettes Lächeln, aufgefunden im Kofferraum eines stillgelegten Wagens auf dem Parkplatz der Autobahnraststätte Holledau, rund fünfzig Kilometer von München entfernt. Sie war vermutlich durch eine Art von Gift gestorben, an der genaueren Diagnose arbeiteten die Gerichtsmediziner noch.

Blond. Alle Opfer waren blond. Hatte das auch etwas zu bedeuten?

Tietz trank seinen inzwischen kalt gewordenen Kaffee aus. Er blickte auf die Uhr. Er konnte jetzt losfahren. Finanzminister Feldkamp hatte angerufen, er wollte noch eine zweite Aussage machen. Das erste Mal gesehen hatte er ihn nur wenige Stunden, nachdem Feldkamp vom Mord an seiner Tochter erfahren hatte. Es war eine erschütternde Begegnung gewesen. Der Minister war kaum in der Lage gewesen zu sprechen. Er war ein sehr kleiner und schlanker Mann, und er zitterte und zitterte am ganzen Körper, als würde man ihm Stromstöße durch die Nervenbahnen jagen. Feldkamp hatte nicht nur den Tod seiner Tochter zu verkraften, er hatte auch erst kurz zuvor erfahren, dass seine Sara eine

Edelnutte gewesen war. Niemand musste die Frage stellen, denn sie stand fast sichtbar im Raum: Was war das für ein Vater, der so gar nichts wusste über sein Kind?

Feldkamp hatte in dem ersten Gespräch nur zwei Sätze gesagt. »Ich wusste nichts von diesem Leben meiner Tochter, gar nichts – ich dachte, meine Tochter studiert und will Ethnologin werden« war der eine. Der andere: »Bitte, Herr Kommissar, finden Sie den Mörder meiner Tochter.«

Feldkamp war ein ungewöhnlicher Politiker. Als er vor acht Jahren von der Wirtschaft in die Politik gewechselt war, hatten ihn viele für eine Eintagsfliege gehalten, zumal er angekündigt hatte, er werde auch weiterhin Geschäftsmann bleiben, für ihn seien Politik und Wirtschaft kein Widerspruch. Doch nach acht Jahren als Finanzminister trauten ihm inzwischen nicht wenige sogar den Job des Bundeskanzlers zu.

Tietz hatte ihm am Ende noch gesagt, die Polizei werde den Nachnamen der Tochter nicht veröffentlichen. »Wir versuchen, Sie aus diesem Fall herauszuhalten.« Feldkamp hatte ihn angeblickt, aber Tietz war sich nicht sicher, ob er ihn überhaupt gehört hatte.

Schon am nächsten Tag war alles anders. Die Blätter waren voll von der Geschichte, es regnete Schlagzeilen. »Tochter des Finanzministers ermordet.« »Tochter von Feldkamp eine Edelnutte.« Aber nicht nur das. Gleichzeitig erschienen die Berichte über angebliche Wirtschaftsskandale, in die der Geschäftsmann Feldkamp verwickelt war. Als hätte sich für ihn die Hölle geöffnet, und heraus kam eine Teufelsnachricht nach der anderen, inklusive der Vermutung, Feldkamp selbst habe ebenfalls Kontakte ins Rotlichtmilieu. Und alles gipfelte in dem Verdacht: Hatte der Vater etwas mit der Ermordung der Tochter zu tun?

Es war nun mehr als ein schrecklicher Schicksalsschlag. Es war die vollkommene Zertrümmerung eines Menschen zu begutachten.

Als Bruno Tietz dieses Mal in das riesige Ministerbüro kam, stand Feldkamp am Fenster. Er drehte sich nicht um, er sagte nur: »Herr Kommissar, ich werde in einer Stunde zurücktreten.«

»Wollten Sie mir das mitteilen?«, fragte Tietz.

»Nein«, sagte Feldkamp, »ich wollte Ihnen etwas zeigen.« Er ging zu seinem Schreibtisch, öffnete seinen Laptop. Auf dem Schirm waren nur zwei Kurven zu sehen. Zwei Firmen und ihre Börsenkurse. Beide Kurven zeigten dramatisch nach oben. Plus 89 Prozent der eine Kurs, plus 178 Prozent der andere. »Diese beiden Firmen gehören mir. Ich gewinne gerade unglaublich viel Geld und habe keine Ahnung, warum das so ist. Beinahe jede Stunde wird es mehr.«

Tietz blickte ihn etwas verwirrt an.

»Herr Kommissar, es ist der schlimmste Tag meines Lebens, und genau an diesem Tag explodieren meine Aktienkurse nach oben. Ich fürchte, da gibt es einen Zusammenhang, aber ich verstehe nicht, welcher es sein könnte. Jedenfalls hat ihn sich der Teufel ausgedacht.«

»Haben Sie Feinde, Herr Feldkamp?«

»Ich habe viele Feinde.«

»Und solche Feinde?«

Feldkamp antwortete nicht.

Tietz fragte: »Herr Minister, was ist dran an diesen Medienberichten? Stimmt das? Stecken Sie in diesen Skandalen wirklich drin?«

»Ich bin Geschäftsmann. Und ein guter Geschäftsmann

ist immer in der Nähe von angeblichen Skandalen. Ich würde das alles mit Freude durchstehen. Ich würde das überleben. Aber die Verbindung mit meiner Tochter …« Feldkamp sprach nicht mehr weiter.

Tietz fragte: »Haben Sie Rotlichtkontakte?«

»Völliger Quatsch. Ich hatte nie etwas damit zu tun. Ich hatte mal einen Geschäftsführer, der hatte Dreck am Stecken. Das ist die Verbindung, die gezogen wird.«

Der Kommissar hatte noch eine letzte Frage, bevor er ging: »Kennen Sie einen Mann namens Gabriel Tretjak?«

»Nein«, antwortete Feldkamp.

Später sollte die Polizei herausfinden, dass der Minister, unmittelbar nachdem Tietz ihn verlassen hatte, zu seinem Handy griff. Die Nummer, die er wählte, war eine Geheimnummer. Aber der Teilnehmer war schnell ermittelt: Gabriel Tretjak.

Sonntag, 10 Uhr
Amsterdam

Die Tür in ihrer Amsterdamer Wohnung hatte einen Schlitz, durch den jeden Tag die Post und die Zeitung gesteckt wurden. Luca mochte das Geräusch, wenn die Klappe klapperte. Der Zeitungsausträger war spät dran an diesem Morgen, es war schon kurz vor zehn Uhr. Die Sonntagsausgabe des »Standaard« hatte die Meldung auf der Seite 1: »Prostituierten-Morde in Deutschland – der Fall weitet sich aus.« Im Zentrum des Artikels standen der deutsche Finanzminister und seine ermordete Tochter. Der Finanzminister war in Holland nicht gerade ein Sympathieträger, zu forsch waren seine Auftritte gewesen, als es um die Weiterentwicklung der Europäischen Verträge ging. Der große deutsche Zampano: Das kam in den eher vornehm leisen Niederlanden nicht so gut an. Die Zeitungsmacher konnten sich also sicher sein, dass die Leser die Story vom abenteuerlichen Sturz dieses Mannes verschlingen würden. Fast nebenbei vermerkte der Bericht, dass zwei weitere Leichen gefunden worden waren.

Vier tote Prostituierte waren es jetzt insgesamt, dazu wurden mehrere vermisst. Als Luca mit der Karaffe voll sprudelnden Mineralwassers ins »Weiße Quadrat« ging, dachte er kurz, dass es bisher eine rein heterosexuelle Geschichte zu sein schien. Oder besser ausgedrückt: Männer waren die Handelnden; Männer, die sich in erster Linie für Männer hielten und nicht für Menschen.

Marko war nicht da, er war in der Frühe zum Messegelände gefahren, um Luca einen Gefallen zu tun. Er sollte eine Frau treffen, die dort an einem Physiker-Weltkongress teilnahm. Eine Frau, die in den letzten Tagen geradezu aufdringlich den Kontakt zu Luca gesucht hatte. Sie habe etwas zu erzählen, etwas Wichtiges, sehr Wichtiges. Es war nicht irgendeine Frau. Sie hieß Sophia Welterlin, war eine berühmte und mächtige Physikerin, und sie war einmal die Freundin von Luca gewesen. Die Geliebte. Die große Liebe. Als Luca im Spiel der Geschlechter noch nicht gewusst hatte, auf welche Seite er gehörte. Die Phase als Liebespaar hatte nur einige Monate gedauert. Es war zu einer schmerzlichen Trennung gekommen. Luca hatte nie aufgehört, sie zu verehren, aber er hatte beschlossen, es aus der Distanz zu tun. Und sie hatte dies auch irgendwann begriffen.

Was sollte also jetzt dieser Kontaktversuch? Sie wusste genau, wie wenig er Besuche aus der Vergangenheit leiden konnte. Andererseits: Was war so wichtig, dass sie glaubte, die Regeln außer Kraft setzen zu müssen? Marko hatte den Auftrag gleichmütig entgegengenommen. Das änderte sich auch nicht, als er gehört hatte, wen genau er da treffen sollte. Die Ex seines Geliebten. »Interessant«, hatte Marko gesagt, als er das Haus verlassen hatte. »Bin auf deinen Geschmack gespannt.«

Eine von den Eigenschaften, die Luca an Marko besonders schätzte, war die wohl auf alle Ewigkeiten festgeschriebene Tatsache, dass er völlig eifersuchtsfrei war. Marko befand sich da wirklich in einer anderen Dimension.

Luca saß auf der Couch im »Weißen Quadrat«, der Beamer war eingeschaltet, der weiße Bildschirm war leer und flimmerte. Es war halb elf Uhr, die Kanäle der Informanten wurden freigeschaltet. Natürlich wusste kein Informant vom anderen, natürlich war der Bildschirm durch ein kompliziertes Wechselwirkungssystem abgesichert, keiner konnte mitlesen, keiner konnte eindringen, niemand konnte stören. Nichts konnte weitergeleitet oder kopiert werden. Es gab nur eine etwas altertümliche Möglichkeit, sich dieser Informationen zu bemächtigen: Man musste vor diesem Bildschirm sitzen, wie bei einem Fernsehabend. Luca drückte ein paar Zahlen auf der Tastatur. Es begann mit dem Rotlichtmilieu.

Über den Pfarrer gab es viele Informationen. Joseph Lichtinger war Kunde bei verschiedenen Prostituierten. Er war Kunde gewesen bei allen vier Ermordeten. Sara Feldkamp hatte ihn den »Papst« genannt, so hatte sie die Verabredungen mit ihm in ihrem Terminkalender notiert. Auch die anderen Frauen hatten Buch über ihn geführt. Der Papst machte gerne Hausbesuche, und er verreiste auch mal über ein Wochenende. Der Begriff »Premium-Kunde« fiel, er zahlte mehr als alle anderen. Ein sehr großzügiger Papst. Luca musste schmunzeln.

Doch das war nicht alles: Lichtinger hatte Probleme mit der Steuer. Seine Pfarrei hatte Ärger mit dem Bistum, wegen finanzieller Unstimmigkeiten. Außerdem betrieb er angeblich in Südtirol eine Sekte. An dieser Stelle machte Lucas Informant eine Anmerkung: *»Achtung!«*, stand da in kursiver Schrift auf dem Bildschirm. *»Es wirkt so, als würden hier Informationen wie mit der Gießkanne gestreut. An verschiedensten Punkten tauchen sie auf, in Internet-Foren, in elektronischen Briefkästen verschiedener Zeitungen (ohne Absender), in allgemein zugänglichen Daten-Clouds. Es wirkt, als wolle jemand mit Absicht Fährten legen. Aber wer ist das?«*

Luca tippte auf seiner Tastatur: Ob die anderen Informanten ähnliche Beobachtungen im Fall Lichtinger gemacht hätten?

Die Antworten kamen sofort. Ja. Ja. Das Netz war voll von gezielten Informationen über diesen Mann. Mandelbaum aus Tel Aviv schrieb, in einem Internetforum sei eine Frau aufgetaucht, die sich selbst als Prostituierte bezeichnete und behauptete, ebenfalls mit Lichtinger Sex gehabt zu haben. Mandelbaum hatte versucht, die Identität dieser Frau zu klären. Interessant, schrieb er, plötzlich sei da eine elektronische Mauer gewesen, höchst professionell eingerichtet, kein Durchkommen. Normalerweise. Er würde es schaffen, aber es dauere noch. Hier sei eine fast perfekte Tarnung angelegt worden, könne unmöglich von einer Privatperson stammen.

Nicht nur im Fall Lichtinger waren Fährten gelegt worden. Ein ähnliches Muster auch beim Minister Feldkamp, dem Vater der ermordeten Münchner Prostituierten. Ein englisches Onlineportal berichtete, der Minister sei Eigentümer eines dubiosen Firmengeflechts auf den Cayman Islands, er habe Millionen Euro an den deutschen Steuerbehörden vorbeigeschleust. Die Onlineausgabe der NZZ verwies auf angebliche Recherchen verschiedener Ermittler, dass Feldkamp als Geschäftsmann selbst über umfangreiche Rotlichtkontakte verfüge. Ein Blogger aus München polemisierte bereits, womöglich habe der Vater seine Tochter auf den Strich geschickt, und formulierte die Frage: »Musste sie wegen ihres Vaters sterben?«

Auch diese Spuren wirkten wie organisiert: Ein Dossier, angelegt, um den deutschen Finanzminister zu vernichten. Vielleicht, schlug Luca vor, sollte jemand versuchen, Kontakt mit dem Münchner Blogger aufzunehmen. Vielleicht wäre es interessant, mal bei ihm vor der Tür zu stehen, um zu sehen, ob dieser Blogger aus Fleisch und Blut war.

»Gute Idee«, schrieb einer der Informanten, »wird erledigt.«

Auf dem Bildschirm erschien ein Foto, das vor wenigen Stunden im Netz aufgetaucht war. Es zeigte Felix Fleischer, den prominenten Fernsehmoderator und Produzenten, Wohltäter und Menschenfreund. Auf allen Beliebtheitsskalen rangierte er ganz oben, seit einiger Zeit wurde über einen möglichen Wechsel in die Politik gemutmaßt. Fleischer trug Jeans und T-Shirt auf dem Bild. Im Arm hatte er eine junge Frau, die völlig nackt war. Ihr Name stand auch dabei: Miriam Holmhey. Sie war die dritte tote Prostituierte, man hatte ihre Leiche am Ufer eines Moorsees in der Nähe des bayrischen Städtchens Pfaffenhofen gefunden.

Mandelbaum schrieb, dass hier ein System sichtbar würde: Jeder toten Hure würde offenbar eine Person zugeordnet, über die dann belastendes Datenmaterial veröffentlicht werde. Wer steckte hinter dieser Zuordnung? Mit welcher Absicht?

Luca formulierte einen Auftrag: Ermitteln, wer die Tote am Moorsee gefunden hatte. Vielleicht war es kein Zufall, dass sie gefunden worden war.

Informant eins – wie er sich selbst gern nannte –, schrieb, er habe eine amerikanische Datenfirma beauftragt, nach Schnittmengen zu fahnden zwischen den vier Ermordeten, aber auch zwischen dem Pfarrer und dem Finanzminister. Mit ersten Ergebnissen könne man bald rechnen.

Ein anderer teilte mit, dass er zu Michaela, dem Mädchen aus Mutzenkreuz, bislang zwei Spuren gefunden habe. Erstens: Die Anwaltsfirma, bei der Michaela laut Zeugnis der Agentur gearbeitet hatte, war aufgelöst worden, genau einen Tag, nachdem Michaela dort aufgehört hatte. Zweite Spur: Obwohl diese Anwaltskanzlei schon längst nicht mehr offiziell existierte, hatte Michaela vom Mail-Account des Büros mehrere Nachrichten nach Frankreich gesendet, an einen Notar, um Interesse am Kauf eines Hotels im Hinterland von Nizza zu bekunden. Und tatsächlich: Das Hotel in dem kleinen Örtchen Peillon gehörte heute laut Grundbuchamt genau dieser Michaela.

Es war hübsch anzusehen, wie die Buchstaben über den großen Bildschirm flitzten. Die Sätze kamen und gingen. Keine der Informationen wurde irgendwo abgespeichert, denn bei allen Schutzmaßnahmen konnten solche Speicher das Einfallstor für Angriffe von außen sein. Alles, was auf dem Schirm erschien, verschwand für immer. Der einzige Speicher waren Lucas Hirn und kleine billige Notizblöcke, auf denen er mit Bleistift ab und zu etwas notierte. Die Deckblätter der Blöcke hatte er alle mit einer Zahl beschriftet, von der nicht einmal Marko wusste, was sie bedeutete: 1105.

Mandelbaum schrieb noch, dass er die Absicht habe, sich in den nächsten Stunden vor allem mit der Frage zu beschäftigen, wer Interesse am Tod der Mädchen hatte und wer von der Demontage des Pfarrers und vor allem des Finanzministers profitieren konnte. Luca tippte zurück, Mandelbaum solle sich um die Geschäfte des Ministers kümmern: Wer gewann, wer verlor durch dessen Krise gerade viel Geld?

Nach gut einer halben Stunde wurde der Bildschirm dunkel. Um 10.56 Uhr war die Sitzung vorbei, wie die kleine Zeitanzeige unten links am Schirm signalisierte. Luca überlegte kurz, welche Informationen er an die Polizei weitergeben würde. Und welche auf keinen Fall. Über die Jahre hatte Luca die Sitzungen im »Weißen Quadrat« perfektioniert. Das Netz an Informationsströmen, das er geschaffen hatte, basierte auf zwei Grundüberlegungen. Zum einen war es die Erkenntnis, dass die Informationsgesellschaft durch Internet und Mobiltelefone in eine völlig neue Zukunft katapultiert worden war. Jede Mail, jede SMS, jeder Handyanruf, jede Transaktion am Computer, jede Bestellung, egal, ob es um ein Buch, eine Hure oder ein Atomkraftwerk ging, wurde irgendwo abgespeichert, blieb für immer bestehen, es musste nur in den weiten elektronischen Räumen gefunden werden. Jedes Handy bedeutete auch: Wir wissen immer, wo du bist. Die Möglichkeiten der Manipulation hatten eine neue Stufe erreicht.

Ehud Mandelbaum hatte Luca einmal in Tel Aviv, in seiner sonnigen Wohnung, eine kleine Recherche-Vorführung gegeben. Am Beispiel eines Glücksspielautomaten, eines dieser blöden Dinger, in die traurige Menschen dauernd Geldmünzen steckten. Mandelbaum hatte verschiedene Seiten im Internet aufgerufen, war von einem Link auf den nächsten gehüpft, ein paar wenige Minuten hatte es gedauert, und schon hatte Luca verstanden: Spielautomaten waren Tarneinrichtungen. Es ging gar nicht um die Spieler, sondern um Geldwäsche – jeder Automat konnte ein paar hunderttausend Euro Schwarzgeld reinwaschen. Die Betreiber von Glücksspielautomaten waren scharf auf Politiker, da sie diese Tarnkonstruktionen durch Gesetze legitimieren konnten. Mandelbaum klickte die Seite eines Glücksspielkonzerns an, in dessen Aufsichtsrat drei deutsche Spitzenpolitiker saßen – eine höchst lukrative Nebentätigkeit.

Die zweite Überlegung, die zu den Konferenzen im »Weißen Quadrat« führte, war ebenfalls eine Tatsache: Es gab nicht wenige Menschen, die sich in dieser neuen Informationswelt ganz gut auskannten – aber es gab nur sehr, sehr wenige echte Zauberer, die mit Hilfe der neuen Kommunikationsstrukturen in der Lage waren, diese neue Welt zu durchleuchten und im gegebenen Fall auch umzuprogrammieren. In der Regel waren solche Zauberer in zwei Gruppen anzutreffen. Entweder unter ehemaligen Geheimdienstexperten, deren Genialität zu radikal für die alte Geheimdienstbranche war, oder unter einstigen Computer-Programmierern, die zu viel von der Magie und der Gefährlichkeit ihrer Geräte verstanden hatten, als dass sie weiter ausschließlich programmieren wollten. Aus welcher Gruppe seine Informanten stammten, wusste Luca nicht. Mit Ausnahme von Mandelbaum kannte er sie ja nicht, hatte sie noch nie gesehen. Manchmal wunderte es ihn, dass er – selbst er – wie selbstverständlich davon ausging, es handele sich bei allen um Männer. Warum eigentlich? Weil bei Männern die Vorstellung leichter fiel, sie könnten ein Doppelleben führen, als bei Frauen?

Gabriel hatte sie alle ausgesucht. Er hatte sie ihm vermittelt. Luca genügte die Information, dass Gabriel ihnen vertraute und dass sie nach seiner Einschätzung die Besten waren. Weitere Kommunikation hatte es nicht gegeben. Wie so vieles gehörte auch das zu ihren Prinzipien.

Die Ausnahme war Ehud Mandelbaum. Er war sozusagen aus Fleisch und Blut. Er hieß, wie er hieß, er sah aus, wie er aussah. Er tat, was er tat. Mandelbaum hasste die Verstellung, das Geheime. Was daran lag, dass er selbst beinah für immer im Reich des Geheimen verschwunden wäre. Als genialer junger Hacker war er auf geheime militärische Projekte der USA gestoßen und hatte mächtig Ärger mit den Sicherheitsbehörden bekommen. Die Anklage war bereits fertig gewesen, ebenso die Papiere, die ihn an die USA ausliefern würden, wo er wegen Geheimnisverrats in lebenslanger Haft verschwunden wäre. Die Öffentlichkeit hatte von seinem Fall nichts mitbekommen, doch Mandelbaum hatte das Glück gehabt, dass sich Gabriel Tretjak einschaltete und ihn dank seiner Kontakte in die Spitzen der israelischen Regierung freibekam, ebenso unbemerkt. Daraus war die Verbindung zwischen Mandelbaum und den Tretjaks entstanden. Sehr tief, sehr eng, maximal vertrauensvoll.

Luca blieb noch für einen Moment auf der Couch im »Weißen Quadrat« sitzen, vor dem dunklen Bildschirm. Es war schon etwas Besonderes, was ihm hier gelungen war. Er hatte einen eigenen Nachrichtenkanal geschaffen. Intelligenzbestien der besonderen Art fütterten ihn mit exklusiven Botschaften, ihn, den Kommunikationskrüppel, den fast Stummen. Wie oft war über ihn gelacht worden, weil er sich nicht ausdrücken konnte. Auf nichts war er stolzer – aus ihm war ein Kommunikator der Extraklasse geworden. Was ihm dabei geholfen hatte, war die Tatsache, dass Sprache für ihn nie etwas Selbstverständliches gewesen war. Er hatte schon früh ein Gefühl dafür entwickeln müssen, was darin wertvoll war und was nicht. Buchstaben, Worte, Sätze hatten ihm sein Leben so lange zur Hölle gemacht. Und jetzt flogen sie über seinen Bildschirm, als hätte er sie zum Tanzen gebracht.

Es war 11.04 Uhr, als Marko zurückkam. Dezent hatte er sich nicht gerade gekleidet für das Treffen mit der Physikerin: die lange blonde Perücke, der kurze gelbe Rock, die silbernen Pailletten-Sandalen. »Du musst sie selbst treffen. Sie wollte mir nicht sagen, was sie dir erzählen will. Aber es klingt wichtig, ich glaube, du musst da hin. Sie will dich morgen um 15 Uhr auf einen Kaffee im Foyer ihres Hotels treffen, dort in der Nähe des Messegeländes.«

Luca dachte: Echte Menschen tranken zusammen Kaffee. Vielleicht war das am Ende der Unterschied zur Welt der Datenelektronik.

»Frau Welterlin ist bisschen füllig um die Hüften«, sagte Marko und schmunzelte ein ganz klein wenig. »Vielleicht stehst du da ja drauf? Ich glaube, ich sollte auch ein wenig zunehmen.«

Nicht im Traum hätte Marko daran gedacht, dass Sophia Welterlin eine Botschaft bringen würde, die erstaunlich schnell zu seinem Tod führen sollte.

Das Buch Mutzenkreuz

»Komm um Punkt drei Uhr nachts zur Kirche«, hatte sie gesagt. Beim Walnussbaum sollte er sich aufstellen, auf keinen Fall näher kommen oder sich bemerkbar machen. »Sag kein Wort.«

Der Walnussbaum stand an der Rückseite der Kirche, die dem Tal und dem Wald zugewandt war. Am Fuße des Stamms wuchsen ein paar Lorbeersträucher, die eine gute Deckung boten. Er hatte sich viel zu früh aus seiner Kammer durch die dunkle Küche davongeschlichen, wartete nun schon geraume Zeit. Die Nacht war sternklar, ein halber Mond beleuchtete die Szenerie ziemlich hell und warf deutliche Schatten an die Kirchenwand.

Plötzlich tauchte von der Seite eine Gestalt auf. Sie trug eine Art Umhang mit Kapuze und ging an der Wand entlang bis zu dem einzigen Fenster, das es auf dieser Seite des Gebäudes gab. Ein dunkles Loch, in dem sich kein Licht spiegelte. Die Gestalt blieb unter diesem Fenster stehen. Sekunden später wirkte sie wie ein Teil der Landschaft – vollkommen still und ohne Bewegung, wie die Steine und Bäume. Ihr Schatten an der Wand war scharf gezeichnet und schien sich keinen Millimeter zu verändern. Die Entfernung zu seinem Standort zwischen den Lorbeersträuchern betrug etwa zehn Meter.

Er sah ihr Gesicht als helle ovale Fläche unter der Kapuze. Im Mondlicht sah Michaelas Gesicht anders aus. Es wirkte klar, und die Augen funkelten.

Als eine Stimme anfing zu sprechen, begriff er zunächst nicht, woher sie kam. Es war eine männliche Stimme, die zwar leise, aber sehr deutlich sprach. Sie kam aus dem Kirchengebäude, drang durch das offene Fenster nach draußen in die kühle Nachtluft.

»Du bist schön. Du bist wunderschön. Du bist schön wie die Nacht.« Das waren die ersten Sätze. Sie wurden wiederholt, gleich zweimal, wie ein Gebet. Michaela zeigte keine Regung. »Du bist die Prinzessin. Die Welt wird es sehen, eines Tages wird es die ganze Welt sehen.« Allmählich erkannte er, dass die Stimme, die zu Michaela sprach, die Stimme ihres Vaters war. Er sollte diese Stimme in den kommenden Nächten noch oft hören, weil er sich wieder und wieder herschleichen würde. Ein Ritual lief hier ab, jede Nacht am selben Ort, um dieselbe Zeit. Die Sätze schwebten in der Stille der Bergwelt. Sie behielten die ganze Zeit einen Rhythmus bei, aber ihr Inhalt verwandelte sich, wurde zudringlicher. »Der Duft deiner Haare, die Farbe deiner Augen …«

Er spürte, wie sein Herz anfing, heftig zu schlagen. Es lag eine obszöne Spannung in den Sätzen, die aus dem schwarzen Mund der Kirche kamen und auf die blitzenden Augen des Mädchens trafen. »Meine Hände wandern über deine Haut, meine Lippen ertasten deinen Hals …« Wieder wurde er Zeuge einer Begebenheit, die eigentlich hätte verborgen bleiben sollen.

Später, als er wach in seiner Kammer lag, wo es nach Muskat roch, dachte er darüber nach, was für ein seltsames Gebräu das Leben hier in Mutzenkreuz hergestellt hatte. Ein Gebräu aus Gott und Kühen, aus wuchernden Pflanzen und Hautausschlägen, aus Sehnsüchten und Trieben, aus alten Mauern und ein paar Menschen, die sich nicht mochten. Man musste zusehen, dass man davonkam, bevor man hineingekocht wurde, dachte er. Und er dachte an das sonderbare Ende des Rituals an der Kirche. Irgendwann war Michaela einfach weggegangen, lautlos weggetaucht in die Dunkelheit hinter der Mauer. In den folgenden Nächten sollte es genauso ablaufen. Und immer blieb die Stimme des Vaters noch eine ganze Weile zu hören, wie sie ihr Gebet in die Nacht hinausschickte. »Die Welt wird dich sehen, die Welt wird dich lieben …«

*

Sein Bruder war in einem Kloster untergekommen, hoch oben auf dem Massiv des Schlern, abgegeben vom Vater, wie eine Kiste mit alten Sachen, die man in einem neuen Leben nicht brauchen konnte. Zweimal besuchte er ihn dort. Er hatte das alte Zündapp-Moped wieder in Gang gesetzt, und der tapfere kleine Zweitaktmotor zog ihn die steilen Bergstraßen hinauf, bis er vor den Klostermauern stand. Dann erzählte er seinem Bruder von Michaela, von ihrer Hautkrankheit, ihrem Leben hinter der Maske, von ihrer Einsamkeit, von ihrem unheimlichen Gefängnis dort in Mutzenkreuz. Und er erzählte von der Rückseite des Posters in seiner Kammer, wo er die Landkarte der Beziehungen und Verwicklungen gezeichnet hatte.

Beim zweiten Treffen beschlossen sie gemeinsam, das Mädchen zu befreien. Sie beschlossen, Michaela rauszuholen aus diesem engen Leben, diesem Schicksal, das sie nicht verdient hatte. Wie Juwelendiebe aus einem Film kamen sie sich vor. Sein Bruder hatte im Kloster ein Zimmer im ersten Stock, an einem Gang gelegen, der auch zur Kapelle führte. In diesem Zimmer saßen sie zusammen und schmiedeten den Plan. Die Wände waren dick, die Türen schwer, aber manchmal hörte man trotzdem vorbeischlurfende Schritte. Einmal wurde die Zimmertür aufgestoßen, und eine Schwester mit rotem Gesicht stand im Zimmer, Josepha hieß sie. Aber sie brachte nur eine Karaffe mit Wasser und fragte, ob der Gast zum Abendessen bleiben würde.

Aktion Michaela. Sein Bruder hatte zwei Aufgaben: Er musste dafür sorgen, dass die Schwestern im Kloster das Mädchen aufnehmen und verstecken würden. Es würde sicher eine Vermisstensuche geben. Außerdem musste er sicherstellen, dass er sich in der entscheidenden Nacht unbemerkt den Fiat Kombi des Hausmeisters ausleihen konnte. In Mutzenkreuz durfte er nie in Erscheinung treten.

Er selbst musste Michaela davon überzeugen, dass sie ihr Leben verlassen musste, dass es nur mit einem radikalen Schnitt gelingen würde, ganz oder gar nicht. Und er musste den genauen Ablauf der Flucht planen, so dass es möglichst viele verwirrende Spuren gab.

Es war die Zeit, in der es noch keine Mobiltelefone gab. Selbst normale Telefone waren hier in den Bergen selten. Im ganzen Kloster gab es nur eines im Büro der Äbtissin, und in Mutzenkreuz stand der einzige Apparat mitten in der Küche von Martin und Nanni. Die Brüder planten sehr genau und mussten sich dann aufeinander verlassen. Sie verabredeten nur eine Sicherheitsmaßnahme: Im Tal, auf halber Strecke zwischen ihnen, gab es neben einer Apotheke einen Blumentopf aus Gusseisen. Unter diesem Topf würden beide einen Zettel hinterlegen. Wenn alles im Plan war, hatte der Zettel einen grünen Punkt. War einer der Punkte rot, musste die Aktion abgebrochen werden.

*

Michaelas Flucht fand nachts statt. Zum letzten Mal kontrollierte er die Zettel mit den beiden grünen Punkten am frühen Abend davor. Am Morgen danach hörte er schon beim Anziehen die unruhigen Stimmen in der Küche und vorm Haus. Aufgeregte, bestürzte Gesichter gehörten zu diesen Stimmen. Die Michaela. Nicht da. Verschwunden. Als er sich auf den Schulweg machte, war schon die Rede davon, die Polizei zu rufen. Und als er am Nachmittag wieder oben in Mutzenkreuz ankam, standen drei Polizeifahrzeuge auf dem Platz. Mehrere blauweiß uniformierte Carabinieri liefen umher und führten das Wort. In der Buchhandlung unten im Ort hatte er ein neues Tierposter gekauft. Ein Eisbär diesmal. Er pinnte es gleich mit vier Reißzwecken an die Wand. Den Esel hatte er schon am Tag zuvor in kleine Stücke gerissen und im Tal in einen Mülleimer geworfen. Die größte Fläche auf dem neuen Poster nahm das Meer ein. Eine silbergraue Fläche, in deren Mitte eine weiße Eisscholle trieb. Auf dieser Eisscholle stand der Eisbär und blickte nach vorn zum Horizont.

Als das Bild aufgehängt war, setzte er sich aufs Bett und betrachtete es. Wie war der Bär auf dieses kleine Stück Eis geraten? Wohin trieb er? Warum war er nicht abgesprungen?

Es klopfte an der Tür. »Die Polizei will auch mit dir sprechen«, hörte er Martins Stimme. »Du musst kommen, Gabriel.«

Fünfter Tag

Sonntag, 14 Uhr
München

Was die Krankenkasse dazu wohl sagen würde? August Maler musste kurz schmunzeln, als er aus dem Taxi ausstieg, die Quittung für die Fahrt einsteckte und auf die Pforte des Gefängnisses München-Stadelheim zuging. Eine Quittung, die er wie so oft nicht einreichen würde, er war nicht so der Mann der Quittungen.

In zwei Stunden sollte ihn der Taxifahrer hier wieder abholen, so hatten sie es besprochen. Wobei sprechen nicht das richtige Wort war. Der Fahrer, der kahle, karge Mann, hatte »okay« gesagt und »gut«. Mehr nicht, mehr sagte er nie. Maler hatte vorhin einen Blick auf das Handy des Mannes geworfen, das aus dem überraschend edlen schwarzen Lederetui, gleich neben der Automatikschaltung, herausgerutscht war. Auf den Tasten waren fremde Buchstaben zu sehen gewesen, kyrillische, wie Maler glaubte. War der Fahrer ein Russe? Für einen Augenblick überlegte Maler, ob er fragen sollte. Er verwarf den Gedanken wieder. Er hatte das Gefühl, das Prinzip Frage würde einen nicht weiterbringen bei Typen wie ihm. Und warum sollte ihn dieser Mann interessieren?

Zwei Stunden. Das musste reichen. August Maler ging durch die Sicherheitsschleuse am Eingang des Gefängnisses. Die Schleuse schlug Alarm, aber das hatte keine Bedeutung. Er war der Kommissar. Die zwei Beamten kannten ihn so gut, dass ein kurzes Nicken reichte zur Begrüßung. Keiner kam auf die Idee zu fragen, was er denn hier wolle, als Kommissar im Krankenstand. Einmal Kommissar, immer Kommissar, als sei das eine in Stein gegossene Selbstverständlichkeit. Auch dem Gefängnisdirektor war keine Frage in den Sinn gekommen. Klar, hatte der Direktor nur gesagt, er werde das Nötige veranlassen. »Herr Driescher wartet dann in der Bibliothek auf Sie.«

Maler mochte Gefängnisse. Oft war er dort gewesen in all den Jahren, hatte Leute verhört, meistens in Untersuchungshaft, manchmal auch im normalen Vollzug. Er mochte Gefängnisse, weil die Menschen hier weniger Masken trugen als anderswo. In den Gesprächen, die er geführt hatte, war immer schnell alles klar gewesen. Man fragte und bekam eine Antwort, oder man bekam eben keine. Die Kunst des Verhörs, jemanden zu einer überraschenden Aussage zu bewegen, konnte man sich im Gefängnis sparen. Maler hatte die Erfahrung gemacht, dass Menschen im Knast ziemlich gut darüber Bescheid wussten, wer sie waren.

Ein Beamter begleitete ihn auf dem Weg zur Bibliothek, dunkelgrüner Linoleumboden, drei lange Gänge, zwei Treppen, zwei Stockwerke. Insgesamt acht verriegelte Türen schloss der Beamte auf, jede Tür mit einem anderen Schlüssel. Doch sehr erstaunlich, dachte Maler, dass er diesen Ort nie als besonders deprimierend empfand, bis heute nicht. Ein Gefängnis war das Gegenteil von Freiheit, und niemand wäre auf die Idee gekommen, das anders zu formulieren. Wer diesen Ort unbedingt verlassen wollte, machte sich nicht strafbar, es sei denn, der Häftling verletzte jemanden beim Ausbruch oder beging dabei Sachbeschädigung. Die Flucht an sich akzeptierte der Staat. Viele Justizbeamte regten sich schrecklich auf über diese Lücke im Strafgesetzbuch. Maler gehörte nicht dazu. Er fand, diese Regelung strahle eine tiefe Noblesse aus.

Gefängnisse waren schon immer Orte des Wissens gewesen. Und gute Polizisten waren dazu da, Informationen zu sammeln, man konnte auch sagen: die Schätze dieses Wissens zu heben. Ein inhaftierter Kokainhändler blieb auf ewig ein Kokainhändler, der die unsichtbaren Wege des weißen Pulvers sichtbar machen konnte. Ein inhaftierter Millionendieb blieb immer ein Millionendieb – vielleicht sogar einer, der einst der Beste in seiner Branche hatte sein wollen und der dies eines freien Tages wieder anstreben würde. Manchmal waren inhaftierte Millionendiebe oder Kokainhändler auch Leute, die durchaus Interesse oder Freude daran haben konnten, wenn draußen der eine oder andere Kollege aus derselben Zunft plötzlich Probleme bekam.

Die Profis im Gefängnis erkannte man daran, wie gut sie es verstanden, ihre Kontakte nach draußen zu halten, wie sie hinter den Mauern in der Lage waren, die Fäden zu ziehen, die draußen ihre kriminelle Macht stärkten. Die Profis krallten sich gern Posten im Gefängnis, die ihnen die Möglichkeit gaben, mit der Außenwelt zu kommunizieren. Besonders beliebt waren Einkäufer-Posten, egal, von was, Lebensmittel, Werkzeuge, Putzmittel, Sanitärbedarf. Hauptsache, irgendwann hielten Lastwagen vor der Tür, die man auch zu anderen Transporten nutzen konnte.

Auf den ersten Blick war der Job des Bibliothekars völlig

unverdächtig. Ein sanfter Job, konnte man meinen, für einen sanften Häftling, der anders war als die anderen. Doch in Wahrheit war es für einen Profi eine der besten Tätigkeiten, die man haben konnte. Es gab Tageszeitungen in der Bibliothek, die täglich gebracht werden mussten, es gab Lieferungen von neuen Büchern, die nette Menschen der Haftanstalt vermachten, und es gab sogar ab und zu Lesungen von Autoren, die auf diese Weise ihre soziale Gesinnung präsentieren konnten, so was war nie schlecht fürs Image. Also viel los zwischen drinnen und draußen, in der Bibliothek. Eine Art Paradies.

August Maler konnte sich noch gut an seine erste Begegnung mit Karl Driescher erinnern, bestimmt zehn Jahre war es her. Sie hatte in einem kleinen Café nah am Englischen Garten stattgefunden, Drieschers Stammcafé. Jeden Morgen hatte er dort gefrühstückt, auch an diesem Morgen.

Driescher war ein kleiner schmaler Mann, der damals vor einem mächtigen Frühstücksteller gesessen hatte, Käse, Salami, Croissants. »Nehmen Sie Platz, Herr Kommissar, Sie sind mein Gast«, sagte er. Und: »Furchtbare Geschichte.« ›Furchtbare Geschichte‹ sagte er gern. Und er stellte gern die Frage: »Wer macht so etwas, Herr Kommissar?« Das waren feste Bestandteile eines Gesprächs mit Karl Driescher.

Sie hatten das junge Mädchen sehr früh an diesem Morgen in ihrer Wohnung gefunden. Sie hatte noch ein bisschen gelebt, starb erst in der Klinik. Man hatte sie an den Küchentisch gefesselt, sie war nackt. Sie war mehrfach vergewaltigt worden, und dann hatte man ihr Salzsäure in den Mund gegossen. Es musste Stunden gedauert haben, bis sie das Bewusstsein verloren hatte. Es war bald klar, wer das Mädchen war und warum sie zu Tode gefoltert worden war. Sie arbeitete in einem Bordell, das Driescher gehörte. Und sie wollte aussteigen, was Driescher nicht wollte. So einfach war das.

Maler, damals noch ein junger Kommissar, ließ Driescher an diesem Morgen in diesem Café festnehmen. Das war ein Fehler. Man konnte Driescher nichts beweisen, er hatte ein Alibi, und natürlich hatte niemand Spuren in der Wohnung des Mädchens hinterlassen. Nach wenigen Tagen musste Driescher freigelassen werden, der Mord an dem Mädchen wurde nie aufgeklärt. So fing es an, zwischen Maler und Driescher. Und so ging es lange Zeit weiter, nie konnte man ihm etwas beweisen. Driescher, der Unangreifbare. Bis eines Tages ein dickes Kuvert abgegeben wurde, anonym. »Zu Händen Kommissar Maler« stand drauf. Kontoauszüge waren darin, getürkte Lebensläufe von russischen Mädchen, die plötzlich Brasilianerinnen waren, mehrere Daten-CDs – und ein Handy war auch dabei, Drieschers Handy, mit den Gesprächen der letzten Wochen. Das Kuvert brachte Driescher am Ende zehn Jahre Haft ein. Wegen Geldwäsche, Menschenhandels, unerlaubter Prostitution, Körperverletzung. Immerhin.

Die Regeln ihrer Gespräche waren völlig klar. Maler konnte Driescher eine Menge Ärger bereiten, er konnte dafür sorgen, dass er den Job in der Bibliothek sofort verlor. Er brauchte dem Gefängnisdirektor nur mitzuteilen, Driescher würde nach neuesten Informationen aus dem Gefängnis heraus Straftaten organisieren. Dass er kein geläuterter Gefangener sei, sondern nach wie vor dieselbe üble Figur.

Genau das stimmte übrigens. Maler hatte mit seinem alten Freund und Kollegen Harry Mutt telefoniert. Mutt und Maler hatten lange Jahre in der Münchner Mordkommission zusammengearbeitet. Doch mit Malers Nachfolger, dem ehrgeizigen und peniblen Günter Bendlin, war Mutt nicht zurechtgekommen, na, im Grunde war es umgekehrt: Der überkorrekte Bendlin brachte keinerlei Verständnis auf für die Schwierigkeiten, die Mutt in seinem Privatleben hatte. Mutt war ein Spieler, er wettete auf Pferde, hatte ständig Geldprobleme, die zuverlässig auch seine privaten Beziehungen zerrütteten. Ein verschuldeter Kriminalpolizist? Bendlin hatte für derartige Disziplinlosigkeiten nur Kopfschütteln übrig. Wie konnte sich ein Kommissar nur so gehenlassen? Anfang des Jahres hatte sich Mutt zur Sitte versetzen lassen.

Natürlich kannte auch Maler die Schwächen von Mutt. Doch er hatte frühzeitig beschlossen, etwas anderes in ihm zu sehen. Mutt war für ihn ein guter Ermittler, weil er ein Gespür für Abgründe jeder Art hatte, vielleicht gerade im Bewusstsein seiner eigenen. Maler sah Mutts Fähigkeit, hinter Fassaden zu blicken; die hatte nicht jeder. »Driescher hat nach wie vor alles im Griff«, hatte Mutt am Telefon berichtet. »Erst letzte Woche hat er seine Schläger wieder losgeschickt. Einer seiner Zuhälter war aufmüpfig geworden. Sie haben ihm mit einem Hammer beide Hände zertrümmert, Knochen für Knochen. Beweisen können wir natürlich nix.«

»Wo ist das passiert?«, fragte Maler.

»›Alter Stiefel‹, so heißt der Laden, kleine Klitsche in Schwabing. Sie haben ihn in die Küche gezerrt. Gesehen will keiner was haben. Und der Zuhälter verweigert die Aussage.«

»Hat Driescher eigentlich jemals rausgefunden, wer ihn damals mit dem Kuvert verraten hat?«, fragte Maler noch.

Mutt sagte: »Keine Ahnung.«

Bevor Maler durch die dunkelgrüne Eisentür die Bibliothek betrat, rief ihn ein Sozialarbeiter kurz zu sich ins Büro, das gleich nebenan lag. Der Mann redete viel, einen Satz nach dem anderen feuerte er raus, alle mit der gleichen Aussage: »Herr Kommissar, Sie werden es vielleicht nicht glauben, aber der Karl Driescher ist ein anderer Mensch geworden. Er liest jetzt Tolstoi und solche Sachen.«

Maler vermied alles, um das Gespräch zu verlängern. Zuhören, schweigen, das war das Beste. Dann ein einziger Satz: »Das ist doch schön zu hören.«

Driescher war im Gefängnis noch ein wenig schmaler geworden. Er trug eine schwarze Jeans und ein schwarzes Hemd. Früher hatte er nur weiße Sachen getragen, weiße Anzüge, weiße Hemden.

»Ich sehe, Sie gehen modisch neue Wege«, sagte Maler.

Driescher lächelte. »Ich dachte, Herr Kommissar, schwarz passt hier besser.«

Sie nahmen Platz an einem kleinen grünen Tisch, umrahmt von zwei riesigen Bücherregalen. Driescher legte ein Buch vor sich hin, ein dickes Buch, »Schuld und Sühne« von Dostojewskij. »Tolles Buch«, sagte Driescher, »sollten Sie auch mal lesen. Da habe ich viel begriffen. Was Verbrechen wirklich ist.«

»Blöde Geschichte, die da neulich im ›Alten Stiefel‹ passiert ist«, sagte Maler.

Driescher blickte ihn aus seinen weißlichen Augen an und schwieg einen sehr langen Moment. »Herr Kommissar, was kann ich für Sie tun?« Die Erinnerung an die Regeln des Gesprächs hatte funktioniert.

Maler erzählte von den Morden an den Prostituierten. Und sagte dann: »Erklären Sie mir, was da draußen gerade passiert.«

»Es gibt ein paar Sachen, die in dieser Branche konstant sind«, begann Driescher. »Männer wollen Frauen ficken, je jünger, je schöner, desto besser. In die Pussy, in den Mund, in den Arsch. Das war immer so, das ist die Grundlage. Was sich in den letzten Jahren geändert hat: Die Welt wird immer härter und perverser. Sie glauben gar nicht, was die Kunden alles wollen. Sie möchten die totale Erniedrigung der Mädchen, das ist der eine Trend. Der andere Trend heißt Luxus, Stichwort Begleitservice: Der Kunde will die Superfrau an seiner Seite, will sie Kollegen zeigen, Geschäftspartnern, Freunden, manchmal sogar der Familie. Seht her, was ich für eine tolle Frau habe. Erfährt ja keiner, dass man sie bezahlt. Erfährt ja keiner, dass man jedes Mal 5000 Euro zahlen muss, fürs Bumsen.«

»Beide Trends klingen, als wären sie gut fürs Geschäft«, sagte Maler.

»Ja, ganz wunderbar. Und noch etwas ist wunderbar. Die Globalisierung. Arme, junge Frauen wollen raus aus ihren Dreckslöchern, überall in der ganzen Welt, wollen ihre Armut loswerden. Und sie kommen zu uns nach Deutschland, in unser reiches Land. Und sie wissen, sie müssen ficken, ficken, ficken, damit sie es schaffen. Und wenn sie es nicht wissen, dann müssen sie lernen, dass Ficken ihre einzige Chance ist. Ganz wunderbar, das alles. Das Geschäft könnte also nicht besser laufen. Es gibt mehr Angebot, und es gibt mehr Nachfrage.«

Maler versuchte, ruhig und sachlich zu bleiben. »Plötzlich sterben diese Frauen. Was steckt dahinter?«

»Schauen Sie, Herr Kommissar, das Geschäft mit den Nutten ist immer ein Abbild der Gesellschaft. Was mit den Nutten läuft, läuft auch im Alltag, und umgekehrt genauso. Und jetzt gibt es das Internet, jeder Trottel hat einen Anschluss, sogar in der Dritten Welt haben sie Anschlüsse. Früher war Prostitution eine verschwiegene Sache, man redete nicht darüber, man tat es. Heute wird überall kommuniziert, E-Mails, Facebook, jeder hat ein Handy, jeder verschickt Informationen. Das ist in meiner Branche gefährlich. Wer zu viel verrät, lebt nicht lange.«

»Wer wüsste das besser als Sie«, sagte Maler.

Driescher blickte ihn an. Kälteblick. Angstmacherblick. Eisiges Schweigen. Das Programm hatte er drauf, sogar in der Gefängnisbibliothek.

»Die Frauen haben also geredet? Oder wollten reden? Über was?«, fragte Maler.

»Reiche und Mächtige wollen nicht gern an ihre Perversität erinnert werden. Nicht einmal Verbrecher haben das so gern. Dazu kommt: Nutten kriegen viel mit, sie sind überall dabei. Und sie sind oft klüger als früher. Verstehen Sie?«

»Erpressung? Die Frauen erpressen ihre Freier?«

»Ich weiß das nicht. Ich bin im Gefängnis, ich lese Bücher.« Driescher lächelte. »Aber es gibt Gerüchte. Da ist etwas in Bewegung, was in meiner Branche einen Krieg auslösen könnte. Das Schweigen wird gebrochen … Wenn jeder den anderen erpresst, wird es schnell ungemütlich. Schlagzeilen über den Politiker und seine Tochter. Alles unerfreulich. Jetzt ist der Fernsehmoderator dran, übrigens ein guter Freund von mir. Wer ist der Nächste? Es herrscht gerade große Angst. Und ich glaube, das alles hat erst angefangen.«

»Kannten Sie eine der ermordeten Frauen persönlich?«

»Nein. Keine von denen gehörte zu mir. Wer unter meinem Schutz steht, ist sicher.«

Maler war froh, dass sich das Gespräch dem Ende näherte. »Wer steckt hinter den Frauen, die auspacken wollen? Steuert das jemand?«

»Ich weiß es nicht. Niemand weiß es. Tausend Gerüchte. Die Frage ist klar: Wer profitiert von einem Krieg und von der großen Angst? Unsere Branche ist eigentlich sehr rational aufgebaut, aber soviel ich auch nachdenke, ich komme bis jetzt auf keine Antwort.«

Maler stand auf und sagte: »Vielleicht hat ja Dostojewskij die Lösung.«

Sie verabschiedeten sich per Handschlag. Maler überlegte kurz, wie vielen Mördern er in seinem Leben wohl die Hand gegeben hatte. Als er die langen grünen Gänge, die verschlossenen Türen und schließlich die Gefängnispforte hinter sich gelassen hatte, wartete sein Taxi mit dem merkwürdigen Fahrer bereits. Sie begrüßten sich schweigend, dann fuhr das Taxi los.

Maler schaltete sein Handy ein, er hatte eine Nachricht auf seiner Mailbox. Einer seiner Herzdoktoren hatte sie draufgesprochen. »Lieber Herr Maler, wir haben heute die große Testreihe gemacht, und ich kann Ihnen nur sagen: Gratulation! Alles bestens! Es könnte nicht besser sein. Diesmal macht Ihr Herz alles richtig. Nehmen Sie also die Medikamente diese Woche noch genauso wie bisher, und nächste Woche können wir dann vielleicht schon ein paar Tabletten weglassen. Wir besprechen das am Montag. Ach, und noch eins: Ein Herzpatient schaltet sein Handy nie aus. Schönen Tag noch.«

Ein herzkranker Kommissar schon, dachte Maler. Er merkte, dass die Nachricht Glücksgefühle auslöste. Sein zweites Herz. Für den Moment sah es so aus, als würde sein Leben weitergehen. Er musste nicht mehr ständig damit rechnen, dass alles zu Ende ging. Andererseits kam morgen vielleicht schon wieder ein Anruf eines Doktors, und alles konnte verändert sein. Aber heute nicht, dachte er, und morgen war immer besser als heute.

Er fühlte sich gut. Seine Psyche hatte – außer ein paar nächtlichen Albträumen – heute auch noch keine Attacke geritten. Und doch war nicht alles gut. Inge. Er machte sich Sorgen um seine Frau. Seit dem Telefonat mit Tietz war sie völlig von der Rolle. Fahrig, abwesend. Er hatte das Gefühl, dass sie ihm etwas verschwieg. Aber was sollte das sein? Warum schien diese Episode aus ihrer Vergangenheit auf einmal so präsent zu sein? Er konnte es sich bislang nicht erklären, und alle Versuche, mit ihr darüber zu reden, waren bisher gescheitert. August Maler war sicher nicht stolz darauf, aber er hatte an diesem Morgen, als sie im Bad war, eine längere Zahlenkombination in ihr Handy getippt. Ein Datenexperte vom Präsidium hatte ihm das mal gezeigt. Von nun an passierte alles, was auf ihrem Handy passierte, auch auf seinem.

Und die erste SMS, an Inge gerichtet, kam jetzt, als das Taxi gerade im Stau stand am Luise-Kiesselbach-Platz, dem hässlichsten Platz Münchens. Die Nachricht lautete: *Liebe Inge Maler, Sie haben vielleicht schon von mir gehört, aber glauben Sie das alles nicht, ich bin ein Mann Gottes. Ich muss Ihnen etwas erzählen, von damals. Und ich habe eine große Bitte. Lassen Sie uns treffen. Schnell. Gesegneter Gruß, Joseph Lichtinger.*

Sechster Tag

Montag, 8 Uhr
Berlin

Bruno Tietz war an diesem Morgen noch früher als sonst ins Büro gekommen. Er saß am Schreibtisch, vor sich einen Pappbecher Kaffee, viel Milch, viel Zucker, und versuchte Ordnung in seinen breiten Kopf zu bringen. Wie war die Lage? Es gab einen neuen Fall in München. Eine Prostituierte aus Weißrussland, gerade mal 17 Jahre alt, war tot aufgefunden worden – in einem schicken Hotelbett. Keine äußeren Verletzungen, Todesursache noch unklar. Zunächst sprach wenig für eine Verbindung zu den anderen Morden, doch dann war im Internet dieses Foto aufgetaucht, das sofort alle Zeitungen abgedruckt hatten, alle Online-Dienste zeigten, alle. Vier nackte Mädchen auf dem Rand eines Whirlpools, ganz links Larissa, die Tote im Hotelbett. Im Wasser streckte sich ein Mann, deutlich zu erkennen – man kannte das Gesicht aus anderen Zusammenhängen, aus weiten Sälen voller Männer im Anzug, aus Aktionärsversammlungen, aus Talkshows. Frank Stocker war der Vorstandsvorsitzende des größten deutschen Telekommunikationsunternehmens »Tele Zukunft«. Er verdiente rund 30 Millionen Euro im Jahr, war einer der ganz Mächtigen des Landes. Und Frank Stocker war Familienvater; er vergaß in keinem Interview zu erwähnen, wie glücklich ihn seine Kinder, seine Familie machten.

Blöde Sache, dachte Tietz, so ein Foto mit einer minderjährigen Nutte. Oder, wie man hinzufügen musste: mit einer minderjährigen Nutte, die jetzt tot war.

Tietz hatte gestern spät am Nachmittag noch Besuch bekommen vom Chef des größten deutschen Industrieverbandes, Müller hieß er. Es war ein kurzes Gespräch, das sich einfach zusammenfassen ließ: Müller hatte Angst, nein, er hatte Panik. »Bitte, Herr Kommissar«, hatte er gesagt, »klären Sie diesen Fall auf. Sorgen Sie dafür, dass diese Veröffentlichungen von Fotos aufhören. Sie glauben nicht, was bei uns los ist. Viele Menschen fürchten, dass sie gesellschaftlich vernichtet werden. Herr Kommissar, die deutschen Industriellen setzen auf Sie.«

Tietz hatte den Ball aufgenommen. »Verstehe ich Sie richtig, Herr Müller, dass zum Alltag der deutschen Industriellen gehört, sich mit minderjährigen Mädchen zu vergnügen? Der Rotlichtbezug der deutschen Elite war mir bislang so nicht bekannt.«

Müller war nicht in der Laune gewesen, den Empörten zu spielen. »Lassen Sie es mich so sagen: Es gibt Dinge, die unsere Geschäfte manchmal begleiten, über die alle Beteiligten beschlossen haben, nicht zu sprechen.«

Noch später hatte der Generalstaatsanwalt bei Tietz in der Tür gestanden. »Tietz, bei mir ist die Hölle los. Der Justizsenator hat schon zweimal angerufen. Sogar das Kanzleramt war dran. Alle wollen wissen, wie ich den Fall beurteile – und was ich gedenke zu tun.«

»Und, wie beurteilen Sie den Fall?«, fragte Tietz.

»Ich sage immer nur: Ich habe vollstes Vertrauen in meine Polizisten.« Er schaute Tietz an. »Ich hoffe, Sie haben auch vollstes Vertrauen in sich selbst.«

Tietz war spät nach Hause gekommen, hatte sehr schlecht geschlafen. Jetzt an diesem Morgen im Büro saß er schon vor dem dritten Kaffee. Die typischen Polizistenfragen schossen ihm durch den Kopf. Wie war die Lage wirklich? Was war wichtig? Was war nicht so wichtig? Was war jetzt zu tun?

Eine Spur war ein E-Mail-Wechsel, den sie auf dem Computer der ermordeten Ministertochter gefunden hatten, zwischen ihr und diesem Pfarrer Lichtinger, der ja auch einer ihrer Kunden gewesen war. Doch der Sound der Mails klang irgendwie erstaunlich, so gar nicht nach Freier und Hure, so freundschaftlich, vertraut. Lichtinger hatte sie überreden wollen, auf einem Kongress zu sprechen, natürlich verkleidet, das sei sehr wichtig, schrieb er. Doch sie wollte nicht, sie schrieb, sie wolle lieber im Hintergrund bleiben. Er drängte, sie zierte sich. Am Ende schrieb sie, sie würde noch mal darüber nachdenken.

War das wichtig? Führte diese Spur irgendwohin? Lichtinger hatte von seinem Anwalt ausrichten lassen, er werde sich in nächster Zeit zu nichts mehr äußern. Der Anwalt hatte angedeutet, sein Mandant sei in eine tiefe Depression versunken. Tietz hatte einen Kollegen damit beauftragt herauszufinden, welche Kongresse in den nächsten Monaten überhaupt stattfanden und welcher davon es hätte sein können, bei dem eine Prostituierte einen Vortrag hielt.

Eine andere Spur war eine anonym eingegangene Mail, die man natürlich wieder nicht hatte zurückverfolgen können. »HINWEIS« stand da in der Betreffzeile, und der Hinweis bezog sich auf einen Mietvertrag für eine Wohnung, den Julia Jaspers angeblich in Nürnberg vor drei Tagen unterschrieben hatte. Julia Jaspers war die zerstückelte Frau, deren Körperteile an Lichtinger und Tretjak verschickt worden waren. Das Problem: Zum Zeitpunkt der Unterschrift war sie schon mehrere Tage tot. War das wichtig, oder gab es dafür eine harmlose Erklärung? Tietz wies die Nürnberger Kollegen an, sich darum zu kümmern.

Alles deutete darauf hin, dass sie es mit Serienmorden zu tun hatten. Der Zusammenhang zwischen den toten Frauen und den Veröffentlichungen in den Medien schien eindeutig zu sein. Im Mittelpunkt stand dieser Pfarrer Joseph Lichtinger. Er wurde rund um die Uhr beschattet, bislang mit wenig Ergebnis. Die immer gleiche Auskunft der Beschatter lautete: Der Pfarrer sitze in seinem Pfarrhaus und starre die Wand an.

Es war zehn Minuten vor acht Uhr, als Theresa Mayer von der Telefonzentrale in sein Büro kam.

»Bruno, das musst du dir anhören. Der Anruf kam gegen drei Uhr morgens. Irgendwann endete der Anruf abrupt, deshalb hat meine Kollegin vom Nachtdienst nichts unternommen. Ihr war nicht aufgefallen, dass die Frau bald am Anfang ihre Adresse genannt hatte. Ich habe es bemerkt, als ich mir den Anruf gerade noch einmal angehört habe. Man hätte sofort jemanden vorbeischicken müssen.«

»Warum soll ich mir irgendwelche Notrufe anhören? Geh bitte zu den Kollegen«, sagte Tietz. »Ich habe wirklich anderes zu tun.«

Theresa Mayer war eine kleine, resolute Frau, die vergangene Woche ihren 55. Geburtstag gefeiert hatte.

»Bruno, ich weiß, in welchem Fall du steckst. Deshalb bin ich ja hier«, sagte sie. »Die Anruferin war eine Prostituierte, und sie war in großer Not.« Sie hatte das kleine Aufnahmegerät in der Hand, es sah aus wie ein Handy. Sie drückte auf die Abspieltaste.

»... bitte, glauben Sie mir, helfen Sie mir, ich bin schon ganz wirr. Die spritzen mir die ganze Zeit irgendwelches Zeug, die stechen mich mit Nadeln. Jetzt sind sie kurz weg, ich weiß nicht, wer das ist. Ich glaube, die meinen mich gar nicht, die meinen Martina, aber sie hören mir nicht zu. Sie sind zu zweit, sie tragen schwarze Masken. Ich bin hier unter dem Dach, ganz oben, Saarbrücker Straße, Hausnummer 6, glaub ich. Bitte helfen Sie mir, schnell, die kommen gleich wieder. Ich hab ein Handy, das wissen die nicht. Sie denken, ich bin bewusstlos, aber ich krieg alles mit. Ich hab Martina immer gesagt, sie soll das lassen, das geht nicht gut aus, das geht nie gut aus, wenn sich Huren wehren. Ich habe so schreckliche Angst, helfen Sie mir, die Spritzen tun so weh, ich hab schon überall Flecken. Die stechen mich ins Gesicht. Schnell, bitte. Ich weiß, ich bin nicht viel wert ... aber ich will nicht sterben, kommen Sie, schnell, schnell. Ich glaube, die bringen mich um. Und sagen Sie Martina Bescheid, sie werden sie auch holen, ganz sicher ...« Dann ein kurzes Rauschen, dann nur noch dumpfer Krach, dann tote Leitung.

»Wir fahren sofort hin«, sagte Tietz. Zwei kurze Anrufe bei Kollegen, die eigentlich Spätdienst hatten. »Los, wir haben einen Einsatz. Saarbrücker Straße 6, lass uns dort treffen. Notruf einer Prostituierten. Auf jeden Fall warten, bis ich da bin.« Dann verständigte er eine Polizeistreife, die sich gerade in der Nähe der Saarbrücker Straße befand. »Fahrt mal hin. Wohnung unter dem Dach. Möglicherweise der Ort eines Gewaltverbrechens. Lotet die Situation aus. Wenn nichts Dramatisches auffällt, dann warten, bis ich da bin. Viel Glück.«

Tietz zwängte sich in seinen Dienst-BMW und schaltete das Blaulicht ein. Von der Keithstraße im tiefen Westen Berlins in das neue Zentrum brauchte er trotz Vollgas und plärrender Blinkanlage 21 Minuten. Als er in die Saarbrücker Straße einbog, sah er die Wagen der Kollegen schon von weitem – an allen war das Blaulicht eingeschaltet geblieben. Man konnte wirklich nicht von einem besonders dezenten Einsatz sprechen.

»Wisst ihr, was das für ein Haus ist?«, fragte einer der Streifenbeamten.

»Nee«, sagte Tietz, »was für ein Haus soll das sein?«

»Da wohnen nur Promis drin. Ein Künstler nach dem anderen, alle bekannt. Gibt immer hammermäßig Ärger, wenn wir hier sind.«

»Wieso gibt's Ärger? Und warum seid ihr dauernd hier?«, fragte der Kommissar.

»Ruhestörung, mindestens zweimal die Woche. Da werden rauschende Partys gefeiert, bis tief in die Nacht. Und dann rufen uns die Nachbarn an. Wir klopfen an die Tür, und dann fängt der Ärger an. Ganz oben im sechsten Stock wohnt ein Theaterregisseur, unser besonderer Freund. Den haben wir schon zweimal mitgenommen, weil er Terror gemacht hat.«

»Sechster Stock, genau da müssen wir hin. Los.« Tietz ging unten durch die Eingangstür des Hauses, die offen stand. Er suchte den Aufzug. »Nee, Herr Kommissar, hier gibt's keinen Aufzug. Das sind lauter sportliche Künstler, die mögen das.«

Sechster Stock. Ab dem dritten Stock fing Tietz gewaltig an zu schwitzen. Und er wurde langsamer. Wehe, wenn jetzt irgendeine Bemerkung fiel. Oben angekommen, rang er für einige Augenblicke nach Atem. Dann klingelte er an der weißen Tür. Stille. Noch mal Klingeln. Klopfen. Lautes Klopfen. Kurz ging ihm der Gedanke durch den Kopf, was eigentlich passieren würde, wenn sie in eine Promiwohnung eindrangen, der Anruf aber nur fingiert gewesen war.

»Macht die Tür auf«, sagte Tietz.

Die Tür musste nicht aufgebrochen werden, sie war nicht mal abgeschlossen. Die Wohnung war groß, geradezu riesig, mit ebenso riesigen Fenstern, aus denen man über die gesamte Stadt blickte. Viele Bilder, ein Kamin, alles sauber, alles aufgeräumt.

Dann rief Kommissar Fritz Wurm vom Ende des Ganges. Er stand mit einem Bein auf dem Gang, mit dem anderen in einem Zimmer. »Komm mal, Bruno.«

Die Leiche lag auf dem Bett, mit dem Gesicht nach oben, die Leiche einer jungen, blonden Frau. Sie trug eine blaue Jeans und ein weißes, zerrissenes T-Shirt. Die nackten Brüste waren zu sehen. Die Haut hatte überall dunkelrote Flecken, an den Armen, am Bauch, am Hals. Doch das war es nicht, was Hauptkommissar Bruno Tietz sofort klarmachte, dass die Serienmorde weitergingen, dass sie hier einen neuen Fall vor sich hatten.

Auf der Stirn der Toten war ein Name eingeritzt worden, in Großbuchstaben, klar und deutlich zu lesen: »TRETJAK«

Montag, 18 Uhr
München

Maler hatte noch eine Stunde Zeit, so wollte er es. Er wollte mal wieder im Hofgarten spazieren gehen, dem vielleicht schönsten Platz Münchens. Mehr ein begrünter Hinterhof als ein Garten. Früher war er oft in der Mittagspause vom Präsidium rübergegangen, hatte sich frische Luft geholt. Und das mit der frischen Luft versuchte er auch jetzt. Er setzte sich auf eine Parkbank und machte ein paar Atemübungen. Tief einatmen, noch tiefer ausatmen. Immer länger ausatmen als einatmen. Das hatte ihm sein Psychologe empfohlen. Mehr raus als rein. Hatte ihm sofort eingeleuchtet.

Vor zwei Stunden hatte sein Herzdoktor angerufen. »Herr Maler, heute nicht so gute Nachrichten. Der eine Blutwert, der Nierenwert, ist schlechter geworden. Macht uns gerade bisschen Sorgen. Nehmen Sie mal heute Abend zusätzlich zwei von den kleinen blauen Tabletten. Und, wichtig: Schonen Sie sich. Kein Stress, kein Ärger. Der Körper dankt es Ihnen.«

Kein Stress, kein Ärger. Klar. Nur einige Serienmorde. Und zu Hause eine Frau, die dabei war durchzudrehen.

Maler musste an Gabriel Tretjak denken. Warum zogen ihn die Fälle, in denen Tretjak steckte, jedes Mal wieder in einen solchen Bann? Warum war bei diesem Mann alles anders? Er hatte so viele dramatische Fälle bearbeitet, aber bei Tretjak führte es immer rasch dazu, dass er, Maler, selbst mit drinsteckte, dass alles in der Katastrophe endete. Und immer war auch Malers Körper beteiligt, als würde er rebellieren gegen alles, was mit Tretjak zu tun hatte.

Beim ersten Fall war Maler am Schluss zusammengebrochen, in höchster Lebensgefahr, kurz nachdem er in der Klinik die wahre Identität der Mörderin herausgefunden hatte. Die entscheidende Spur hatte ihr Vater geliefert, der krebskranke Vater, dem sie so nahegestanden hatte. Auf der Krebsstation hatte Maler, selbst von Fieberanfällen geschüttelt, den Fall gelöst.

Beim zweiten Fall hatte es damit begonnen, dass man seinen Kollegen und Freund Rainer Gritz erschoss. Durch die Tat wurde er hineingezogen in eine Geschichte, bei der er schließlich nur froh sein konnte, dass nicht seine ganze Familie hingerichtet wurde. Hätte ein aufmerksamer Beschützer nicht in der richtigen Sekunde geschossen, wäre alles vorbei gewesen. Und am Ende dieses Falles hatte seine nächste große Herzoperation gestanden.

Und jetzt war es wieder so weit. August Maler blickte auf die Uhr. Vor einer guten Stunde war Inge losgefahren. Sie war auf dem Weg zu Joseph Lichtinger, dem Hauptverdächtigen, aber wohin genau sie fuhr, wusste er nicht. Er hatte nur ihre Antwort auf Lichtingers SMS gelesen: *Ja, ich komme gerne. Wann? Wo?* Verabredet hatten sie sich dann wahrscheinlich am Telefon. Maler hatte seiner Frau nicht gesagt, dass er ihr Handy kontrollierte. Inge war seit drei Tagen derart von der Rolle, dass ihm das ratsam erschienen war. Keine Ahnung, wie sie reagiert hätte, wenn sie von seinem alten Bewacher-Reflex erfahren hätte. Wie bitte, was machst du? Du kontrollierst deine eigene Frau?

Zunächst hatte Maler gedacht, ihr Zustand lasse sich allein durch die Tatsache erklären, dass sie von ihrer eigenen Vergangenheit eingeholt worden war. Dass sie an ihr altes

Leben erinnert wurde. An die Inge, die monatelang auf den Strich gegangen war, drogensüchtig war. Maler hatte gedacht, die Erinnerung sei es, die sie umwarf. Doch inzwischen war er anderer Ansicht: Das konnte nicht allein die Erklärung sein. Es musste noch irgendetwas anderes geben, das sie derart erschreckte.

Heute, am Morgen, hatte er sie in den Arm genommen. »Inge, was ist los? Du weinst, du zitterst. Du bist nicht ansprechbar. Du hörst nicht mal deinen Kindern richtig zu. Sag mir, was los ist.«

Inge drückte sich ganz eng an ihn. Und sagte: »Du bist ein Polizist, ich kann es dir nicht sagen.«

So hatte ihre Liebe angefangen, damals. Diesen Satz hatte sie oft gesagt, er wurde zum Running Gag ihrer Beziehung. Doch jetzt, fand Maler, hatten die Worte ihren Charme verloren.

Maler stand von seiner Parkbank auf und ging zum Ausgang des Hofgartens, Richtung Ludwigstraße. Er hatte noch eine knappe halbe Stunde bis zum Abendessen mit Tretjak in der »Osteria« in der Schellingstraße. Das schaffte er zu Fuß. Jetzt erst merkte er, dass ihm der Schweiß ausgebrochen war, er spürte das nasse Hemd. Natürlich wurde Inge beschattet, natürlich konnte Lichtinger keinen unbeobachteten Schritt machen. Aber nun fragte sich August Maler, ob er wahnsinnig geworden war. Seine Frau als Versuchskaninchen, seine Frau allein mit einem Mörder – und er? Machte nichts, gar nichts, schaute zu aus weiter Ferne. Der Boden unter seinen Füßen begann zu zittern. Er versuchte, sich auf seine Schritte zu konzentrieren, auf seinen Atem. Viel half es nicht.

Als Tietz gegen Mittag das Foto von der toten jungen Frau gemailt hatte, hatte Maler Gabriel Tretjak angerufen.

»Herr Tretjak, ich habe neue Nachrichten, es sind keine guten.«

Tretjak sagte: »Ich bin auf dem Weg nach München. Wir können uns treffen.«

Das Gespräch dauerte nur wenige Sekunden. Maler schlug Ort und Zeit vor, Tretjak sagte: »Okay.«

Um 19 Uhr betrat Maler die »Osteria« in der Schellingstraße. Tretjak wartete schon, er saß in der Nische, in der er immer saß, immer gesessen hatte, die Kellner hatten ihm offenbar sofort seinen alten Tisch gegeben. Die »Osteria« war ein edles italienisches Restaurant mit vorzüglichen Fischgerichten und einer Weinkarte voller Geheimtipps. Deshalb hatte Maler das für einen Polizisten viel zu teure Lokal jedoch nicht ausgesucht. Tretjak und er hatten sich dort schon einmal getroffen. Und an diesem Abend war es nicht ums Essen gegangen. Noch vor dem Dessert hatte Maler Tretjak damals verhaften lassen.

Gabriel Tretjak trug einen dunkelgrauen Anzug, schwarzes T-Shirt. Maler fand, er sah gut aus, kaum verändert zu früher. Er selbst trug einen beigen Anzug, ein beiges Hemd, alles gut zwei Nummern zu groß. Er hatte stark abgenommen. So eine Herztransplantation war als wirkungsvolle Diät sehr zu empfehlen.

»Ich war lange nicht mehr hier«, sagte Tretjak.

»Ich dachte, ein Ort, der für Sie eine Geschichte hat, passt gut für den heutigen Abend.«

Tretjak schwieg.

Sie studierten kurz das Menü. Maler nahm das Lachscarpaccio als Vorspeise, Tretjak die marinierten Scampi. Danach wählten sie den Loup de Mer in der Salzkruste für zwei Personen. Tretjak bestellte ein Glas Weißwein vom Südtiroler Weingut Winkel, seinem Lieblingswinzer. Maler trank Wasser.

Es war ein Gespräch ohne Anfangsfloskeln. Keine Frage nach der Familie, keine Frage nach dem Wetter. Keine Erkundigung nach der Gesundheit oder nach den letzten Monaten. Da saßen zwei Männer, die viel miteinander erlebt hatten und die still und ohne Absprache beschlossen hatten: Wir konzentrieren uns auf das Wesentliche.

»Herr Tretjak, ich möchte mit Ihnen über Ihr Verhältnis zur Vergangenheit, zu Ihrer Vergangenheit sprechen«, sagte Maler.

»Ich dachte, Sie wollen mit mir etwas Wichtiges besprechen. Sie sagten, es gibt Neuigkeiten.«

Tretjak warf Maler einen Blick zu, den Maler nicht leiden konnte. Ein kalter Blick, gepaart mit Arroganz.

»Ich halte Ihre Vergangenheit für sehr wichtig«, sagte Maler.

»Ich bin kein Freund der Vergangenheit«, sagte Tretjak, »das wissen Sie.«

Maler zog ein Kuvert aus der Innentasche des Jacketts, öffnete es und gab Tretjak das Foto. Die tote Frau mit dem eingeritzten Namen in der Stirn, seinem Namen.

»Die Frau hieß Barbara Berger, Wohnort Berlin, Beruf Prostituierte. Wenige Stunden, bevor sie gefunden wurde, hatte sie noch einen Notruf abgesetzt. Warum, Herr Tretjak, steht Ihr Name auf ihrer Stirn?«

»Ich habe keine Ahnung. Ich habe diese Frau noch nie in meinem Leben gesehen«, sagte er, und seine Stimme klang beinahe gleichgültig. Auch sein Gesicht zeigte keinerlei Regung.

»Sie haben keine Erklärung? Keine Idee?«

»Nein, Herr Kommissar.«

»Es sind einige Morde passiert. Leichenteile wurden Ihnen ins Hotel geschickt. Der derzeitige Hauptverdächtige ist Ihr alter Freund Joseph Lichtinger. Und Sie haben für nichts eine Erklärung?« Malers Stimme wurde ein wenig zu laut für das diskrete Lokal.

»Ich kann mich nur wiederholen«, sagte Tretjak, »ich habe keinerlei Erklärung.«

»Also schön«, sagte Maler. »Finanzminister Feldkamp hat Sie gestern angerufen, kurz nachdem mein Berliner Kollege ihn aufgesucht hatte. Haben Sie dafür eine Erklärung?«

»Ja«, antwortete Tretjak, »ich kenne Herrn Feldkamp schon lange, wir hatten früher beruflich miteinander zu tun. Er rief mich an und fragte, ob ich ihm helfen kann. Und ich sagte: nein. Das ist alles.«

Die Vorspeisen wurden serviert. Sie aßen schweigsam.

Plötzlich sagte Maler: »Ich bin ein kranker Mann, der eigentlich Ruhe und Erholung bräuchte. Glauben Sie bloß nicht, ich sitze wegen Ihnen hier. Das ist der Fall meines Berliner Kollegen. Ich hätte mich gefreut, wir wären uns in diesem Leben nie wieder begegnet. Ich habe genug von Ihnen. Ich sitze hier, weil ich Angst habe, große Angst.«

Tretjak blickte ihn fragend an.

»Ich habe Angst um meine Frau. Ich habe Angst, dass ich sie verliere. Sie ist auf dem Weg zu Joseph Lichtinger, vielleicht ist sie schon dort. Warum sie mit ihm reden will, weiß ich nicht. Sagen Sie es mir.«

»Davon weiß ich nichts. Aber ich glaube eines zu wissen: Joseph Lichtinger ist keine Gefahr für Ihre Frau. Er ist vieles, aber er ist kein gefährlicher Mann«, sagte Tretjak.

»Wissen Sie«, sagte Maler, »ich habe wegen meiner Krankheiten viele Therapien hinter mir. Und ich habe dabei gelernt zu akzeptieren, dass Gefühle sich dem Verstand entziehen, leider, und dass Gefühle oft eine Menge mit Wahrheit zu tun haben. Angst ist ein starkes Gefühl. Und diese Angst sagt mir, Sie könnten mir helfen. Deshalb bin ich hier. Helfen Sie mir, Herr Tretjak.«

»Sie haben mich vorhin gefragt, wie ich zu meiner Vergangenheit stehe«, sagte Tretjak.

Maler nickte.

»Ich habe eine Entscheidung in meinem Leben getroffen. Ich glaube fest daran, dass das Leben ziemlich böse und gemein sein kann. Und ich glaube fest daran, dass man sich dagegen wehren kann und wehren muss. Dieser Überzeugung habe ich alles in meinem Leben untergeordnet. Wenn Sie so wollen, Herr Kommissar: Wenn man das Böse abschüttelt, das Gemeine, das Quälende, dann ist das alles Vergangenheit. Deshalb habe ich die Vergangenheit abgeschnitten in meinem Leben. Und ich bin tief überzeugt davon, dass es richtig war und die einzige Chance, die ich hatte.«

»Sie haben es nicht bei Ihrem Leben belassen. Sie haben eine Geschäftsidee daraus entwickelt«, sagte Maler. »Sie haben aus dem Vernichten der Vergangenheit einen Beruf gemacht.«

»Wenn Sie es so formulieren wollen, bitte. Aber, Herr Kommissar, am Anfang war immer ein Mensch in einer Notsituation. Einer, der nicht mehr weiterkonnte und -wollte. Es waren immer verzweifelte Menschen, die in einer Sackgasse steckten. Und es war mein Job, sie da rauszuführen.«

»Der Regler. Halten Sie sich für eine Art Samariter?«

»Lassen Sie mal die Ironie.«

»Ich denke, Ironie ist nicht das richtige Wort. Auf Ihrem Weg liegen Leichen.«

»Eines war immer klar: Ich lege mich mit dem Schicksal an, ändere Gesetzmäßigkeiten, zerstöre Strukturen. Das funktioniert nicht einfach so mit gutem Zureden. So etwas funktioniert nur aus dem Prinzip der absoluten Stärke heraus. Und der Entschlossenheit. Du kannst nur regeln, wenn du stark bist.«

»War das auch eine Lebensentscheidung: stark zu sein?«, fragte Maler.

Tretjak zog ein kleines silbernes Schälchen aus der Innentasche seiner Anzugjacke. »Ja, Herr Maler, ich nehme auch Tabletten.« Er öffnete das Schälchen. Kleine, weiße Tabletten, eine Handvoll davon. »Tavor.«

»Das kenne ich«, sagte Maler.

»Dachte ich mir«, sagte Tretjak. »Sie sind gegen die Angst. Ich kenne die Angst sehr gut. Sie nennen Angst ein Gefühl, ich nenne Angst eine Irritation. Sie geben sich ihr vielleicht hin, ich bekämpfe sie. Das ist vielleicht der Unterschied zwischen uns.«

»Sie kämpfen? Sie nehmen Psychopharmaka. Das halten Sie für eine Lösung?«

»Nein, keine Lösung«, sagte Tretjak, »ich leiste mir eine Schwäche. Wissen Sie, wer mir das erste Mal eine Tavor-Tablette in die Hand drückte? Es war ein buddhistischer Mönch, ein berühmter Mann. Ich war sechs Monate bei ihm, in einem Kloster bei New York. Er merkte, dass ich nicht zurechtkam mit der Stille. Er gab mir die Tablette und sagte: Es gibt Momente, da ist sie besser als eine Meditation.«

»Jetzt sagen Sie mir nicht, Ihr Mönch war ein Anhänger Ihrer Idee, die Vergangenheit aus dem Leben zu verbannen«, sagte Maler.

»Er war nicht nur der klassische Mönch. Er war auch Geschäftsmann. Lebt übrigens nicht mehr. Er wurde ermordet. Sein letztes Geschäft war eines zu viel.«

Maler musste kurz lachen. Tretjak auch, noch kürzer.

»Bevor ich der Regler wurde, bin ich drei Jahre durch die Welt gereist und habe den unterschiedlichsten Leuten diese eine Frage gestellt: Kann man ein altes, kaputtes Leben auf ein neues, besseres Gleis setzen? Ich habe Philosophen getroffen, Psychologen, Hirnforscher, Biologen, Physiker. Eines der besten Gespräche hatte ich mit einem italienischen Kardinal, einem sehr einflussreichen Mann. Zwei Abende haben wir in Rom verbracht, in einer ganz einfachen Pizzeria. Er gab mir recht. Selbstverständlich sei das möglich, zu jedem Zeitpunkt. Er sagte: ›Diese Frage ist der Kern von Religion.‹ Und dann hat er noch gesagt: ›Gott ist eine Konstruktion, natürlich.‹«

»Und damit kann man drei Jahre verbringen?«, fragte Maler.

Tretjak bestellte noch ein zweites Glas Weißwein und sagte: »Na ja, irgendwann habe ich mich dann mehr mit der Frage des WIE beschäftigt. Wie macht man das, ein Leben auf ein neues Gleis setzen? Was muss man bedenken?«

Maler legte eine kleine Ansammlung von Tabletten auf den Tisch, zwei weiße, vier blaue, alle klein, und eine große gelbe. Er sollte sie alle während des Essens einnehmen, und daran hielt er sich. Ihm war aber auch klar, dass er den Gesprächsfluss stoppte, dass er sich die Möglichkeit schuf, das Gespräch auf ein neues Gleis zu setzen.

»Herr Tretjak, wann ist Ihnen klargeworden, dass Sie auf ein falsches Prinzip gesetzt haben? Man kann die Vergangenheit nicht auslöschen, sie schlägt immer zurück, immer. Der Mensch ist ein System, die Vergangenheit spielt darin eine wichtige Rolle. Und Systeme lassen sich nicht einfach ändern. Wann haben Sie begriffen, dass Sie einen schweren Fehler gemacht haben?«

»Herr Kommissar, Sie irren sich, was mein Leben angeht. Das war kein Fehler.«

Maler schwieg für einen Moment. Wer saß da vor ihm? War das wieder eine Inszenierung, der er hier beiwohnte? Was wollte ihm der Regler mitteilen?

Wieder zog Maler das Foto aus seinem Jackett und legte es vor Tretjak auf den Tisch. Das Foto der toten jungen Frau, mit Tretjaks blutigem Namen auf der Stirn. »Wer ruft hier aus der Vergangenheit?«

»Ich weiß es nicht.«

»Was ist die Botschaft? Was will Ihnen da jemand sagen?«

Tretjak überlegte einen Moment. »Ich schätze, die eigentliche Botschaft ist: ›Ich habe dich jetzt, und bald bist du dran.‹«

»Sie sagen ›ich‹, sie sagen nicht ›wir‹. Ist es ein Mann oder wieder eine Frau, die nach Ihnen greift?«

Tretjak zuckte mit den Achseln.

»Und wenn Sie es wüssten, würden Sie es mir auch nicht sagen.«

Tretjak antwortete nicht.

»Sie sagen, Joseph Lichtinger und Sie sind Freunde. Warum haben Sie sich so lange nicht gesehen?«

Tretjak sagte: »Ich lag lange im Krankenhaus, wegen der Schussverletzungen und der schlimmen Unterkühlung, Sie wissen das. Ich habe lange gebraucht, um wieder einigermaßen auf die Beine zu kommen. Und ich habe alles vermieden, was mich anstrengt. Sie müssen wissen, Joseph Lichtinger ist ein sehr anstrengender Mann. Er diskutiert immer das große Ganze, er will auch immer mit mir in die Vergangenheit. Und das konnte ich in den letzten Monaten gar nicht gebrauchen, auch wenn er den Kontakt suchte.«

»Was, denken Sie, wollte er?«

»Ich sollte ihm helfen, keine Ahnung, bei was. Das ist für ihn aber nicht ungewöhnlich. Er zerrt gerne andere Leute in irgendwelche Geschichten rein.«

»Halten Sie sich für einen guten Freund?«, fragte Maler.

»Ja, das tue ich. Aber ich definiere Freundschaft ein bisschen anders als andere Menschen.«

»Haben Sie eine Erklärung, was Lichtinger von meiner Frau will?«

»Nein«, sagte Tretjak. »Wirklich nicht. Bei Ihrer Frau sind wohl eher Sie der Fachmann.«

Maler fragte nicht weiter nach. Er fragte überhaupt nicht mehr viel an diesem Abend. Er hörte noch zu, wie ihm Tretjak kurz von seinem Plan erzählte, in wenigen Tagen nach Hongkong auszuwandern. Um sich dort ausschließlich mit der Zukunft zu beschäftigen. In seinem eigenen Leben und im Leben seiner Kunden.

»Ich habe bisher alle meine Kraft darauf verwandt, den Übergang von alten in neue Leben zu organisieren. Das wird mich jetzt nicht mehr interessieren; in Zukunft befasse ich mich nur noch mit dem neuen Leben.«

Sie standen schon auf der Schellingstraße, als Tretjak sagte: »Herr Kommissar, ich werde eine neue, kleine Firma haben. Sollten Sie irgendwann eine neue Aufgabe suchen, melden Sie sich. Sie sind ein sehr fähiger Mann.«

»Ich soll für Sie arbeiten?«, sagte Maler und lachte. »Vielleicht mal ganz ohne Morde?«

»Ohne Morde, Herr Kommissar.«

Maler stieg in ein Taxi und fuhr nach Hause. Auf der Fahrt machte er seine Atemübungen. Mehr Ausatmen als Einatmen. Als er die Haustür aufsperrte, hörte er den Fernseher. Wie meistens war die Kinderfrau davor eingenickt.

Sie schrak hoch und sagte: »Die Kinder schlafen schon lange, Inge ist noch nicht zurück.«

Die Kinderfrau war gerade gegangen, als Bruno Tietz anrief. »August, wir haben Lichtinger verloren. Gerade hat mich einer der Beschatter angerufen. Lichtinger bekam am Abend Besuch von einer Frau, und irgendwann sind sie vom Pfarrhaus in die Kirche gegangen. Dort muss es irgendeinen zweiten Ausgang geben, von dem wir nichts wussten. Lichtinger ist verschwunden, und diese Frau auch.«

Es war schon weit nach Mitternacht, als Maler bestimmt zum sechsten Mal versuchte, Inge anzurufen. Doch es sprang wieder nur die Mailbox an.

Das Buch Mutzenkreuz

Anhang

Sitzung 7
Rehaklinik Langenbach, 20 Uhr
Patient: Gabriel Tretjak
Therapeut: Stefan Treysa
Gesprächsabschrift
auf Richtigkeit gelesen und abgezeichnet: Stefan Treysa (ST)

Patient: »Ich will das nicht hören, was du sagen willst.«

Geräusche (Anmerkung ST: Patient wirft Vase mit Blumen vom Nachttisch auf den Boden).

Therapeut: »Wenn du mir nicht zuhörst, war das unser letztes Gespräch.«

Patient wird ruhiger. Gespräch wird unterbrochen, weil eine Krankenschwester das Zimmer betritt, die Scherben auffegt usw.

Therapeut: »Du bist als Kind missbraucht worden. So einfach ist das.«

Patient: »Ich will diesen Unsinn nicht hören.«

Therapeut: »Du bist nicht geschlagen worden, du bist nicht vergewaltigt worden. Aber du bist missbraucht worden.«

Patient: »Lass mich in Frieden.«

Therapeut: »Emotionaler Missbrauch mit Folgen. Deine kranke Mutter hat dir klargemacht: Du bist der Einzige, der mich retten kann. Ich brauche dich, ich habe sonst niemanden auf der Welt. Du musst bei mir sein, du musst dich um mich kümmern. Wenn ich weine, bist du schuld, wenn ich sterbe – auch.«

Geräusche, Türschlagen, Band wird abgeschaltet. (Anmerkung ST: Patient verlässt das Zimmer. Kehrt nach einer Stunde zurück.) Band wird eingeschaltet.

Patient: »Also gut, sag, was du sagen willst. Ich werde es vergessen.«

Therapeut: »Abgemacht. Du vergisst das Gespräch, aber ich schicke dir eine Abschrift des Bandes. Musst sie ja nicht lesen.«

Patient: »Hier läuft ein Band?«

Therapeut: »Was glaubst du eigentlich, was wir hier tun, Gabriel?«

Patient: »Ist ja gut.«

Therapeut: »Kinder, die in einer solchen Lage emotional überleben müssen, suchen dieses Muster später als Erwachsene immer wieder. Aus Sicht des Psychologen war nicht dein Vater der Übeltäter, sondern deine Mutter.«

Patient: »Weil sie Krebs hatte, der ihr Gehirn aufgefressen hat? Weil sie elendiglich krepiert ist? Monatelang, ach was, jahrelang? Deine Psychologie kotzt mich an. Du warst nicht dabei, du hast sie nicht schreien gehört.«

Therapeut: »Du bist der Regler geworden, Gabriel. Der Mann, der immer wieder aufs Neue gebraucht wird. Nur er kann helfen, nur er kann retten. Das ist die Rolle, die du als Kind hattest. Verstehst du das nicht?«

Lange Pause. Stille.

Patient: »Was versprichst du dir davon?«

Therapeut: »Wovon?«

Patient: »Davon, dass du mir das sagst.«

Therapeut: »Was *ich* mir davon verspreche? Gar nichts. Ich will *dir* helfen.«

Patient: »Lass mich in Frieden.«

Therapeut: »Was du lernen könntest: Man kann auch leben, ohne gebraucht zu werden. Was du entdecken solltest: Was willst du eigentlich vom Leben?«

Patient: »Ich will wieder richtig gehen können, das will ich.«

Therapeut: »Macht dein Bein Fortschritte?«

Patient: »Die Krankengymnastin sagt, ja.«

Therapeut: »Und was sagst du?

Patient: »Zeitlupe.«

Längerer Dialog über die Reha-Maßnahmen wegen der Schussverletzung im Oberschenkel.

Therapeut: »Dein Bruder saß stundenlang an deinem Bett in der Intensivstation.«

Patient: »Das sagst du jedes Mal.«

Therapeut: »Hast du ihn angerufen?«

Patient: »Nein.«

Therapeut: »Morgen Abend, gleiche Zeit. Wir müssen über Mutzenkreuz reden.«

Patient antwortet nicht. Ende des Gesprächs.

Siebter Tag

Dienstag, 16 Uhr
Mutzenkreuz

Die Landschaft war schon müde. Müde vom Daliegen in der Sonne, müde davon, angeschaut zu werden. Das hatte die alte Maria immer gesagt. Dass die Südtiroler Landschaft am Nachmittag müde werde. Gabriel Tretjak erinnerte sich daran, als er den Blick über das Tal schweifen ließ. Maria war die Seele des Hotels »Zum Blauen Mondschein« gewesen, eine Frau aus Bozen, schmal, knochig, nicht sehr gesprächig. Sie machte die Zimmer, kümmerte sich, dass die Vorratskammern in der Küche gefüllt waren, schnitt die Blumen, fegte die Terrasse ... Die Kinder fürchteten sie ein bisschen. »Erst abends wird die Landschaft wieder munter«, sagte sie. Und dann sah man sie oft an einem kleinen Fenster im Gang des obersten Stockwerks stehen und nach Osten schauen, wo ein mächtiger Gebirgszug im Abendrot leuchtete, der davon seinen Namen hatte: »Rosengarten«. Einmal, gar nicht so lange her, hatte Tretjak von dieser Maria einen Brief geschickt bekommen, eine Einladung zu einem Jubiläum. Er hatte sich gewundert, dass sie noch lebte, aber er hatte nicht geantwortet.

Tretjak saß an einem von mehreren grobgezimmerten Holztischen, die auf einer Rasenfläche nebeneinander aufgestellt waren. Hinter ihm erhoben sich drei schneeweiß getünchte Gebäude, ein größeres Haus mit rundum laufendem Balkon, ein kleineres Haus – und eine Kapelle. An der Wand des größeren Hauses waren zwei Wörter in schwarzer Schrift aufgemalt: »Gasthof Mutzenkreuz«. Außer seinem Tisch war nur noch ein anderer besetzt. Ein älteres Paar, beide in rotkarierten Hemden, machte offensichtlich eine Pause vom Wandern, hatte einen Käseteller vor sich und einen Korb mit Brot. Man konnte weit sehen von hier oben, kein Baum stand im Weg, die Rasenfläche maß bestimmt hundert mal hundert Meter.

Sie hatten aus dem Wald einfach ein großes Viereck ausgestanzt wie aus einem Plätzchenteig, dachte Tretjak. Am Rand des Vierecks stand die Ruine des alten Brunnens, sauber herausgeputzt jetzt, als Dekoration des idyllischen Ortes. Sogar ein kleines Blumenbeet hatte man dort angelegt. Oberhalb des Brunnens hatte man eine ebene Kiesfläche in den Hang planiert und mit einem Holzzaun abgegrenzt. Dort parkte Tretjaks Leih-BMW, neben einem Lieferwagen mit Getränken.

Eine weißhaarige alte Frau mit einem Vogelgesicht näherte sich seinem Tisch; sie stützte sich dabei auf einen Stock und setzte sich schließlich neben ihn ans andere Ende der Bank. Sie sah Tretjak nicht an, sondern schaute ebenfalls ins Tal. »Schön, was die Buben draus g'macht haben … war viel Arbeit, hat's aber g'lohnt«, sagte sie nach einer Weile. Dann seufzte sie. »Du bist der Gabriel, nicht wahr? Hab's gleich gesehen.«

»Hallo, Nanni«, sagte Tretjak. »Wo ist der Martin?«

»Schon lang im Himmel«, sagte sie. »Der Krebs hat ihn g'holt.«

Tretjak dachte an den roten Bart und das Bild von dem weißen Hintern vor der Brunnenmauer. Es war Nanni nicht anzusehen, ob der Tod ihres Mannes mit irgendeinem Gefühl verbunden war. Die Südtiroler Bergbauern, da war Tretjak sicher, wurden in einer anderen Fabrik gemacht als alle übrigen Menschen.

»Dein Zimmer gibt's nimmer«, sagte Nanni. »Ist jetzt eine Kühlkammer.«

Sie wechselten ein paar Worte in dieser Melodie: Wie die Zeit vergeht, wie das Leben eben ist, ja, ja, das Leben. Ein riesiger Eichelhäher löste sich vom rechten Waldrand und flog quer über die Lichtung. Sie konnten die blauen Federn an den Flügeln deutlich sehen. Nanni zog sich die Strickjacke über, die sie in der Hand gehalten hatte. Es wurde kühl.

Tretjak fragte sich, warum er diesen Berg hochgefahren war. Was hatte er sich versprochen? Antworten auf seine Fragen? Es mochte in Mutzenkreuz inzwischen anders aussehen, freundlicher, aber die Verschlossenheit haftete diesem Ort wie eine Farbe an, die man nicht abwaschen konnte.

»Weißt du etwas von Michaela?«, fragte Tretjak.

»Michela?«, wiederholte sie. »Nix. Seit das damals passiert ist, hab'n wir nie mehr was g'hört. Verschwunden, die Michaela, einfach verschwunden.«

Tretjak wartete eine Weile, dann wandte er den Kopf und sah Nanni von der Seite an, bevor er die nächste Frage aussprach: »Und von ihrer Schwester? Was weißt du von ihrer Schwester?«

»Schwester?«, wiederholte die alte Frau, und jetzt sah sie

ihn zum ersten Mal direkt an. Tretjak bemerkte, dass ihre Augen trüb waren, vermutlich vom grauen Star.

»Was für eine Schwester?«, fragte sie mit fester Stimme aus einem unbewegten Gesicht.

Tretjak war sofort klar, dass sein Weg nach Mutzenkreuz sinnlos gewesen war. Er glaubte nicht daran, dass Nanni tatsächlich nichts wusste. Aber sagen, aussprechen, würde sie es nicht, niemals.

Er hatte einen langen Tag hinter sich. Gestern Nacht, nach dem Abendessen mit Kommissar Maler, war Lucas alarmierende Nachricht eingetroffen: Nur ein Wort hatte im Betreff der Mail gestanden: »Michaela«. Und der Text hatte nur aus einem Satz bestanden: »Das musst du dir ansehen.« Im Anhang waren Dokumente eines Standesamtes und einer Geburtsklinik – und als Drittes der Bericht einer Hebamme.

Die Geburtsklinik gab es nicht mehr, das kleine Standesamt auch nicht. Die Unterlagen befanden sich in Bozen, und dort hatte man Tretjak nichts sagen können, was über die Aktenlage hinausging. Aber die Hebamme gab es. Sie arbeitete sogar noch, selbständig inzwischen. Sie musste damals ziemlich jung gewesen sein. Eine kräftige, freundliche Frau, die Tretjak gleich Kaffee angeboten hatte und Schmalzgebäck. Und die sich sofort erinnert hatte, als er ihr die Geburtsurkunde gezeigt hatte und die Kopie ihres eigenen Berichtes.

»Diese Zwillinge, ja, die zwei Mädchen, das weiß ich noch gut. So was habe ich nie wieder erlebt«, hatte sie gesagt. »Die Mutter wollte es erst gar nicht glauben, aber ich hab's gleich gewusst, als ich den Bauch angefasst hab. Und als die zwei Mädchen dann da waren, hat sie gesagt, dass sie ja noch gar keine zwei Namen für Mädchen hat, nur einen: Michaela …« Tretjak erfuhr, dass es keine schwierige Geburt gewesen sei, dass die beiden Kinder »schnell rausgekommen« seien, wie es die Hebamme formulierte. »Eineiig waren die, eindeutig, die waren völlig gleich, jedenfalls die ersten Stunden … Das mit der Krankheit hat erst am nächsten Tag angefangen. Mein Gott, das arme Mädchen … Haut wie Feuer, am ganzen Körper. Und das andere: gar nix davon.« Sie hatte lange den Kopf geschüttelt. »Dass es so was gibt …«

Auf dem Holztisch in Mutzenkreuz lagen die Hände der alten Nanni ineinander verschränkt vor ihr. Sie drehte die Daumen gegeneinander, eine ruhige, gleichmäßige Bewegung. Den Blick hatte sie wieder abgewandt.

»Michaela hatte eine Schwester«, sagte Tretjak. »Eine Zwillingsschwester.«

»Ach so?«, sagte Nanni, griff nach ihrem Stock und stand von der Bank auf.

»Wo war diese Schwester die ganze Zeit?«, fragte Tretjak.

Nanni zuckte mit ihren knochigen Schultern unter der Strickjacke. »Willst was essen, Gabriel?«, fragte sie. »Ein Käs'brot? Ein paar Kaminwurzen?«

Als er den Kopf schüttelte, nickte sie mit ihrem Vogelgesicht und drehte sich weg. »Komm mal wieder vorbei, vielleicht, wenn die Buben da sind«, sagte sie noch, fast wie zu sich selbst. Da war sie schon auf dem Weg zurück ins Haus.

Gabriel Tretjak blieb sitzen. Er trug Blue Jeans, ein schwarzes T-Shirt, eine dunkelblaue Windjacke. Aus der Innentasche der Jacke holte er zwei Dinge, sein iPhone und die kleine Dose mit den Tavor-Tabletten. Zuerst schickte er seinem Bruder Luca eine SMS, dass er gleich anrufen würde, dann öffnete er die kleine Dose, nahm zwei Tabletten heraus und schluckte sie. Das Okay von Luca kam nicht, aber er wählte trotzdem die Amsterdamer Nummer. Zu seiner Überraschung wurde das Gespräch nicht angenommen. Luca nicht zu Hause? Keiner zu Hause? Das war selten. Er musste jetzt seine Sonnenbrille aufsetzen. Die Frühlingssonne stand tief und blendete. Der Mann und die Frau in den karierten Hemden hatten sich an den Abstieg ins Tal gemacht.

Tretjak dachte an Michaela. Er hatte ihr Gesicht damals nur zweimal gesehen. Das erste Mal dort drüben am Brunnen zwischen den Himbeersträuchern, die jetzt nicht mehr existierten. Entstellt war es gewesen, dieses Gesicht, er hatte es fast nicht anschauen können. Nachts an der Kapelle, beim zweiten Mal, als nur der Mond das Licht geliefert hatte und sein Beobachtungsposten weiter weg gewesen war, da war ihm Michaelas Gesicht glatt und schön erschienen. Bei allen anderen Begegnungen war es von der weißen Stoffmaske verborgen gewesen.

Er erinnerte sich an einen langen Spaziergang im Wald, bei dem sie ihm erklärt hatte, wie das war mit ihrer Krankheit. Sie waren nebeneinander durch tiefes Laub gestapft, und er hatte die meiste Zeit auf seine Füße geblickt und zugehört. Nur ab und zu hatte er sie angesehen, und als die Dämmerung hereingebrochen war, hatte sich das weiße Gespenstergesicht immer deutlicher abgehoben vom grauen Rest der Welt. Eine besonders aggressive Form von Neurodermitis – das hatten die Ärzte diagnostiziert. Schon als Baby war ihre Haut eine juckende, brennende Fläche gewesen, überall, nicht nur an den Armen, Beinen, am Rücken, sondern auch an den Rändern der Augen, an den Schamlippen, in den Ohren. Dass die Krankheit in Schüben verlaufe, hatte sie ihm erklärt, dass es nur ganz selten Tage gebe, an denen sie sich nicht zeige. Dass sie oft wochenlang im Bett liegen müsse, eingepackt in Tücher mit Creme, dass sie den Wunsch habe zu sterben. Ihre Schilderung hatte ihm Tränen in die Augen getrieben, und er erinnerte sich, dass er froh gewesen war, dass es dunkel wurde, so dass sie das nicht hatte sehen können.

Tage später war er dann noch einmal mit ihr durch den Wald gelaufen. Aber das war schon die Flucht gewesen, mitten in der Nacht. Holterdiepolter den Berg hinunter, ohne Taschenlampe, die Äste der Bäume in ihren Gesichtern, in ihren Köpfen seine Worte, wie ein Mantra: »Ich bringe dich hier weg, ich bringe dich zu guten Ärzten, zu anderen Menschen, dein Leben beginnt jetzt neu.« Unten im Tal am Ende des Waldes hatte Luca gewartet, mit einem Auto. Der schweigende Luca und das Mädchen ohne Gesicht. Gabriel Tretjak erinnerte sich genau an den Moment, in dem damals die Rücklichter des Wagens hinter einer Biegung verschwunden waren und er den Weg zurück nach oben angetreten hatte.

Was bedeutete die Tatsache, dass Michaela eine Zwillingsschwester hatte? Warum hatte sie nie etwas davon gesagt? Vielleicht hatte Luca inzwischen neue Informationen. Gabriel wählte jetzt noch einmal die Nummer in Amsterdam. Aber es erklang nur das Freizeichen, keine Antwort.

In Mutzenkreuz war es still. Im Sommer würden die Wanderer an den Tischen sitzen, aber die Saison hatte noch nicht angefangen. Das einzige Geräusch war nun der Motor des Lieferwagens, der ansprang. Der Wagen setzte auf dem Kiesplatz langsam zurück und rollte dann auf der längst geteerten Straße Richtung Wald. In diesem Moment kam eine SMS. Wie Tretjak vermutete von Luca. Aber er irrte sich. *Hallo, Herr Tretjak*, stand auf dem Display. *Wir sollten uns un-*

terhalten. Wann können Sie mich treffen? Ich bin der Vater von Anna Weiß.

Er drückte die SMS weg. Warum nur hatte er den Fall Weiß angenommen? Gestern hatte ihm die Detektei gemeldet, dass der Mann, der Anna Weiß erpresst hatte, schon seit zehn Tagen tot war. Also schon länger, als der Auftrag existierte. Als er Frau Weiß heute im Kloster angerufen hatte, wo er sie untergebracht hatte, um sie mit der Tatsache zu konfrontieren, war ihm mitgeteilt worden, dass Anna Weiß abgereist sei. Offensichtlich hatte er sich getäuscht: Diese Frau wusste nicht, was sie wollte, ihre Situation war chaotisch, wahrscheinlich steckte etwas ganz anderes hinter allem, eine Ehekrise, eine Affäre … Das Letzte, was Tretjak jetzt brauchte, war ein Treffen mit einem demenzkranken Mann, der nicht ins Heim wollte. Solange der Regler existierte, hatte er jeden Auftrag zu Ende gebracht. Aber diesmal würde er wohl eine Ausnahme machen.

Auf dem Weg zu seinem Wagen bemerkte er, dass die Haustür des größeren Gebäudes offen stand. Es war tatsächlich noch dieselbe massive Holztür von damals. Abgeschliffen jetzt, neu gebeizt, aber dieselbe Tür. Vielleicht war das der Grund, warum Gabriel Tretjak stehen blieb, sich dann sogar dem Eingang näherte und an der Türschwelle verharrte. Er hörte ein leises Geräusch aus dem Inneren des Hauses, aus der Küche kam es, gleich rechts, er kannte sich aus, mein Gott, er war hier oft ein- und ausgegangen. Das Geräusch klang wie das Atmen eines kleinen Tieres.

»Nanni?«, sagte Tretjak.

Keine Antwort. Aber das leise Geräusch wurde noch leiser. Tretjak betrat den schmalen Gang und stand schon in der offenen Tür zur Küche. Der Tisch befand sich noch an der gleichen Stelle, gleich vorn, unterm Fenster. Sie saß mit dem Rücken zu ihm, die Strickjacke hing etwas schief an ihr. Die weißen Haare am Hinterkopf waren zu einem Knoten gedreht.

»Geh weg, Gabriel«, sagte Nanni mit tonloser Stimme, ohne sich umzudrehen.

Tretjak begriff, dass sie weinte oder geweint hatte. Kurz hatte er den Impuls, ihr seine Hand auf die Schulter zu legen, unterließ es dann aber. Er machte drei Schritte an ihr vorbei, zog einen Stuhl zurück und setzte sich seitlich von ihr an den Tisch.

»Wo ist die Schwester, Nanni?«, fragte er. Ihr Gesicht war grau, die Augen waren gerötet. Es vergingen einige Minuten. Die alte Frau machte keine einzige Bewegung.

»Wir haben g'sehn, wie sie sie verscharrt haben. Der Martin und ich, wir haben das gesehen«, sagte sie schließlich. »Hinter der Kirche, da haben sie das Mädl verscharrt, mitten in der Nacht, da, wo jetzt der Lavendel wächst. Den hab ich gepflanzt. Für die Michaela.« Sie sprach klar und ohne Schwankungen in der Stimme.

»Verscharrt? Wann war das?«

»Du warst auch da, das war die Zeit«, sagte sie. »Ich hab den Martin geweckt und gesagt, da ist was, dann sind wir zum Fenster, das hinten rausgeht, und haben sie gesehen, die Nachbarin und ihren Mann. In einem weißen Bettlaken war was Schweres drin. Wir sind raus, ums Haus, und haben uns hinter der Hecke versteckt. Das Loch war schon ausgeschaufelt. Wir haben zuerst gedacht, dass es ein Tier ist, das sie da eingrab'n.«

Tretjak spürte, wie seine Gedanken nach einem Halt suchten, nach einer Art Haken, an der sie sich festhalten konnten. Er verstand nur sehr langsam, was für eine Wahrheit sich in dieser Küche ausbreitete, Stück für Stück, mit jedem Satz, der Nannis blutleere Lippen verließ.

»Aber dann ist das Laken weggerutscht, und wir haben sie gesehen, die Michaela. Wir sind dann die ganze Nacht wach g'wesen und haben g'sagt: Was machen wir? Was ist da passiert? Ist sie gestorben, an ihrer Krankheit? Dann verscharrt man sie doch nicht wie ein Vieh.«

Sie drehte den Kopf und sah ihn an. »Aber am nächsten Tag haben wir sie gesehen, die Michaela, ganz lebendig, in ihrem roten Kleid, mit ihrer weißen Maske, Birnen hat sie vom Baum geholt …«

Die Wirkung der Tabletten setzte ein. Tretjak wurde ruhiger, sein Gehirn nahm die Funktion auf, die ihm zugeteilt war. Sehen, was man sieht: eine alte Frau, die in einer Küche saß, ihr Leben hinter sich, die Enge eines Lebens hier oben, die Verletzungen, die harte Arbeit, das Schweigen. Hören, was gesagt wird: Es hatte zwei Mädchen gegeben, eines krank, eines gesund. Das eine war ums Leben gekommen, dem anderen hatten Luca und er ein neues Leben verschafft. Unwillkürlich warf er einen kurzen Blick zur hinteren Seite des Raumes, zu der Tür, die in den Kühlraum führte. Es war eine neue Tür, aus Stahl, grau angestrichen. Dahinter hatte sein Bett gestanden. Er dachte an das Eselsbild, an die Rückseite des Posters, an die Linien und Fakten, die er dort notiert hatte. Falsch war das alles gewesen. Eine Person hatte in der Rechnung gefehlt …

»Jetzt haben wir gar nix mehr g'wusst«, sagte Nanni. »Und dann ist die Michaela ja verschwunden, das weißt du doch noch, das war paar Tage später. Die Polizisten, die da waren … Alle haben sie gefragt, alles haben sie durchsucht … Und der Hans hat sich aufgehängt. Da hätten wir was sagen müssen.«

Nanni blickte starr auf das Kruzifix, das ihr gegenüber an der Wand hing. »Haben wir aber nicht«, sagte sie dann, »nix hab'n wir gesagt, nix.«

Tretjak dachte an eine Bemerkung seines Freundes und Therapeuten Stefan Treysa. Kinder hätten eine natürliche Schutzfunktion, hatte der mal erklärt. Kinder stellten keine Fragen, deren Antworten sie vielleicht nicht ertragen könnten. Vielleicht, dachte Tretjak, verloren die Menschen diese Schutzfunktion ja nie ganz.

Auf dem Weg zu seinem Wagen wurde ihm klar, wie die Frage lautete, deren Antwort er fürchten musste: Welcher Michaela hatte er geholfen?

Bevor er den Motor anließ, kontrollierte er sein Telefon und sah, dass eine SMS eingegangen war. Wieder war sie nicht von Luca. Wieder war sie von derselben Nummer von vorhin, die Nummer des Vaters von Anna Weiß. Diesmal zeigte das Display folgenden Satz: *Fahren Sie vorsichtig den Berg hinunter. In der dritten Kurve liegt ein totes Reh.*

Dienstag, 17 Uhr
Mutzenkreuz

Der alte Mann hatte den Lieferwagen abgestellt, abseits, hinter einer Scheune, wo noch ein anderer Wagen geparkt war, ein dunkelgrüner Bentley. Hinter dessen Steuer saß der Mann nun, wartete und beobachtete die Straße. Sie tauchte hundert Meter weiter vorn aus dem Bergwald auf und bog auf das offene Feld ein, seinem Standort entgegengesetzt.

Schon wieder sah er so einen großen grauen Vogel, der mit auffälligem Geflatter aus einem der Bäume startete und davonflog. Er hatte wieder die gleiche blaue Zeichnung an beiden Flügeln.

Hübsch, dachte der alte Mann, wie er es vorhin auch schon gedacht hatte. Hübsch, aber sinnlos. Er gefiel ihm, einen Gedanken manchmal exakt gleich zu wiederholen. Warum nicht? Hübsch, der Vogel, aber sinnlos. Er hatte keine Ahnung, was für eine Art von Vogel es gewesen war, Tiere hatten ihn nie interessiert. Die Natur des Menschen, das war etwas anderes, da würde er sich zu den Experten zählen. Er wusste, was in den Blutbahnen passierte, was im Gehirn passierte. Und ja, er wusste auch, was in dem Gebilde passierte, das sie Seele nannten. Hatte ihm ein gutes Leben beschert, dieses Wissen.

Er zündete sich mit seinem schwarzen Dunlop-Feuerzeug einen Zigarillo der Marke Monte Christo an und blies den Rauch an die Windschutzscheibe. Wunderbar, dieser Geschmack. Wunderbar, diese Augenblicke von Gelassenheit. Man hatte alle Zeit der Welt. Alles Wichtige lag hinter einem. Man war nur noch Beobachter.

Der anthrazitfarbene BMW tauchte fast geräuschlos aus dem Wald auf, er fuhr erstaunlich langsam. Der alte Mann lächelte ein wenig. Fast zögerlich fährst du, Gabriel, dachte er. Verläuft etwas nicht nach Plan?

Dienstag, 18 Uhr
Amsterdam

Manchmal fragte sich Luca Tretjak, ob sein Bruder Gabriel auch so oft an ihn dachte, wie er selbst umgekehrt an ihn. Hatte das etwas mit dem Alter zu tun, dem Älterwerden? Ihrer Geschichte, die sie beide mit sich herumtrugen, jeder auf seine Art? Oder damit, dass sie sich nie sahen und doch so viel miteinander zu tun hatten?

Verschiedener, als sie beide es waren, konnte man fast nicht sein. Auch mit so unterschiedlichen Talenten.

Das geheime Tandem. Es war Gabriel, der es damals so formuliert hatte: »Du bist zuständig für das, was *ist*. Das ist deine Begabung: Du siehst und erkennst immer sehr scharf, was ist. Deine Aufgabe: Recherchieren, was ist.« Und er, Gabriel, fühlte sich zuständig für die Zukunft. Seine Begabung war zu sehen, zu erkennen, was *sein könnte*.

Es war kein schöner Tag in Amsterdam, der jetzt allmählich zu Ende ging. Nieselregen, graue Luft, graue Häuser, graue Gesichter. Luca wunderte sich selbst etwas über das Outfit, das er gewählt hatte. Und er hatte an Markos Blick bemerkt, dass der sich auch gewundert hatte. Kein Lippenstift heute Nachmittag, kein Kajalstrich unter den Augen, schlichtes weißes Hemd, silbergrauer Prada-Anzug – so förmlich und so hetero sah Luca selten aus. Wollte er seiner Ex-Geliebten gefallen? Wollte er ihre Erinnerung nicht irritieren?

Die beiden hatten die Begrüßung schon hinter sich, den

Austausch der Höflichkeiten, die ersten schüchternen Blicke nach all der Zeit. Sophia Welterlin mit ihrer tiefen, warmen Stimme, Luca mit seinen Sätzen auf dem iPad. Erschöpft wirkte sie, müde, sie hatte heute zwei Workshops geleitet, einen Vortrag gehalten, und sie hatte von einem unerfreulichen Meeting erzählt, bei dem es um das Forschungsbudget für ihr neues Projekt am CERN in Genf gegangen war. Das liebe Geld. Eine Physikerin von ihrer Bedeutung musste sich eben auch damit herumschlagen.

Sie saßen im Wintergarten des kleinen Hotels, in dem Sophia Welterlin abgestiegen war. Ein hübsches altes Haus, direkt an einer Gracht gelegen. Es gab nur einen Tisch in diesem gläsernen Raum, den hatte sie reserviert. Rechts und links standen relativ hohe Staudenpflanzen mit roten Blüten, die aussahen wie Schneckenaugen. Luca kam sich vor wie in einem Gewächshaus.

»Ich habe einen sehr fähigen Mitarbeiter am Institut«, sagte Sophia Welterlin jetzt, und Luca merkte, dass sie auf den Grund zu sprechen kam, weswegen sie ihn unbedingt hatte treffen wollen. »Er ist Mathematiker, und er ist klug und hartnäckig.«

»Willst du mir deine Männergeschichten beichten?«, tippte Luca in das iPad.

Sie quittierte die Frage mit ihrem hellen, plötzlichen Lächeln, das ihn schon früher an das Blitzlicht einer Kamera erinnert hatte. Aber sie blieb konzentriert bei ihrem Thema. »Er wäre beinahe umgebracht worden, bei dieser unseligen Verschwörung gegen Gabriel letztes Jahr«, sagte sie. »Erinnerst du dich?«

Luca hatte den Mann nie kennengelernt, aber er wusste, von wem sie redete. Dieser Mann hatte damals im Netz recherchiert und war auf eine dubiose Organisation von Wissenschaftlern gestoßen, die sich gegen die – wie sie fanden – gotteslästerlichen Experimente am Teilchenbeschleuniger im CERN stellten. »Anima« war der Name der Organisation. Gabriel hatte Luca damals gebeten, die Daten zu überprüfen, im Hintergrund natürlich. Recherchieren, was war.

Luca nickte, und Sophia Welterlin fuhr fort. Schon nach wenigen Sätzen begann Luca, sich auf dem iPad Notizen zu machen. Und nicht nur das: Die wichtigsten Fakten leitete er sofort an seine Informanten weiter. Das lag vor allem an einem Stichwort, das im Bericht der Physikerin früh auftauchte. Es war der Name eines kleinen Ortes in Südfrankreich: Peillon.

Was Sophia Welterlin ihm berichtete, drehte sich um den Chef der Organisation »Anima«, einen alten Physiker, den ihr Mitarbeiter damals getroffen hatte. Ein angenehmer, kluger Mann, der sich beklagt hatte, dass seine Organisation von bösen Kräften unterwandert worden sei. Nur: Unmittelbar nach diesem Treffen hatte sich herausgestellt, dass sein Wohnort eine fingierte Adresse gewesen war. Der Mann war verschwunden, nicht nur real, auch im Internet konnte man ihn nicht mehr aufspüren. Diese Tatsache hatte Sophia Welterlin und ihrem Mitarbeiter keine Ruhe gelassen. Inzwischen hatten sie viel Material gesammelt und waren der Überzeugung, dass dieser Physiker nicht nur Teil der Geschichte von damals war, sondern vielmehr ihr Drahtzieher.

Sophia übergab Luca einen Stick und sagte: »Hier ist alles drauf. Wir sind der Meinung, dass auch Gabriel davon wissen sollte. Aber wir haben keinen Kontakt mehr zu ihm.« Nach einer kurzen Pause fragte sie: »Wie geht es ihm?«

Luca dachte an den Schmetterling 126. Das Tattoo auf toter Haut. Er antwortete auf dem iPad: »Sehr gut. Ich soll dich grüßen.«

Dann stand er auf, ging ein paar Schritte in das Foyer zu der attraktiven Person in einem blauen Kleid, die dort an der Bar lehnte und einen Cocktail vor sich stehen hatte. Einen Cosmopolitan, wie Luca an der roten Farbe erkannte. Er gab Marko den Stick, bedeutete ihm mit einer Handbewegung, die Daten sofort an die Informanten weiterzugeben, und küsste ihn auf den roten Mund. Marko hatte nicht nur ein sehr elegantes Kleid an, sondern auch einen kleinen Hut auf der Perücke mit den schwarzen Haaren.

Luca deutete noch auf seine Uhr und zeigte ihm die fünf Finger seiner rechten Hand. Fünf Minuten noch, dann fahren wir. Er sah, wie Marko den Stick in seinen Rechner schob, und beim Weggehen hörte er, wie Marko dem Kellner sagte, dass der Wagen aus der Garage zum Eingang gebracht werden sollte.

Sophia Welterlin lächelte, als er an den Tisch zurückkam. »Ihr seid ein interessantes Paar«, sagte sie. Sie räumte schon ihre Brille in die Handtasche und trank den letzten Schluck ihres Ingwertees. »Hör zu, Luca, ich will dir unbedingt noch sagen, dass ihr vorsichtig sein solltet. Dieser Mann ist irgendwie sehr, sehr gefährlich.«

Sie standen beide auf. Sophia berührte zum Abschied kurz Lucas Arm. Offensichtlich erinnerte sie sich, dass er kein Freund von Umarmungen war.

Er blickte ihr nach, als sie wegging, und dachte, dass Marko nicht recht gehabt hatte mit der Bemerkung über ihre Figur. Sophia wirkte schlanker als früher und sportlich.

Vom Wintergarten konnte man sowohl den Eingang des Hotels sehen als auch die Bar im Foyer.

Sehen, was war. Luca sah, dass der Wagen gebracht wurde. Er sah auch, dass der Mann, der ihn brachte, nicht das Hotel betrat, nachdem er ausgestiegen war, sondern wegging, sofort sein Telefon ans Ohr hielt und sich noch mal umdrehte. Was Luca noch sah: Im Hintergrund der Bar hatte sich ein anderer Mann erhoben und war durch eine Seitentür verschwunden – unmittelbar nachdem Marko die Bar verlassen hatte. Marko saß schon am Steuer des Wagens, als Luca aus dem Hoteleingang trat; der Motor lief. Er entschied sich dafür, hinten einzusteigen, wie meistens. Als er sich auf den Rücksitz fallen ließ, sah er unter dem Fahrersitz eine kleine graue Plastikschachtel liegen. Und als sich der Wagen in Bewegung setzte, sah er, dass auf dieser Schachtel ein kleines rotes Licht zu blinken begann, und er hörte das Klicken der Zentralverriegelung.

In diesem Moment begriff Luca Tretjak nicht nur, was war, sondern auch, was sein würde. Es war ein ruhiges, gar nicht schlimmes Gefühl. Die Zeit blieb kurz stehen, nur für ihn. Er tippte in sein Telefon die Ziffern 1105 und löste mit der Entertaste die dazugehörige Funktion aus. Dann sagte er zu Marko, und die Worte kamen ihm so leicht aus dem Mund wie nie zuvor: »Du warst mein Glück.«

Er sah, wie Marko sich erstaunt zu ihm umwandte, er sah die Angst in seinem Blick.

Dann explodierte der Wagen.

Dienstag, 22 Uhr
Amsterdam

Der Amsterdamer Kriminalbeamte Dirk van Strooper war immer noch ein ziemlich junger Mann, der große Pläne mit sich hatte. Zuweilen sah es jedoch so aus, als stünde er mit diesen Plänen allein da. Niemand wollte seine Fähigkeiten so recht anerkennen, was allerdings vor allem daran lag, dass nur er selbst diese Fähigkeiten vermutete. Auch Kollegen, die ihn mochten, kamen nicht um ein deutliches Urteil herum: Dirk van Strooper war ein wirklich beschränkter, ein ungewöhnlich dämlicher Polizist. Vielleicht musste man es als sein Glück bezeichnen, dass er so gestrickt war, dass er das selbst nicht bemerkte.

An diesem Abend hatte er einen simplen Job zu erledigen. Er sollte noch einmal kurz in die Wohnung gehen, in der er vor zwei Stunden schon einmal gewesen war, und dort sämtliche Zimmer und die Wohnungstür versiegeln. Die Kollegen von der Spurensicherung hatten die Wohnung vor einer Stunde wieder verlassen. Es war eine riesige Wohnung mit acht Zimmern, acht Türen. Er hatte noch nie eine Tür versiegelt, aber war überzeugt, dass er das schaffen würde.

Und tatsächlich, es klappte ganz gut, die erste Tür, die zweite Tür, bis Dirk van Strooper plötzlich hinter der dritten Tür ein Geräusch hörte. Es war ein eher leises Geräusch, ein Sirren, das nicht mehr aufhörte. Strooper rief auf Niederländisch: »Hallo, hier ist die Polizei, ist da jemand?«

Keine Reaktion, das Sirren blieb. Er löste die Sicherung an seinem Pistolenholster und öffnete die Tür.

Ein dunkles Zimmer mit einer leuchtenden Leinwand. Van Strooper rief noch einmal: »Hallo, hallo, Polizei!«, tastete nach einem Schalter an der Wand, fand irgendwann einen und schaltete das Licht an. Er sah, dass kein Mensch in diesem Zimmer war, nur die riesige, blinkende Leinwand, die gar keine Leinwand war, sondern ein gewaltiger Bildschirm. Sonst befand sich nicht viel in diesem Raum, eigentlich nur ein großes weißes Plastikteil, zusammengesetzt aus vielen kleinen weißen Quadraten. Sah nach Kunst aus, dachte Strooper. Und dann war da noch eine schwarze Couch, von der aus man auf den Schirm blickte.

Auf dem Bildschirm flirrten Sätze. Einer nach dem anderen. Sätze wie diese:

> Der Physiker war ein Volltreffer. Eine sehr zwielichtige Figur. Vieles scheint jetzt klar zu werden. Der Mann hatte unglaublich viele Kontakte. Es gibt auch eine Verbindung zu Finanzminister Feldkamp.
> Viele Spuren führen zu einem Kongress nach München, im Gasteig, er heißt: DIE SCHWEIGENDEN FRAUEN. Eine merkwürdige Veranstaltung. Es geht um Frauenrechte, aber finanziert wird alles von einer Blindenorganisation, an deren Spitze dieser Physiker steht.

Dirk van Strooper verfolgte einige Augenblicke den Tanz der Sätze. Er sah zu, wie vor allem ein Satz immer wieder auftauchte, sich ständig wiederholte:

NACHRICHT DER KATEGORIE I.
ACHTUNG. Es gibt Hinweise, dass auf den Kongress ein Anschlag verübt wird. Der Hintergrund ist noch unklar. Bitte diese Warnung sehr ernst nehmen!!!

Dirk van Strooper hatte keine Ahnung, woher diese Sätze stammten. Wie sollte er auch ahnen, dass hinter diesen Zeilen die besten Datenspezialisten der Welt standen. Man konnte ihm auch keinen Vorwurf machen, dass er die Sätze nicht verstand. In der Schule hatte er kein Deutsch gelernt; seine Generation, die jungen Leute in den Niederlanden, lernten im Gegensatz zu ihren Eltern inzwischen neben Englisch lieber Spanisch oder Chinesisch. Wofür sollte man unbedingt noch Deutsch können?

Natürlich, wäre Dirk van Strooper etwas fitter im Hirn gewesen, hätte er im Präsidium nach irgendwelchen Experten gefragt, die sich das hier mal anschauen konnten. Doch er suchte nur nach dem richtigen Knopf an der Computeranlage, um alles auszuschalten. Als er ihn gedrückt hatte und der Bildschirm dunkel wurde, war besiegelt, dass die Nachrichten keinen Adressaten gefunden hatten. Aber das Sirren des Computers, das hatte endlich aufgehört.

Achter Tag

Mittwoch, 6 Uhr
Amsterdam

»Sie sind Herr Tretjak?«, sagte der Mann auf Deutsch mit starkem Akzent. Er trug eine Brille.

Brille, dachte Gabriel Tretjak. Linsentechnik, die Gesetze der Lichtbrechung, geschliffenes Glas, Plastik, organische Kohlenstoffverbindungen.

»Kommen Sie bitte«, sagte der Mann und ging den Gang entlang voraus auf eine Stahltür zu, über der ein Display leuchtete: »C-3 A17.«

Strom, dachte Tretjak. Elektrizität, die Gesetze der Elektronen, Maxwell'sche Gleichungen, Leuchtdioden.

Konnte die Kraft der Gedanken einen Menschen retten? Das Gehirn war dazu da, den Menschen zu beschützen, sein Überleben zu sichern. Nur dazu war es da.

Der Mann öffnete die Tür. Der Raum war hell, weiß, viel Stahl. Tretjak dachte: Eisenerz, Grubentechnik, Hochöfen. Er sah zwei weitere Männer dastehen, in grünen Kitteln. Stoff, Webstühle, Baumwolle, Kunstfasern, synthetische Farbstoffe.

Einer der Männer sagte auf English: »I am Doctor Hülshoff.«

Der andere sagte nichts. Aber er trat einen Schritt zur Seite und zog an einem in der Wand eingelassenen Stahlgriff. Ein Stahlbehälter kam herausgefahren. Er war etwa so lang wie ein Mensch, und er war oben offen. An der Wand befanden sich noch mehrere solcher Stahlgriffe.

»Mr Tretjak«, sagte Doktor Hülshoff und bedeutete ihm, nach vorn zu treten, an den Rand des Behälters.

In diesem Raum war alles vorhanden, was die Menschheit je zustande gebracht hatte, dachte Gabriel Tretjak. Es gab Uhren, Telefone, Computer, Lampen, Sägen, Bohrmaschinen, Mikroskope, es gab alle Materialien. Die Erkenntnisse aller Wissenschaften waren hier aufsummiert: Physik, Medizin, Chemie, Mathematik, Biologie, Biochemie …

Die Uhr an der Wand sah aus wie eine Bahnhofsuhr. Der kleine Zeiger stand auf der Sechs, der große auf der Drei. Es war Viertel nach sechs Uhr morgens. Es roch nach Desinfektionsmittel.

Markos Gesicht war vollkommen unversehrt. Jung sah es aus, trotz der kurzen grauen Haare. An zwei Stellen waren die Haare verklebt und dunkel verfärbt. Blut. Hämoglobin, dachte Tretjak, weiße Blutkörperchen, Gerinnungsfaktoren, Hormone, Cholesterin, Gamma-GT.

Unterhalb von Markos Gesicht war nur noch eine dunkelgraue Kunststoffdecke. Tretjak kannte Marko nur von Fotos. Aber das ging die Leute hier nichts an.

Er nickte und sagte: »Yes, this is Marko. My brother's husband.«

Doktor Hülshoff erklärte, dass es sich um eine Spezialbombe gehandelt habe, die mittels einer kurzen, heftigen

Druckwelle tötete. Die Körper seien deshalb nicht zu sehr verletzt und entstellt. »Destroyed«, wie er sagte.

Der andere Mann schob den Behälter zurück und zog an dem Griff, der sich direkt daneben befand. Wieder rollte ein Stahlsarg aus der Wand. Der Mann mit der Brille legte Tretjak die Hand auf die Schulter.

1105. Als Gabriel Tretjak die SMS von Luca mit dieser Zahlenkombination erhalten hatte, war er auf der Autobahn von Südtirol zurück nach München gewesen, am Brennerpass, kurz nach dem Ort Sterzing.

1105. Mit Warnblinkanlage anhalten auf dem Seitenstreifen. Rauschen im Blut. Herzrasen. Bilderfolgen im Kopf.

1105. Nie in all den Jahren hatten sie diesen Code benutzt. Höchste Not bedeutete er, Alarm. Du musst kommen. Keine Sekunde zu verlieren!

1105. Die Zahl stand für ein Datum. Für einen Tag vor vielen Jahren. Elfter Mai. Der Tag der Brüder. Der Tag des Tandems. Der Beschluss.

Wie konnte man sein Gehirn wieder in den Griff bekommen? Elfter Mai. Ein Tag im Kalender. Irgendwann hatten die Menschen den Kalender erfunden, die Zeitrechnung. Brüder. Männliche Kinder derselben Eltern. Halbbrüder. Männliche Kinder mit einem gemeinsamen Elternteil. Mendel'sche Vererbungsregeln. Entdeckung des Genoms.

Tretjak hatte den Wagen wieder in Fahrt gebracht, fuhr auf der linken Spur. Asphalt, dachte er. Teer, Bitumen, Gesetze der Elastizität.

Amsterdam, dachte er. Stadt in den Niederlanden, nicht Hauptstadt. Flughafen.

Innsbruck, Stadt in Österreich, Flughafen. Entfernung: 50 Kilometer.

Er hatte zwei Tavor-Tabletten geschluckt, er hatte telefoniert und war sich sicher gewesen, dass er sich ganz normal anhörte. Niemand hätte an seiner Stimme etwas Ungewöhnliches bemerken können. Am Ende der Gespräche stand fest, dass es keine Flüge nach Amsterdam mehr gab an diesem Abend, auch keine Privatmaschinen, auch nicht von München. Er würde einfach weiterfahren, fahren war besser als warten. 932 Kilometer nach Nordwesten, zeigte das Navigationssystem. Kilometer, dachte er. Ein Kilometer hatte tausend Meter, hunderttausend Zentimeter. Die Gesetze der Geometrie, die Sätze von Euklid, Vieta, Pythagoras. Und Einstein, Längenkontraktion: Je schneller man sich bewegte, desto geringer wurden gemessene Längen.

Das Geräusch des Motors, die blauen Autobahnschilder, das Licht der Scheinwerfer. Tretjak fuhr wie in Trance. Er koppelte sein Gehirn ab, ließ die Gedanken arbeiten. Was wusste er über die Städte, die auf den Schildern angezeigt waren? Über die Landschaft, die von der Straße durchschnitten wurde? So überstand er das Warten auf Informationen. Bei Kilometer 485 wusste er, dass Lucas Auto explodiert war, bei Kilometer 385 wusste er, dass er in Amsterdam als Erstes in die Gerichtsmedizin fahren musste.

Es war ein Dienstag gewesen, dieser elfte Mai damals. Das Gegenteil eines schönen Frühlingstages. Es hatte einen Kälteeinbruch gegeben, Schnee lag auf den Straßen, Hagel krachte vom Himmel. Seit Tagen ging das so. Tage, an deren Einzelheiten sich Gabriel Tretjak später nicht erinnern konnte, weil er in einer Verfassung gewesen war, die man nur als Ausnahmezustand bezeichnen konnte. Aber an das Gefühl konnte er sich erinnern, auch jetzt im Wagen: Damals hatte er das Gefühl gehabt, dass sein Leben zu Ende ging, dass es ihm entglitt wie ein nasses Stück Seife. Es war kein schlechtes Gefühl gewesen, irgendwie neutral, leer, vielleicht sogar ein bisschen erleichternd. Er verbrachte die Tage in New York, in einem Zimmer des Gramercy Park Hotels. Und auf den Straßen Manhattans, durch die er marschierte, ohne Ziel, stundenlang, eingepackt in einen dicken Anorak. Vorbeidonnernde Lastwagen, einfahrende U-Bahn-Züge und Brüstungen an hohen Gebäuden übten eine starke Anziehungskraft aus. Der Tod als Lösung. Sofort? Morgen? Sein Freund und Psychologe Stefan Treysa sollte ihm später die hochgradige Suizidgefährdung noch genau erklären.

Und dann saß plötzlich Luca in dem abgerockten Foyer des Hotels und wartete auf ihn. Luca, sein großer Bruder. Luca, der nicht gern verreiste, der selbst nach seinem langen Klosteraufenthalt einen Platz im Leben suchte, Luca, den er so lange nicht gesehen hatte. Jetzt saß er da, klein, zart, blass, ohne Sprache. Seinen Block hatte er auf den Knien, damals schrieb er mit Hand auf Papier. Er zeigte ihm den Block. »Was ist los mit dir?«, stand auf dem Blatt.

Sie fingen an zu reden, sofort, dort in dem Foyer, mit einem Mund und einem Stift. Stundenlang redeten sie. Nie vorher hatten sie so miteinander geredet, und sie sollten es auch danach niemals wieder tun.

Der Mund erzählte, wie es war, nicht mehr schlafen zu können, von unerklärbaren Angstzuständen überfallen zu werden. Wie die Tage sich verfinsterten, wie sich der Regler immer weiter vom Leben entfernte, obwohl er sich ständig damit befasste. Wie sich das Netz aus Menschen, Geld, Aufträgen und Informationen um die Atemwege gelegt hatte und die Luft nahm.

Der Stift beschrieb einen Drogenentzug, der noch nicht lange zurücklag. Er schrieb davon, wie es war, wenn man mit den Menschen nicht klarkam, wenn alle Beziehungen in Trümmerhaufen endeten.

Luca erklärte nicht, wie er auf Gabriels Ausnahmezustand aufmerksam geworden war. Auf diese Frage lächelte er nur sein schmales Luca-Lächeln und winkte ab. Hatte Lichtinger ihm einen Hinweis gegeben? Gabriel hatte aus New York zweimal mit dem Geistlichen telefoniert. Hatte der etwas gespürt? Luca und Lichtinger waren sich Jahre zuvor einmal begegnet, und manchmal hatte Gabriel Tretjak den Eindruck gehabt, sie seien in Verbindung geblieben.

Es wurde Abend, es wurde Nacht, und immer noch saßen sie im Foyer des Hotels, in dem früher die Rocker abgestiegen waren. Jim Morrison, Janis Joplin ... solche Leute. Das Mobiliar schien immer noch aus dieser Zeit zu stammen, die Sessel, die Sofas. Als sie schließlich aufstanden und an der Rezeption bei einer verschlafenen Studentin ein Zimmer für Luca buchen wollten, erfuhren sie, dass das Hotel voll war. Die Nacht vom zehnten auf den elften Mai wurde deshalb die erste und einzige Nacht im Leben der Brüder Tretjak, in der sie in einem Zimmer wohnten und irgendwann sogar nebeneinander einschliefen. Angezogen, auf demselben Bett liegend, mit dem größtmöglichen Abstand zwischen sich, erschöpft.

Das Tief über New York, das den Hagel gebracht hatte, hatte Frederic geheißen. Auch daran erinnerte sich Gabriel Tretjak genau. Aber im Wagen hinterm Steuer, auf der Fahrt quer durch Deutschland nach Amsterdam, war das Wort Erinnerung irgendwie falsch für das, was in ihm ablief. Bilder, Dialogfetzen, Gerüche, Gefühle wurden wie von einem DJ zerlegt, neu aneinandergesetzt, gemischt, überblendet, abgebrochen, wiederholt ... Die Vergangenheit als Remix, laut, scharf, penetrant. Er hatte über den Vorgang keine Kontrolle. Aber er wusste, dass sein Gehirn später alles strukturiert zusammensetzen würde, und einmal streifte ihn der Gedanke, dass er es Carola würde erzählen müssen. Aber da schoss sein Wagen schon durch die um diese Uhrzeit noch leeren Straßen von Amsterdam.

Lucas Gesicht war bei der Explosion nicht so verschont geblieben wie das von Marko. Eine Seite war mit Wunden übersät, die wahrscheinlich durch Glassplitter verursacht worden waren. Das Kinn war mit einer Binde fixiert, vielleicht war es weggerissen worden. Eine Augenhöhle war mit einer Klappe abgedeckt. Die rotgefärbten Haare wirkten grau und staubig. Tretjak hielt sich am Rand des Behälters fest. Nach einer Weile griff er unter die graue Plane und suchte Lucas Hand. Doktor Hülshoff zuckte zuerst zusammen und hatte offenbar den Impuls, ihn daran zu hindern, hielt sich dann aber doch zurück. Tretjak begriff, warum. Als er Lucas Hand zu fassen bekam und unter der Plane hervorzog, fühlte sich der Arm merkwürdig lose an, als habe er keine Verbindung mehr zum Körper. Aber die Hand war unversehrt, und die kleine Brandwunde am Unterarm war deutlich zu sehen. Ein hellbrauner Fleck auf weißer, kalter Haut. Das geheime Tandem.

Am Morgen des 11. Mai in New York hatte das Tief Frederic seinen Höhepunkt. Wütend warf es sich auf die Stadt. Während es draußen pfiff und toste, entfaltete Luca im Frühstücksraum des Gramercy Park mehrere von ihm mit Hand beschriebene Blätter Papier und gab sie Gabriel. Von einer technischen Revolution in der Computerwelt war darin die Rede, von der Relevanz des Internets, dessen Möglichkeiten sich gerade erst andeuteten. Selten hatte Gabriel Tretjak seinen Bruder so leidenschaftlich erlebt, beinahe fanatisch war er in dieser Sache. Offensichtlich hatte er sich tief eingearbeitet in dieses Gebiet. Eine neue Welt würde da geschaffen, davon war er überzeugt, eine Gegenwelt, eine, in der man zurechtkam, ohne den Mund aufmachen zu müssen. Und Luca beschrieb plötzlich wieder das geheime Tandem, wie damals in der Hütte, als sie sich verabschiedet hatten. Der Regler und sein Schatten im Netz, der im Hintergrund arbeitete – so stellte er sich das vor. »So sind wir unschlagbar«, schrieb er. »So sind wir eine Macht. Und niemand weiß davon.«

Am Ende des elften Mai war der Tod keine Lösung mehr. Stattdessen gab es einen Beschluss: Sie würden ab sofort zusammenarbeiten, aber sie würden sich niemals wiedersehen. Im Gegenteil, nach außen würden sie sich als Brüder inszenieren, die nicht mehr miteinander sprachen, deren Verbindung in der Kindheit unschön gekappt worden war. Das war einerseits eine Art Geheimwaffe, und andererseits bedeutete es größtmögliche Sicherheit. Einen Notrufcode vereinbarten sie noch: 1105. Luca und seine Vorliebe für Zahlen.

Als sie sich am JFK-Flughafen in New York verabschiedeten, ging Luca rückwärts durch die Sicherheitsschleuse und hielt noch Blickkontakt. Sein ernster Blick, dieser Blick, der so große Kraft ausstrahlen konnte. Seither hatte Gabriel Tretjak seinen Bruder nur noch auf Bildern gesehen, der neue Look mit den roten Haaren, die neue Liebe, die neue Stadt …

Er schob Lucas Hand wieder unter die Plane und ließ sie los.

»Yes«, sagte er und wandte sich ab. »My brother.«

Der Mann mit der Brille war Kriminalkommissar. Er bat Tretjak um ein Gespräch, natürlich erst nachdem er sich in einem Hotel etwas ausgeruht habe. Sie bräuchten dringend Hinweise zu möglichen Motiven. Tretjak nahm die Karte des Mannes und versicherte ihm, um 14 Uhr in seinem Büro zu erscheinen. Draußen vor dem Gebäude der Gerichtsmedizin stieg er in den Wagen und fuhr sofort zum Flughafen, wo ein Privatjet wartete. Vergangenheit und Zukunft, dachte er. Gut und Böse. Was war und was sein könnte. 1105. Was man dem Schicksal entgegensetzen musste. Der Mann mit der Brille würde lange warten.

Mittwoch, 9 Uhr
Berlin

Vor dem Eingangsbereich des Berliner Flughafens Tegel befand sich ein alter Eisenbahnwaggon, umgerüstet zu einer Imbissbude. Currywurst mit Pommes, dazu die verschiedensten scharfen Saucen. Bruno Tietz mochte diesen Laden. Wann immer er irgendwohin flog, versuchte er es zeitlich zu organisieren, dass er noch kurz hier einkehren konnte. Doch an diesem Morgen konnte er nicht einmal einen Gedanken daran verschwenden, denn Martina Seufert sollte in wenigen Minuten nach München fliegen, das hatte ihnen die Airline mitgeteilt. Abflug 9.20 Uhr, das Boarding hatte gerade begonnen. Die Fluggesellschaft hatte darum gebeten, möglichst wenig Aufsehen zu erregen.

»Wir bitten die Passagierin des Fluges LH 254 nach München, Frau Martina Seufert, sich beim Flugpersonal zu melden, es geht um eine kurze Rückfrage.« Tietz stand am Check-in-Schalter, als die Ansage zum dritten Mal über den Lautsprecher lief. Wenn sich Frau Seufert nicht meldete, dachte er, würde er selbst ins Flugzeug gehen, um sie zu holen. Doch dann kam sie, mit einer Stewardess an ihrer Seite.

Martina Seufert war etwa dreißig Jahre alt, sehr schlank, blond, trug einen dunkelblauen Hosenanzug, eine rote Bluse und, wie Tietz auf den ersten Blick feststellen konnte, auch eine Menge Schmuck. Halskette, Armreifen, solche Sachen. Alles sah edel und teuer aus, dachte Bruno Tietz, obwohl er wusste, dass er nicht der Mann war, der das wirklich beurteilen konnte. Was er aber schon beurteilen konnte: Martina Seufert war eine ungewöhnlich schöne Frau.

»Mein Name ist Tietz, Kriminalkommissar. Frau Seufert, entschuldigen Sie bitte die Unannehmlichkeiten.«

»Um was geht es, bitte?«, fragte sie.

»Kennen Sie eine Frau mit Namen Barbara Berger?«, fragte Tietz.

Sie antwortete sofort. »Ja. Das ist eine Freundin von mir.«

»Ich muss Ihnen leider mitteilen, dass Frau Berger tot ist. Sie starb eines gewaltsamen Todes. Sie wurde gestern umgebracht.«

Tietz hatte diesen Moment unzählige Male erlebt. Das Überbringen einer Katastrophennachricht. Und die Reaktion darauf. Er hatte sich mit den Jahren abgewöhnt, Rückschlüsse daraus zu ziehen. Die merkwürdigste Reaktion konnte viel bedeuten – oder gar nichts. Die glaubhafteste Reaktion konnte sich am Ende als besonders gekonnte Inszenierung herausstellen.

Martina Seufert wirkte überrascht. Für einen Augenblick sah es so aus, als würde sie das Gleichgewicht verlieren. Sie krallte sich mit der linken Hand am Tresen des Schalters fest. »Was?«, stammelte sie. Und: »Wer hat das getan? Also, wer hat sie getötet?«

»Wir wissen es nicht«, sagte Tietz, »noch nicht.«

»Kann ich Ihnen noch irgendwie helfen?«, sagte sie und blickte auf die Uhr. »Ich muss da jetzt wieder rein, ins Flugzeug, ich muss nach München fliegen.«

»Ich muss Ihnen noch etwas mitteilen«, sagte Tietz. »Wir haben Grund zu der Annahme, dass möglicherweise der oder die Mörder gar nicht Frau Berger töten wollten.« Tietz machte eine Pause. »Sondern Sie.«

»Was sagen Sie da?«

»Frau Seufert, wir glauben, dass Ihr Leben in großer Gefahr ist.«

Martina Seufert flog nicht mit dieser Maschine nach München. Stattdessen zogen sich Tietz und sie in ein fensterloses Besprechungszimmer der Flughafen-Polizeiwache zurück. Rund zwei Stunden dauerte ihr Gespräch, am Ende hatte Tietz drei große Tassen Kaffee getrunken, Frau Seufert ein kleines Glas Mineralwasser. »Lassen Sie uns keine Zeit verlieren«, hatte er angefangen, »ich weiß, in welcher Branche Sie arbeiten. Also, ich sage mal, in der Escort-Branche.«

»Sie können ruhig Edelnutte sagen«, antwortete sie, »ich habe damit kein Problem.«

Tietz erzählte ihr von dem gespeicherten Notruf. Wie Barbara Berger panisch vor Angst um Hilfe gefleht und davon gesprochen habe, dass die Täter womöglich gar nicht sie meinten. Wie sie inständig darum gebeten habe, dass sie Martina warnten. Tietz berichtete auch davon, dass Barbara Berger von einer Meinungsverschiedenheit geredet habe zwischen ihnen beiden, dass sie Martina von etwas abbringen habe wollen.

»Ja, das stimmt. Sie hat mich immer gewarnt. Wir dürfen uns nicht wehren, das ist nicht unsere Rolle, hat sie gesagt. Ich sah das anders. Das war unsere Meinungsverschiedenheit. Und jetzt ist sie tot.« Martina Seufert schloss die Augen. Als sie sie wieder öffnete, waren sie nass.

»Was haben oder hatten Sie für Pläne, die Frau Berger ablehnte? Was war das?«, fragte Tietz.

»Wissen Sie, wenn eine Hure aussteigen will, dann gibt es zwei grundsätzliche Probleme. Das eine ist die Angst vor der Rache des Zuhälters, die Angst vor seiner Wut, weil du ihm sagst, Schluss, ich bring dir kein Geld mehr ein, vergiss mich. Das andere Problem ist eben das Geld. Ich verdiene zum Beispiel sehr gut, manchmal 10 000 Euro in einer Nacht. Soll ich mich jetzt an die Kasse eines Supermarktes setzen? Verstehen Sie die Schwierigkeiten?«

»Sie wollen aussteigen? Sie wollen keine Prostituierte mehr sein?«

»Ja«, sagte sie, »ich habe genug. Ich hatte gedacht, wenn man ganz oben arbeitet, nur mit den ganz Reichen und ganz Mächtigen, dann kann man das aushalten. Das war ein Irrtum. Sie glauben nicht, was ich alles erlebt habe. Ich bin allein im letzten Jahr dreimal operiert worden. Ich erspare Ihnen die Einzelheiten. Als ich von dem Plan erfuhr, wusste ich: Da mache ich mit, das ist meine Chance.«

»Was für ein Plan?«, fragte Tietz.

»Darüber kann ich nicht sprechen. Sonst gefährde ich alles«, antwortete sie.

»Sagt Ihnen der Name Gabriel Tretjak etwas?«, fragte Tietz.

»Nein. Noch nie gehört.«

Er zeigte ihr das Foto der ermordeten Barbara. Mit dem Namen auf der Stirn. Sie schüttelte den Kopf. »Um Gottes willen.«

»Frau Seufert, es werden beinahe täglich Frauen umgebracht, und es sieht so aus, als hätten die Morde mit dem Plan zu tun, von dem Sie sprechen. Sie müssen uns helfen. Reden Sie.«

»Ich muss heute nach München fliegen«, sagte sie.

»Das können Sie vergessen«, sagte der Kommissar.

»Wenn ich nicht nach München komme«, sagte Martina Seufert, »dann war alles umsonst.«

Bruno Tietz zuckte mit den Achseln. Reden oder fliegen.

Am Ende wurde in dem Besprechungszimmer am Flughafen ein Deal daraus. Ein bisschen reden. Und dafür ein Flug, bewacht von zwei Beamten, die für ihren Schutz sorgen sollten, aber sie nicht am Erreichen ihres Ziels hinderten.

Ein bisschen reden. Martina Seufert war Bestandteil eines Planes, der einige Sprengkraft enthielt: Eine Gruppe von Prostituierten plante, bei einem gemeinsamen Auftritt ihr Insiderwissen öffentlich zu machen. Das Wissen über Gewaltexzesse, über Vergewaltigungen, über kriminelle Geschäfte. Sie wollten dabei keine Namen nennen, sondern nur Zeiten und Orte, an denen das alles stattgefunden hatte. Wer nicht informiert war, konnte die Sache auch für eine drastische Kunstaktion halten. Wer aber Bescheid wusste, wem diese Zeiten und Orte bekannt vorkamen, würde sofort die Brisanz der Informationen erkennen. Die Aktion sollte einen angeblichen Spendenaufruf beinhalten: Geld für gefallene Mädchen. In Wahrheit verbarg sich dahinter pure Erpressung: Wenn nicht sehr schnell viele Millionen einbezahlt wurden, würden auch die Namen der Männer verraten werden. Die Namen mächtiger Männer, reicher Männer, angesehener Männer.

»Verstehen Sie«, sagte Martina Seufert, »dieser Plan löst beide Probleme, die Angst und das Geld. Alle wissen: Wenn uns etwas passiert, geraten die Informationen über die Täter an die Öffentlichkeit. Und Geld haben wir auch, denn uns gehören die Einzahlungen auf das Konto.«

»Wer steckt hinter diesem Plan?«, fragte Tietz.

»Ich weiß es nicht. Und was ich weiß, sage ich nicht. Ich habe schon viel zu viel erzählt.« Sie sagte: »Nach dem Auftritt in München werden die Morde aufhören, da bin ich überzeugt. Dann sind wir sicher.«

»Glauben Sie«, fragte Tietz, »dass die Mädchen umgebracht wurden, um diesen Auftritt zu verhindern?«

»Ja, natürlich«, sagte sie, »was soll es sonst für einen Grund geben?«

Bruno Tietz musste nicht weiter insistieren mit der Frage, wo der Auftritt noch an diesem Abend in München stattfinden sollte. Kollege Wurm hatte, während die beiden in dem Besprechungszimmer redeten, das Gepäck von Frau Seufert durchsucht und war schnell auf die Unterlagen gestoßen. In einer Toilettenpause hatte er Tietz darüber informiert: Im Kulturzentrum im Gasteig wurde ein Kongress mit dem Titel »Die schweigenden Frauen« abgehalten. Die Papiere waren säuberlich in einer Klarsichthülle zusammengetragen, den Termin hatte Frau Seufert dick unterstrichen. 20 Uhr im großen Saal 1, Festvortrag einer Professorin zum Thema: »Gibt es typisch weibliches Wissen?« ›Mit einem Überraschungsgast‹, stand da, ›und anschließender Podiumsdiskussion mit Betroffenen‹. Die Podiumsdiskussion, vermutete Tietz, könnte der geeignete Moment für die Auftritte der Prostituierten sein.

War das jetzt die entscheidende Spur?

Als Martina Seufert mit den beiden Beamten in die 12-Uhr-Maschine nach München stieg, hörte Tietz, dass es immer noch keine neue Nachricht in Sachen Lichtinger gebe. Wo war der Pfarrer abgeblieben?

Trotzdem musste der Mensch was essen, überlegte der Kommissar und machte noch einen Abstecher zu dem kleinen Eisenbahnwagen. Er bestellte zwei Currywürste mit extra scharfer Teufelssauce.

Mittwoch, 15 Uhr Ortszeit
Hongkong

Der in die Jahre gekommene Auftragskiller Cecil Hopton war kein Waffenliebhaber. Er putzte nicht, ölte nicht, zerlegte nicht. Er ergötzte sich nicht am Geruch frisch eingefetteter Lederfutterale, am Blick durch einen blitzblank gezogenen Lauf oder am Klicken von Patronen, die ins Magazin gedrückt wurden. Cecil Hopton hatte keine einzige Waffe zu Hause. So hatte er es immer gehalten: Er besorgte sich die geeignete Waffe unmittelbar vor Erledigung eines Auftrages – und wurde sie unmittelbar danach wieder los.

Überhaupt war er kein Mann mit Obsessionen. Er sammelte nichts, bastelte nichts, ging nicht ins Kino, nicht ins Theater, interessierte sich nicht für Sport und betrieb auch keinen. Sein einziger Zeitvertreib war Lesen. Er las aufmerksam Zeitung, jeden Tag, und er vertiefte sich in Sachbücher. Manchmal blieb er eine Zeitlang bei einem Thema und las alles darüber, was er kriegen konnte. Bis ihm dabei langweilig wurde. Romane las er nie.

Zurzeit hatten es ihm Spinnen angetan. Ein Artikel in der Sonntagsausgabe der South China Morning Post hatte ihn auf das Thema gebracht, und inzwischen hatte er vier Bücher gelesen und etliche Stunden im Internet verbracht. Faszinierend, diese Tiere, fand er. Zum Beispiel die Kescherspinne Deinopis, deren Kopf aussah wie Nosferatu. Sie wob aus Seide eine Art Fangschlinge, hielt sie mit zwei ihrer acht Beine fest und wartete kopfüber hängend auf Beute:

Kleine Insekten, die dann die Schlinge übergestülpt bekamen – und gefressen wurden.

Cecil Hopton saß am Steuer eines neuen, angemieteten Wagens, diesmal war es ein blauer Honda. Und er beobachtete den unscheinbaren Eingang einer kleinen Pension in Hafennähe. Der Motor war ausgeschaltet. Sechs Stunden hatte er heute schon so dagesessen. Wie gestern den ganzen Tag, wie vorgestern. Carola Kern hatte sich noch nicht blicken lassen. Natürlich hatte auch Cecil Hopton ein Netz gespannt, wie die Kescherspinne. Ein feinstrukturiertes Netz war das, dessen Fäden die ganze Stadt durchzogen. Er hatte sich nicht umsonst so lange, jahrzehntelang, erfolgreich in einem Geschäft gehalten, von dem man sagen konnte, dass es eine Besonderheit aufwies: Erfolg wie Misserfolg waren in diesem Business immer mit Lebensgefahr verbunden. Selbstverständlich hatte Cecil Hopton die relevanten Bediensteten des »Queen E« mit ein paar Hongkong-Dollars zu seinen Informanten gemacht. Selbstverständlich war er rechtzeitig über die merkwürdige nächtliche Abreise der Carola Kern informiert worden.

In seiner Branche gab es keine Workshops, keine Kongresse, keine Vorträge. Aber hätte Hopton je jüngere Kollegen in die Geheimnisse des Jobs einweihen müssen, er hätte immer betont, wie außerordentlich wichtig es war, gute, nein, beste Kontakte ins Hotel- und ins Taxi-Gewerbe zu haben.

Er wusste nicht, warum Carola Kern das Hotel gewechselt hatte, mitten in der Nacht. Aber er musste damit rechnen, dass er einen Fehler gemacht hatte. Hatte sie ihn vor dem Hotel bemerkt? War ihr aufgefallen, dass er ihr Zimmer durchsucht hatte?

Es nieselte an diesem Tag. Hopton betätigte ab und zu

die Scheibenwischer. Die Luftfeuchtigkeit trieb selbst ihm einen dünnen Schweißfilm auf die Stirn. Um genau 15 Uhr – im Radio hatten gerade die Nachrichten begonnen – kam Carola Kern aus dem Eingang des Hauses. Zu Hoptons Überraschung überquerte sie zügig die Straße, steuerte zielsicher auf seinen Wagen zu, riss die Beifahrertür auf und ließ sich auf den Sitz neben ihm fallen. Noch ehe er irgendeine Reaktion zeigen konnte, fing sie an zu reden.

Carola Kern sprach ein gepflegtes Englisch. Sie sprach relativ leise, aber bestimmt. Dabei sah sie ihn die meiste Zeit nicht an, sondern blickte durch die Windschutzscheibe nach draußen. Als er einmal ansetzte, etwas zu sagen, hob sie nur kurz die Hand, um ihm zu bedeuten, dass er sie besser nicht unterbrechen solle. Ein Ring fiel ihm dabei auf, ein schlichter, massiver Ring aus Silber ohne Stein.

Erst am Schluss ihrer Rede wandte sie den Kopf zur Seite und sah ihn nachdrücklich aus großen Augen an. Als sie dann mit ihm fertig war, stieg sie wieder aus dem Wagen und verschwand in der Pension. Hopton blieb reglos noch eine ganze Weile sitzen. Reglos und ratlos. Fest stand, dass er diese Frau maßlos unterschätzt hatte. Er hatte sie für das Anhängsel dieses Tretjaks gehalten, eine Frau, die es genoss, sich auf dessen Kosten in der Weltgeschichte herumzutreiben. Aber da hatte er sich offensichtlich geirrt. Was sollte er jetzt tun?

Es war natürlich nicht das erste Mal in seinem Leben, dass sich Cecil Hopton diese Frage stellte. Aber ihm erschien die Gesamtsituation doch ziemlich neu. Hier entglitt ihm gerade ein Auftrag, dachte er, während er wieder die Scheibenwischer betätigte. Er drohte zu scheitern. Doch vielleicht war es sowieso der letzte Auftrag in seinem Leben, also konnte er sich auch sagen: ›Na und?‹ Und es dabei bewenden lassen.

Ihm war bewusst, dass viele Menschen ihn für einen armen, einsamen alten Mann halten würden, wenn sie über seine Situation Bescheid wüssten. Als Dirigent, als Architekt, als Schriftsteller konnte man in Würde altern. Umgeben von Kindern und Enkelkindern, eingehüllt in den Respekt einer Lebensleistung. Aber als Killer?

Helen und er hatten keine Kinder in die Welt gesetzt. Er war darüber nicht unglücklich. Er empfand sich nicht als einsam. Aber an diesem Nachmittag, in dem blauen Honda Civic, war er gezwungen, über den Rest seines Lebens nachzudenken. »Ich warne Sie«, waren Carola Kerns letzte Worte gewesen. »Tun Sie, was ich sage, sonst wird es für Sie nicht gut ausgehen.«

Was glaubte diese Frau eigentlich, wer sie war? Und mit wem glaubte diese kleine Teehändlerin es hier zu tun zu haben? Es gab auch so etwas wie Stolz und Ehre. Cecil Hopton musste kurz lächeln, weil seine Gedanken die Kescherspinne streiften. Was würde sie tun?

Schließlich startete er den Motor. Carola Kern würde ohnehin wieder ins »Queen E«-Hotel zurückgehen. Das hatte sie angekündigt, und er hatte keinen Grund, ihr nicht zu glauben. Der Verkehr durch die Stadt war quälend dicht. Als Cecil Hopton schließlich die Tiefgarage in seinem Wohnblock erreichte, hatte er sich entschieden. Er würde den Kopf nicht in den Sand stecken, das war er sich und seinem Leben schuldig. Er würde auf die neue Lage reagieren. Und er wusste auch, wie.

Als Erstes würde er seinen Auftraggeber anrufen. In Europa war der Tag längst angebrochen, das ging. Und dann würde er sich mit der Frage nach einer geeigneten Waffe beschäftigen.

Mittwoch, 17 Uhr
Wolfratshausen

Sie fühlte sich gar nicht schlecht an, die Nonnentracht. Vor einigen Tagen schon hatte Joseph Lichtinger sie sich über Amazon bestellt. Auch Nonnentrachten spuckte das Internet heutzutage problemlos aus. Er verdeckte die letzten Bartstoppeln mit dicker Schminke, dann verließ er die Toilette auf dem Gang seiner schlichten Bahnhofspension. Hineingegangen war er als mittelalter Mann mit blonden Haaren, Jeans und weißem Hemd und seinem schwarzen Handkoffer. Heraus kam er als Nonne. Bezahlt hatte er seine Übernachtung schon vorher. 28 Euro mit Frühstück kostete die Nacht; er hatte zehn Euro mehr gezahlt, um bis zum Nachmittag auf dem Zimmer bleiben zu können. Jetzt, kurz vor 17 Uhr, trat er auf die Straße. Den Bahnhof hatte er in Sichtweite. Viel sah er nicht von dem kleinen Städtchen im Süden von München, links eine Fahrschule, rechts einen Kiosk. Wichtig war, dass in einigen Minuten die S-Bahn fuhr. Und dass er in einer knappen Stunde in München war, das war außerordentlich wichtig.

In seinem Zimmer hatte ein kleines Radio gestanden. Er hatte Bayern 1 eingestellt, viel Musik von früher, Oldies, dazwischen auch mal bisschen Volksmusik, das gefiel ihm, es wirkte beruhigend. Die Nachrichtensendungen zur vollen und halben Stunde waren eher regionaler Art. Viele Polizeinachrichten waren dabei. Es war ein merkwürdiges Gefühl gewesen, auf dem Bett zu sitzen und plötzlich eine Nachricht in eigener Sache zu hören. Die Worte hatten ihn nur bruchstückhaft erreicht: »Ein Pfarrer auf der Flucht … Im Zusammenhang mit der Ermordung verschiedener Prostituierter … Die Polizei bittet um Mithilfe … Höchste Vorsicht ist geboten … der Mann ist möglicherweise gefährlich.«

Ein Pfarrer auf der Flucht. Aber keine Nonne. Am Automaten löste er ein Ticket. Er hatte den Eindruck, niemand wundere sich über seine Erscheinung. Er hatte nur die Sorge, dass ihm jemand auf die Füße schauen könnte, auf seine schwarzen Turnschuhe, Größe 46. Doch ein wenig ungewöhnlich für eine Nonne.

Lichtinger hatte Inge Maler gestern gebeten, ihn nach Wolfratshausen zu fahren, in diese Pension, die rund um die Uhr geöffnet hatte und die er ebenfalls im Internet ausgesucht hatte. Sie hatten noch lange im dunklen Auto gesessen, auf dem kleinen Parkplatz vor der Pension. Es war weit nach Mitternacht gewesen, als Inge ihm versprochen hatte, auf dem Kongress zu sprechen, die Rolle von Julia einzunehmen, der zerstückelten Julia. Sie hatte auch versprochen, dass sie ihrem Mann nichts davon erzählen würde.

Der schmale Gang von der Sakristei seiner Kirche in Grisbach runter in die öffentliche Gartenanlage bei den Kirschbäumen stammte aus dem 18. Jahrhundert. Warum die Kirchenleute den unterirdischen Fluchtweg damals hatten bauen lassen, konnte man aus der Kirchenchronik nicht nachvollziehen. Sie wollten wohl jederzeit in der Lage sein, zu fliehen oder die Kirche unbemerkt zu verlassen, warum auch immer. Vielleicht hatte auch bei ihnen die Philosophie dahintergesteckt, dass man Geheimnisse nicht nur akzeptieren musste – man musste auch dafür sorgen, sie leben zu können.

Lichtinger wusste, dass er einen Tag vor dem Kongress die Polizeibewacher abschütteln musste. Und er brauchte das Treffen mit Inge Maler. Also verband er das eine mit dem anderen. Seinen schwarzen Fiat Punto hatte er schon vor Tagen unten bei den Kirschbäumen geparkt. Er hatte ihn damals angeschafft, als ihm klargeworden war, dass er die Fahrten zu den Prostituierten nicht mit seinem Pfarrerauto machen konnte. Dass er ein zweites Auto für die Nächte benötigte, für die andere Seite.

Julia hatte ihm früh von Inge Maler erzählt. Julia und Inge, die großen Freundinnen. Kennengelernt hatten sie sich auf dem Strich, sie standen oft nebeneinander auf der Straße. Manchmal nahm ein Freier auch beide zusammen mit, für ein, zwei Stunden. In solchen Abgründen gediehen normalerweise keine tiefen Freundschaften, doch bei ihnen war es anders. Sie hatten früh damit angefangen, sich alles im Leben zu erzählen, und das war so geblieben. Auch als sich ihre Lebenswege dann schnell gegensätzlich entwickelten. Inge lernte einen Polizisten kennen, heiratete ihn, studierte, arbeitete, bekam Kinder. Julia blieb Hure. Irgendwann schaffte sie es runter vom Straßenstrich, zog in die nobleren Bordells ein. Inge hatte ihrem Mann nie verraten, dass sie weiter Kontakt hatte mit ihrer Freundin aus der Vergangenheit. Es war nie gut, wenn Männer alles wussten, das war auch Julias Motto. Nur gegenseitig erzählten sie sich alles. So wusste Inge auch von Joseph Lichtinger, dem Freier, der Pfarrer war. Julia hatte ihr vorgeschwärmt von ihm. Der sei anders als alle anderen, hatte sie gesagt. »Ich weiß, wer Sie sind, Herr Lichtinger« – so hatte es Inge Maler ausgedrückt, als sie ihm gestern zur Begrüßung die Hand gegeben hatte.

Um 17.12 Uhr fuhr die S-Bahn ein. Das Abteil war voll. Ein junger Mann stand auf und bot der Nonne den Platz an. Lichtinger setzte sich und sagte: »Danke schön, sehr nett.« Er hatte das Sprechen mit leicht erhöhter Stimme geübt. Das hatte er immer gemocht: sich zu verstellen. Er hatte schon in der Schule gern Theater gespielt, später dann mit dem Feuer. An die Grenzen gehen, darüber hinaus, alles riskieren, das war immer seine Sache gewesen. Als sie an der Universität Freunde wurden, Gabriel Tretjak und er, als sie anfingen, Lieber Gott zu spielen, als sie eingriffen in anderer Leute Leben, als der Regler der Regler wurde und er ihn so gern unterstützte – all das war auch lange ein Spiel gewesen.

Und du willst Pfarrer werden, ausgerechnet du? Nicht nur Gabriel Tretjak hatte ihn das damals gefragt, viele konnten es nicht fassen. Ja, ich will Pfarrer werden, ausgerechnet ich. Ihr habt alle keine Ahnung vom Leben eines Priesters. Keiner hört so viele abgründige Geschichten wie er, im Beichtstuhl oder am Sterbebett. Vergib mir meine Sünden. Gerade als Pfarrer begreift man, dass die allermeisten Menschen ein doppeltes Leben brauchen und dass das nicht schlimm ist, sondern dazugehört. Das war Lichtingers Antwort gewesen auf die »Ausgerechnet du?«-Frage. Und zu Tretjak hatte er damals gesagt: »Gerade du müsstest es doch verstehen, dass man sein Leben in eine Form gießt und dann alles tut, um in dieser Form bleiben, in ihr leben zu können.«

Julia. Die hübsche Julia. Was für ein Arsch, das war damals sein erster Gedanke gewesen, als er sie gesehen hatte. Kleiner Arsch, kleiner Busen, blond, das war sein Typ. Er schaute bei Frauen immer zuerst auf den Hintern, er konnte nicht anders. Aber es gehörte eben noch etwas zu seinem

Typ Frau, etwas ganz Entscheidendes: Es waren keine Frauen des Alltags, könnte man sagen, es waren die Frauen aus dem Milieu, Frauen, die man kaufen konnte, die alles taten, was man wollte. Frauen, die jede Rolle spielten, die man forderte. Zieh dich aus, Julia. Zieh das an. Aber auch das war noch nicht alles. Lichtinger ging in Bordelle, er kannte in Deutschland so gut wie jedes größere Etablissement, er wurde magisch davon angezogen – aber wenn er dort die schmale Blonde gefunden hatte, dann wollte er sie draußen treffen. Dann zahlte er viel Geld – für ein gemeinsames Wochenende, für eine Nacht im Hotel an einem See. Romantik? Nein. Es machte ihn an, er zahlte und zahlte, um eine Illusion zu finanzieren, die nichts mit Geld zu tun hatte. Diesen Widerspruch brauchte er. Genau das brauchte er zum Ficken.

Nicht gut für einen katholischen Pfarrer, gar nicht gut. Vielleicht waren es die Reste seines Pfarrerhirns, das gleichzeitig zur Geilheit die Signale aussendete: Rette das Mädchen, tu wenigstens so. Joseph Lichtinger hätte es wissen müssen – es half nichts, der Blick zurück, aber er hätte es wissen müssen: dass seine Sexualität zu stark war und sich nie und nimmer würde unterdrücken lassen. In jedem psychologischen Lehrbuch hätte er es lesen können, und er hatte so viele davon gelesen, Psychologie war eines seiner Fächer an der Universität gewesen. Und seinen Hang zu den Nutten kannte er auch schon, als er das Pfarrerdasein wählte. Es hatte angefangen, als er aus Deutschland geflohen war, auf Weltreise ging, um alles hinter sich zu lassen. Vor allem den Mord. Und den Koffer mit der Stahlbox und darin die 50 Millionen Dollar.

Tretjak hatte ihn damals hineingezogen. Er hatte den Regler zum Beruf gemacht, hatte mit dem Regeln von Menschen schon viel Geld verdient. Und dabei einen Menschen kennengelernt, eine Art Lehrmeister des Schreckens, Krabbe hieß er, den Namen würde Lichtinger nicht mehr vergessen. Dieser Krabbe war es gewesen, der Tretjak plötzlich einen großen Auftrag gegeben hatte, einen ganz großen, es sollte sein Meisterstück werden: der Mord an einem mächtigen, verbrecherischen Banker, alles inklusive für 50 Millionen Dollar. Es war so surreal viel Geld. Tretjak schlug ein, und er, Lichtinger, auch. Sie wollten schlauer sein als alle anderen, und irgendwie war es am Ende auch so gekommen: Eine Autobombe ging hoch, und der Banker flog in die Luft. Damit hatten sie gar nichts zu tun, sie hatten einen ganz anderen Plan verfolgt. Doch sie bekamen das Geld, für eine Tat, die sie nicht begangen hatten. Ein Irrtum, irgendwie. Lange her, das alles, Jahrzehnte her. War es Glück, oder war es doch kein Irrtum gewesen? Sondern die Genialität von Tretjak, der sie alle ausgetrickst hatte, die Auftraggeber, diesen Krabbe und auch ihn, den naiven Lichtinger? Oder waren irgendwelche Geheimdienste im Spiel gewesen samt ihren Killern, die im Schatten den Mord verübt hatten und dann nicht mehr herauskonnten aus diesem Schatten?

Die ersten Monate hatte Lichtinger das alles wie einen Fluch erlebt: täglich die Panik aufzufliegen, die Treffen mit Tretjak. Die gemeinsame Angst, die ihn lehrte, dass Angst nicht teilbar war: Sie wurde nicht kleiner, wenn man sie zu zweit trug.

Irgendwann war er dann geflohen, in Richtung große, weite Welt. Monatelang. Erst Südamerika, Peru, Kolumbien, vollgepumpt mit Drogen, dann irgendwann dieses Bordell in Shanghai, wo er als Türsteher anheuerte. Wegen seiner blonden Haare und den blauen Augen nannten ihn die Huren den Schweden, diesen Spitznamen kannte er schon, in seinem alten Heimatdorf hatten sie ihn auch so genannt, ganz früher. Er hatte den Türsteherjob im Bordell geliebt. Damals hätte er es erkennen müssen. Das Rotlicht hatte ihn gepackt.

Der Koffer. Das verdammte Geld. Hätte er es nicht gehabt, wäre vieles anders gelaufen, vielleicht. Tretjak fand, das Geld müsse verschwinden. Er gab es ihm, um es zu verstecken. Tretjaks Prinzip war es, die Vergangenheit zu löschen. Lichtinger hatte das immer für einen Fehler gehalten, aber im Fall des Koffers war es richtig gewesen.

Doch trotz ihrer Abmachung tippte er oft die Zahlenkombination ein und griff immer wieder hinein. Er kaufte eine kleine Wohnung, er spendete eine Menge, und er vögelte und vögelte. Er war der großzügigste Freier, den es gab, zumindest im katholischen Bayern. Und er erwarb einen wunderschönen alten Bauernhof mit großen Feldern und Gärten in Südtirol, hoch oben in den Bergen. Ein spirituelles Zentrum sollte es werden. Oft ließ er seine bayrische Kirchengemeinde für Monate allein und verbrachte seine Zeit dort oben. Er hatte sich ein besonderes Hobby zugelegt, die Zucht von Falken. Was für edle, magische Vögel. Alle waren so stolz auf diese Vögel, vor allem er. Seine Falken. Die Legende sagte, es seien die Vögel, die aus dem Jenseits kamen und zu allen Zeiten in den Himmel flogen.

Lichtinger blickte aus dem Fenster der S-Bahn. Hohenschäftlarn. Baierbrunn. Buchenhain. Die Namen der Orte gefielen ihm, endlich Orte, zu denen er keinerlei Beziehung hatte. Er dachte an seine Falken. Eine Bäuerin hatte ihn angerufen: »Herr Pfarrer«, hatte sie beinahe geschrien, »Ihre Vögel, alle tot! So furchtbar, ich glaube, man hat sie vergiftet.« Die Bäuerin sollte recht behalten. Als die Feuerwehr kam, mit einem Giftexperten dabei, stellte sich heraus, dass irgendjemand große Mengen Quecksilber ausgeschüttet hatte, und zwar überall dort, wo altes, modriges Laub lag. Eine teuflische Mischung. Die Bakterien des alten Laubes vermischten sich mit dem Quecksilber und erzeugten eine Substanz, die noch um ein Vielfaches giftiger war als das Quecksilber selbst. Der ganze Bauernhof wurde abgeriegelt, zur chemischen Gefahrenzone erklärt. Monate würde es dauern, die Bodenschichten, in die das Gift eingesickert war, abzutragen. »Herr Pfarrer«, hatte die Bäuerin ins Telefon gerufen, »die Vögel sind einen schrecklichen Tod gestorben. Die Schnäbel, alle weit auf, und die Augen auch.«

Das war die erste schreckliche Nachricht gewesen, die sein Leben erschüttert hatte. Was sollte das? Ein Giftanschlag? Monate war das schon her. Doch die viel schrecklicheren Nachrichten sollten erst folgen. Als Erstes starb die blonde Franziska. Er war gern freitags zu ihr gefahren, oft waren sie in München zusammen ins Konzert gegangen, bevor sie im Bett landeten. Sie starb bei einem Autounfall, saß am Steuer. Das war das Merkwürdige – denn sie fuhr nie Auto, sie hatte gar keinen Führerschein. Dann ging es Schlag auf Schlag, eine Meldung folgte der anderen: Elke, erwürgt aufgefunden, Elisabeth erschossen, Birgit, vergiftet, Sara wurde im Parkhaus hingerichtet, Miriam tot im Moorsee gefunden, die vergiftete Barbara in Berlin. Und der Kopf von Julia, verpackt und abgelegt auf der Sitzbank in seiner Kirche. Er hatte sie alle gekannt, er hatte mit allen Sex gehabt. Sie waren alle blond gewesen, hatten eine ähnliche Figur gehabt, einen ähnlichen kleinen Arsch. Hätten sie einen anderen Arsch gehabt, einen, auf den er nicht gestanden hätte, würden sie heute noch leben. So musste man das sehen.

Von Mord zu Mord, von Vermisstenmeldung zu Vermisstenmeldung stieg seine Gewissheit: Das hat mit mir zu tun, das Grauen zielt auf mich. Aber was sollte er tun? Zur Polizei gehen: Entschuldigung, das waren alles meine Nutten, ich war ihr Freier? Niemand konnte ihm helfen. Beinahe verrückt vor Angst war er geworden, die Panik hatte ihn gelähmt. Der Einzige, der ihm hätte helfen hätte können, Gabriel, war abgetaucht. Scheißkerl.

Warum nur wurde Gabriel da hineingezogen, was hatte er damit zu tun? Warum war ihm auch ein Paket geschickt worden, mit den abgehackten Beinen von Julia?

Lichtinger verstand nur eines, und das war so ziemlich das Einzige, was er seit Tagen denken konnte, zu Hause auf der Couch, nachts schlaflos im Bett und nun in der S-Bahn, als Nonne verkleidet: Er hatte unendlich Schuld auf sich geladen. Mein Gott, was hatte er mit seinem Plan angerichtet, den sich dieser Rest eines Pfarrerhirnes ausgedacht hatte. Es hatte wie ein so wunderbarer Plan geklungen: Die Frauen würden sich von ihren Freiern den Ausstieg finanzieren lassen. Sie würden die Männer einfach erpressen, alle gleichzeitig, mit ihrer schlichten Existenz, mit dem Wissen, wer diese Männer waren, welche Schweinereien sie machten, welche Geschäftskunden dabei waren, welche Firmen das Ficken bezahlten, weil das doch alle so machten, um den besten Geschäftsabschluss zu bekommen. Sie würden die Männer mit deren Geheimnissen erpressen. Das war die Idee. Das war der Plan.

Joseph Lichtinger wusste genau, was er sich da für einen Plan ausgedacht hatte: Er erpresste sich im Grunde selbst. Er erpresste den Pfarrer, dessen Doppelleben nicht auffliegen durfte. Es war eine besondere Art der Selbstbestrafung. Er kasteite sich, das hatte etwas durchaus Katholisches. Und er meinte das nicht nur ideell. Er hatte den Koffer aus seinem Versteck geholt, er hatte den Koffer geöffnet, die Stahlbox auch, Millionen waren da noch drin, in Tausend-Dollar-Scheinen. Wie viele genau, das hatte er nie gezählt. Tausend davon hatte er herausgeholt und eine Aktentasche vollgemacht. Sie würden heute auf das Konto eingezahlt werden, nachdem die Frauen es bekanntgegeben hatten, bei der Kreissparkasse Regen-Viechtach. Die Aktentasche hatte inzwischen sein Anwalt, mitsamt einer Vollmacht, die Einzahlung zu tätigen. Der Anwalt hatte noch eine zweite Tasche. Mit Filmen und Fotos darin, mit Tonbändern, ausgedruckten E-Mails, Computersticks und Reagenzgläsern, mit Spermien, mit Blut, mit Haaren. Alles von Freiern. Gut geeignet für spätere DNA-Proben. Perfektes Beweismaterial.

Lichtinger wusste, die Erpresseraktion brauchte einen Anfang, einen Startschuss, der zugleich ein Warnschuss war. Genau das sollte heute passieren, in zwei Stunden. Den Kongress »Die schweigenden Frauen« hatte der Himmel geschickt. Frauen beenden ihr Schweigen, Frauen übernehmen Verantwortung, Frauen greifen an. Die Kongressplakate mit diesen Schlagzeilen hingen überall in der Stadt. Verschiedene Fernsehsender hatten sich angekündigt. Ein paar Telefonate mit alten Bekannten hatten gereicht, und schon hatte er eine eigene Veranstaltung, 20 Uhr, Raum 23, erster Stock. »Gibt es typisch weibliches Wissen?« lautete die Ankündigung. Das reichte, fand Lichtinger.

Viele Frauen hätten es sein sollen, jetzt waren es nur noch drei, die er erwartete. Und dazu er, die Nonne. Sie hatten sich vor dem Kulturzentrum verabredet, in einer kleinen Kaffeestube. Auch Inge Maler würde kommen. Er hatte sie angefleht, Julias Rolle auf dem Podium zu übernehmen. Inge Maler sollte erzählen, was es hieß, in diesen Zeiten eine Prostituierte zu sein, und wie stark der Wunsch war auszusteigen. Lichtinger hatte im Auto gesessen und gar nicht mehr aufhören können zu heulen, als er sie darum gebeten hatte, »weil sonst die Julia, deine Lebensfreundin, umsonst gestorben ist«.

Bahnhof Isartor. Von hier konnte er zu Fuß zum Kongresszentrum am Gasteig gehen. Als er die Rolltreppe hochfuhr, rauschten die Gedanken durch seinen Kopf. Natürlich gab es viele Leute, die die Aktion mit aller Kraft verhindern wollten. Das musste das Motiv für die Morde sein, natürlich. Aber wer um Himmels willen versorgte die Öffentlichkeit seit Tagen mit Skandalgeschichten und -fotos von prominenten Freiern? Wer vollzog den Plan bereits, den er, Joseph Lichtinger, sich ausgedacht hatte? Wer machte das? Wer steckte dahinter?

Noch knapp zwei Stunden, und dann war irgendwann hoffentlich alles vorbei, dachte er. Hoffentlich? Und was dann? Sein Leben war verpfuscht, unwiderruflich. Die Existenz als Pfarrer? Vernichtet. Sein Fluchtort in Südtirol? Vergiftet. Perspektiven? Keine. Die Lage war derart aussichtslos, dass er ihr schon wieder fast etwas abgewinnen konnte.

Mittwoch, 17 Uhr
München

Der Anruf kam am Nachmittag, kurz nachdem er – seit langer Zeit das erste Mal wieder – eine Tasse Kaffee getrunken hatte. Bis zu diesem Anruf hatte August Maler einen guten Tag gehabt. Am Morgen, nach dem Frühstück, war er mit Inge noch lange am Tisch sitzen geblieben. Sie hatte erzählt von Julia, ihrer geheimen Freundin, von deren Leben als Prostituierter, das sie nie aufgegeben hatte. Inge erklärte auch, warum sie ihm nie von ihr erzählt hatte. Weil sie glaubte, dass er dann versucht hätte, Julia umzustimmen, zu überreden, ein anderes Leben zu führen. Aber genau das hätte bei Julia nicht funktioniert, und dann wäre sie eines Tages gar nicht mehr gekommen. Und auch mit den Kindern, der ganze Umgang wäre so künstlich geworden. Hätte man es den beiden dann nicht auch erzählen müssen?, hatte Inge gefragt.

»Na ja«, hatte Maler gesagt, »ein kleiner Unterschied besteht schon noch zwischen mir und den Kindern.« Dann hatte er gelacht. Er wollte dem Gespräch die Schwere nehmen. Denn er konnte Inge sehr gut verstehen. Er nahm es ihr nicht übel, gar nicht. Was wahrscheinlich auch damit zu tun hatte, dass die bodenlose Angst, die ihn in der Nacht zuvor fast wahnsinnig hatte werden lassen, nur langsam aus seinen Knochen verschwand. Nachdem Inge dann endlich doch irgendwann vor der Tür gestanden hatte. Und sein Verständnis hatte auch mit seiner tiefen Liebe zu tun, die ihm in diesen Stunden so sehr bewusst geworden war. Er war erleichtert, jetzt, wo er nachvollziehen konnte, warum Inge die letzten Tage derart von der Rolle gewesen war. Ihre beste Freundin war gestorben, sie war umgebracht worden.

»Also, ich würde es mal so sagen: Ich habe jetzt ein Geheimnis gut und du erst mal nicht mehr«, hatte er schließlich gesagt.

»Wollen wir nicht sagen, bei jedem dürfen fünf Geheimnisse auffliegen? Und da führe ich jetzt mit eins zu null«, hatte sie geantwortet.

»Meine kleine Lügnerin.« Maler hatte sie in den Arm genommen. Auch die Erklärung für das lange Treffen mit Lichtinger hatte er ihr geglaubt: Der Pfarrer habe mit ihr trauern wollen, gemeinsam, das sei ihm wichtig gewesen. Später sollte sich Kommissar Maler fragen, wie naiv er eigentlich war.

Am späten Vormittag war er noch mit dem Taxi zu seinem Arzt gefahren. Die Werte hatten sich verbessert, vor allem der wichtige Nierenwert. Der Doktor hatte von »nervösen Werten« gesprochen. »Nervöses Leben?«, hatte der Doktor gefragt. Ziel müsse jetzt sein, dass sich alles stabilisiere, nicht einmal so und am nächsten Tag wieder ganz anders.

Und dann am Nachmittag läutete Malers Handy. Gabriel Tretjak war dran. Seine Stimme klang verändert, aber wer weiß, vielleicht lag es auch am schwachen Empfang im Wohnzimmer von Malers Wohnung.

»Wir müssen uns treffen, sofort, so schnell es geht. Vor der Psychiatrie in Haar, vor dem Eingang. In einer Stunde?«, sagte Tretjak. Und er sagte: »Bitte. Es geht um Leben und Tod. Sie müssen mir helfen.«

Dann sagte er noch ein paar Sätze, die in Malers Ohren

wie Befehle klangen. Der Kommissar hörte zu, sagte fast nichts. Er hatte das dringende Gefühl, dass es wirklich wichtig war, keine Zeit zu verlieren durch irgendwelche Nachfragen.

»Okay«, sagte Maler, »in einer Stunde. Alles andere werde ich veranlassen.«

Maler fragte Inge, ob sie ihn fahren könne nach Haar, zur Klinik dort, zum Psychoknast. Inge sagte, ach, das gehe leider nicht, sie habe noch etwas zu erledigen. Maler fragte nicht nach, was denn so dringend sei. Im Grunde war er fast froh. In die Nummer, die jetzt bevorstand, wollte er sie auf keinen Fall hineinziehen. Er rief sich ein Taxi, nicht das Krankenhaustaxi, ein normales. Es dauerte keine zehn Minuten, da stand der Wagen vor der Tür. Inge fragte gar nicht, warum er denn zur Psychiatrie fahre. Wenn er nicht selbst völlig in seine Gedanken versunken gewesen wäre, hätte ihn das wahrscheinlich gewundert.

Wer in München von Haar sprach, meinte nicht den kleinen Vorort im Osten der Stadt. Wer in München sagte, »der kommt nach Haar«, der meinte das riesige Kreiskrankenhaus, das nur ganz spezielle Patienten beherbergte, Leute mit psychischen Problemen, leichteren und schweren, und auch geistig gestörte Menschen, die schwere Straftaten verübt hatten. Das Krankenhaus verteilte sich auf mehrere Gebäude in einer sehr schönen, parkähnlichen Anlage. Das Haus, in dem die Straftäter untergebracht waren, nannte man »die Burg«, wegen des Stacheldrahts am Zaun drum herum, den vergitterten Fenstern, den gesicherten Türen. Hier drin verschwanden Menschen oft für Jahrzehnte und manchmal für den Rest ihres Lebens.

Maler kannte den Chefarzt dort, natürlich; es waren häufig Mörder, die hier einrückten. Sie nannten ihn bei der Mordkommission nur den »Professor Doktor Doktor«, einerseits wegen seiner zahllosen akademischen Titel, aber auch weil er mit seinen verstrubbelten Haaren, die kreuz und quer in den Himmel schossen, dem Klischee des zerstreuten Professors sehr nahekam. Im Taxi rief Maler ihn an. Er bekam ihn sofort an den Apparat.

»Kommissar Maler hier, ich müsste mit einem Kollegen eine Patientin kurz besuchen, jetzt sofort. Ist das in Ordnung?«

»Natürlich«, antwortete der Professor Doktor Doktor.

Gabriel Tretjak hatte Maler vorhin gesagt, wen er in der Psychiatrie treffen wollte. Er hatte es so ausgedrückt: »Ich muss Nora sehen. Ich muss mit ihr sprechen, nur kurz. Es ist lebenswichtig. Sie können das bewerkstelligen, bitte machen Sie das.«

Nora. Sie war nicht einfach nur eine Mörderin. Sie war eine Serienmörderin. Ein Albtraum. Es war der erste Fall gewesen, bei dem Maler mit Tretjak zu tun gehabt hatte. Es ging um Morde, die alle, einer nach dem anderen, mit Tretjak in Verbindung gestanden hatten. Nora war Tretjaks Freundin gewesen, seine Geliebte. Das war ihre Methode gewesen, um in seine Nähe zu kommen, um ihn zu vernichten. Als sehr junges Mädchen war sie verliebt gewesen in ihn, den erwachsenen Mann, und sie hatte sich von ihm zurückgewiesen gefühlt. Ein Hirngespinst, das sich in ihrem Kopf festgesetzt hatte. Tretjak hatte keinerlei Erinnerung an das Mädchen gehabt, und er hatte Nora nicht erkannt, als sie plötzlich wieder aufgetaucht war, unter einem anderen Namen, ausgegeben als Finanzbeamtin. Aus diesem Liebesquatsch hatte sich der vollkommene Wahnsinn entwickelt. Die Frau hatte sich in eine Mordmaschine verwandelt. Maler hatte noch nie einen perverseren Fall zu lösen gehabt. Horror, wohin man blickte.

Als Nora nach dem Prozess in die Psychiatrie gekommen war, hatte sie sich mit einem Speisemesser beide Augen ausgestochen. Warum? Auch das wusste keiner. Seither lebte sie in der Burg, blind. Ohne Aussicht, jemals wieder herauszukommen. Wer sollte auch verantworten, dass diese Frau wieder auf die Gesellschaft losgelassen wurde?

Maler hatte Tretjak nicht gefragt, warum er sie sehen wollte. Er fragte ihn auch jetzt nicht, als er aus dem Taxi ausstieg und ihm die Hand gab. Aber er hatte zur Bedingung gemacht, dass er bei dem Treffen dabei war, auch bei dem Gespräch. Tretjak war sofort einverstanden gewesen.

Gabriel Tretjak sah schlecht aus. Blass, tiefe Augenringe. Als hätte er mehrere Nächte nicht geschlafen.

»Was ist denn mit Ihnen los?«, fragte Maler.

»Mir geht es nicht gut. Ich kann es nicht anders sagen«, antwortete Tretjak.

»Wollen Sie erzählen?«, fragte Maler.

»Nein. Später. Lassen Sie uns erst reingehen.«

Sie betraten den Eingangsbereich. Es ging alles sehr schnell, die Beamten wussten schon Bescheid. Wie in Stadelheim blieb auch hier das Läuten der Sicherheitsschleuse ohne Folgen, als Maler und Tretjak hindurchgingen. Weitergehen, weitergehen, zeigten die Beamten an. Sie gingen durch die Parkanlage, ein paar hundert Meter zu Fuß. Die Sonne schien, die grünen Bäume leuchteten. Es hätte auch eine Idylle sein können.

»Hatten Sie seitdem jemals wieder Kontakt zu Nora?«, fragte Maler.

»Nein. Keinen.« Tretjak schüttelte fast regungslos den Kopf.

»Was wollen Sie von ihr?«

»Bringt jetzt nichts, wenn wir reden«, antwortete Tretjak. »Sie werden es gleich verstehen.«

Den Rest des Weges schwiegen sie. Man konnte wirklich nicht sagen, dass Kommissar Maler etwas geahnt hätte.

Am Eingang der Burg wartete bereits der Professor. Weißer Ärztekittel, zerstrubbelte Haare, alles wie immer. Begrüßung. Maler stellte Tretjak als seinen Kollegen vor.

Dann sagte der Professor: »Die Patientin wird ja gleich abgeholt. Aber jetzt bleibt noch etwas Zeit.«

»Sie wird abgeholt?«, fragte Maler.

»Ich dachte, das wissen Sie, ich dachte, deshalb sind Sie hier?«, sagte der Professor. »Sie wird heute auf einem Kongress sprechen. Ja, in solchen Zeiten leben wir. Die Medien werden sich auf sie stürzen. Die blinde Mörderin redet über die Bibel und darüber, warum sie ein anderer, besserer Mensch geworden ist. Ich weiß gar nicht genau, um was es bei dem Kongress geht. Irgendwas mit Frauen und Verbrechen. Ich war gegen ihren Auftritt dort, aber die Klinikleitung hat mich überstimmt. Na ja.«

Maler fragte Tretjak leise, ob er davon gewusst habe. Tretjak zuckte mit den Achseln. War nicht ersichtlich, was das bedeuten sollte. Sie gingen zwei Treppen nach oben, dann schloss der Professor eine Tür nach der anderen auf.

Der Professor hatte den Ruf, ein großer Zyniker zu sein. Verrückte, gefährliche Menschen werden geläutert und sind plötzlich gesunde, ungefährliche Menschen? Lächerlich. Wenn ein Geist wirklich dramatisch verrücktspielt, dann wird er irgendwann wieder verrücktspielen. Das war seine feste Überzeugung.

»Wie hat sie sich entwickelt, die letzten Jahre?«, fragte Maler, als sie schon auf die letzte Tür zugingen.

Der Professor blieb stehen. »Die erste Zeit war sie für niemanden erreichbar. Sie sprach nicht mit uns. Doch vor ein paar Monaten änderte sich das. Jetzt redet sie mit allen, macht überall mit. Und sie hat die Bibel entdeckt, den lieben Gott. Für mich ja sowieso eine andere Form des Wahnsinns.«

»Halten Sie die Wandlung für glaubhaft?«, fragte Maler.

»Was heißt glaubhaft? Sie hat sich verändert. Da gibt es auch einen Therapeuten von außen, der sie öfters besucht. Scheint einen guten Einfluss zu haben. Ich bleibe misstrauisch, Herr Kommissar, wie immer.«

Tretjak fragte, wie denn der Transport zu dem Prozess vor sich gehen werde.

»Keine Sorge«, antwortete der Professor, »drei Sicherheitsbeamte bringen sie dahin, Handschellen, Fußfessel, da wird nichts passieren. Ich habe nicht vergessen, wer sie ist.«

Der Professor schloss die letzte Tür auf. Er ging einen Schritt in das Zimmer hinein.

»Guten Morgen. Sie haben Besuch von der Polizei. Herr Maler und, wie war noch mal der Name, ach ja, Tretjak, Herr Tretjak.«

Es war ein kleines Zimmer, Bett, Schrank, weiße Wände, ein Waschbecken. Nora saß auf ihrem Bett. Sie hatte kurze Haare, war zierlich, fast so wie früher. Die milchigen Glasaugen gaben ihr die Aura eines Gespenstes.

»Gabriel?«, sagte sie, »bist du es?«

»Ja, ich bin es.« Tretjak trat nach vorn, am Professor vorbei. Dann zog er aus der Innentasche seines Jacketts einen kleinen schwarzen Revolver und schoss zweimal. Zweimal in Noras Herz. Später sollte festgestellt werden: Sie war sofort tot.

Maler schrie.

Tretjak richtete die Waffe auf ihn und den Professor. »Raus hier, sofort.«

Als sie draußen waren, verließ auch er das Zimmer und wies den Professor an, sofort die Tür abzuschließen. »Hier darf niemand mehr rein, verstehen Sie das, niemand.«

Dann nahm er seinen Revolver und drückte ihn Maler in die Hand. »Bitte, Herr Kommissar, verhaften Sie mich.«

Teil 3

Die schweigenden Frauen

1

Es war die Stunde der Antworten. Bruno Tietz war mit der Frühmaschine aus Berlin gekommen und hatte eine größere Runde zu einer Besprechung gebeten. Sie saßen im Konferenzzimmer der Mordkommission im Münchner Polizeipräsidium, dritter Stock, Zimmer 18 C. Man konnte es nicht anders sagen: In diesem Raum waren die Besten zusammengekommen, Experten aus den verschiedensten Fachbereichen, Chemiker, Giftspezialisten, die Datenleute waren da, die freundliche schwäbische Gerichtsmedizinerin natürlich auch. August Maler hatte ebenfalls Platz genommen, Tietz hatte ihn ausdrücklich darum gebeten.

Tietz leitete die Runde als federführender Ermittler, und er erteilte direkt einem Gast das Wort, der durch seine Fähigkeiten und sein enormes Wissen in die weite Welt hinausgetrieben worden war, und zwar in die unwirtlichsten, gefährlichsten Gegenden der Erde. Die letzten Wochen war er viel in Pakistan gewesen, wo es um die Frage gegangen war, ob sich eine Gruppe von Terroristen biologischer Kampfstoffe bemächtigt hatte. Die Zeit davor hatte er in Tschetschenien verbracht, in der Hauptstadt Grosny. Er hatte die kontrollierte, höchst komplizierte Vernichtung verschiedener Labore geleitet, in denen chemisches Höllenzeug hergestellt worden war. Paul Held war sein Name. Er war Oberst der Bundeswehr und hatte Chemie, Biologie und Medizin studiert, jeweils mit akademischem Abschluss. Ende vierzig, Spezialgebiet Terrorismus. Wer einen klassischen Oberst erwartete, mit Uniform und Rangabzeichen, mit streng gescheitelten Haaren und zackigen Bewegungen, musste sich von seinen Erwartungen rasch verabschieden. Paul Held trug Jeans und T-Shirt, die Uniform der Neuzeit, seine dunklen Haare hätten in früheren Jahren den Längen- oder besser Kürzetest bei der Bundeswehr wohl nicht bestanden. Held erhob sich und begann seine Untersuchungsergebnisse zu referieren, mit seiner ruhigen, sympathisch klingenden Stimme, die so gar nicht zu dem Grauen passen wollte, das er zu verkünden hatte.

»Ich will es so formulieren: Ich habe schon viele grausige Sachen in meinem Leben erlebt. Sie können sich gar nicht vorstellen, was in Terroristenhirnen vorgeht. Aber das hier übersteigt doch alles, was ich mir je hätte ausmalen können.« Held machte eine Pause, dann sagte er: »Man hat aus dieser Frau eine biologische Kampfbombe gemacht.«

Er sprach von der in Haar untergebrachten Frau, die von Gabriel Tretjak erschossen worden war. Und er skizzierte in wenigen Sätzen, was geschehen war: Im Mittelpunkt stand der hochgiftige Eiweißstoff Rizin, der aus dem Samen des sogenannten Wunderbaumes aus der Familie der Wolfsmilchgewächse gewonnen wurde. Rizin war ein vielfältig einsetzbarer Stoff, in sehr geringer Dosierung wurde er bei der Krebsbekämpfung verwendet. Doch in konzentrierter Form wirkte er sofort tödlich – und höchst ansteckend. »Ich sage mal: Sie kennen die verheerenden Geschichten vom Ebola-Virus. Die Wirkung von Rizin ist durchaus vergleichbar. Die Menschen haben keine Chance, sie sterben schnell, sehr schnell, durch schwere innere Blutungen.« Schon zwei

Samenkörner führten zum sicheren Tod, erklärte Held. »Diese Frau hatte zum Zeitpunkt ihres Todes mindestens 26 solcher Körner in ihrem Körper. Die ersten Blutungen hatten bereits eingesetzt.«

»Wann, denken Sie, wäre sie gestorben?«, fragte die Gerichtsmedizinerin.

»Wenige Stunden später. Aber das ist nicht der entscheidende Punkt. Die Frau war nicht einfach nur verseucht worden, man hatte sie sozusagen mit einer Art Zeitzünder versehen. Sie hatte die Körner vermutlich etwa 24 Stunden vor ihrem Tod eingenommen, wahrscheinlich in Form von Schokoladenbonbons. Die Körner waren von einer Schicht umgeben, die sich erst nach und nach auflöste. Als sie erschossen wurde, hatte die Frau etwa 39 Grad Fieber. Dies wäre in wenigen Stunden auf 42, 43, 44 Grad angestiegen und hätte zu schwersten Schweißausbrüchen geführt. Normalerweise werden biologische Kampfstoffe versprüht, mit Hilfe von Sprühdosen oder Sprinkleranlagen. In diesem Fall wäre die Frau selbst die Sprinkleranlage gewesen. Durch ihren Schweiß, ihren Atem.«

Bruno Tietz blieb sitzen, als er anfing zu sprechen. »Wir wissen inzwischen ziemlich genau, wie der Plan dieser Mörder ausgesehen hat. Nora wäre gegen 19.00 Uhr im Kongresszentrum im Gasteig eingetroffen. Es standen einige Interviews mit Fernsehsendern auf dem Programm, bei denen sie über ihre Läuterung und ihr Leben als Blinde Auskunft geben sollte. Kurz vor 20 Uhr sollte sie auf dem Podium Platz nehmen. Allgemeine Begrüßung. Um acht sollte sie ihre Rede halten.«

»Man muss sich vorstellen: Jeder Händedruck wäre tödlich gewesen, jegliche Nähe hätte den sicheren Tod bedeutet«, sagte der Oberst.

»Herr Held«, fragte die Gerichtsmedizinerin, »können Sie uns sagen, wie viele Menschen noch vor ihrem Tod von dieser Frau angesteckt wurden und was das bedeutet?«

»Das ist das große Glück. Der Zeitzünder war noch nicht ausgelöst. Die Mitarbeiter auf der Station werden gerade untersucht. Aber wir gehen bislang davon aus, dass niemand angesteckt wurde.«

Günter Bendlin, der Leiter der Münchner Mordkommission, richtete die Frage an seinen Berliner Kollegen Tietz: »Woher kennen wir den Plan, was die Frau alles anrichten sollte, so genau?«

Tietz antwortete: »Wir haben einen Anruf abgefangen, den unser Hauptverdächtiger am Morgen des Kongresstages getätigt hatte. Da hat er ziemlich genau beschrieben, was sie vorhatten. Ich habe euch das vorhin referiert. Außerdem haben wir mehrere E-Mails gefunden, die all das weiter untermauerten. Im Zentrum des geplanten Attentats standen die Frauen, die Prostituierten, die ihre Erklärung abgeben wollten. Und dieser Pfarrer, Joseph Lichtinger. Sie alle sollten ausgelöscht werden. Warum so viele andere Menschen auch noch getötet werden sollten?« Tietz zuckte mit der Schulter. »Keine Ahnung.«

Das Wort »Wir« war im Zusammenhang der abgefangenen Anrufe und Mails nicht ganz richtig, und obwohl Tietz sich nicht gern mit fremden Federn schmückte, ließ er es diesmal unerwähnt. Die Erklärung wäre doch sehr langatmig geworden. Ein Mann namens Mandelbaum hatte die entscheidende Handynummer entschlüsselt, seine Kollegen, die ihre Informationen weiter ins »Weiße Quadrat« nach Amsterdam sandten, waren es, die die E-Mails geknackt und all die anderen Informationen zusammengetragen hatten. Gabriel Tretjak hatte das Material auf einen Computerstick gezogen und diesen August Maler in die Hand gedrückt, wenige Augenblicke, nachdem er Nora erschossen hatte.

Bruno Tietz setzte seine Ausführungen fort. »Unser Hauptverdächtiger ist wohl ein recht alter Mann, wahrscheinlich um die siebzig Jahre, genau wissen wir es nicht, wie wir so vieles nicht genau wissen. Er scheint ein Meister zu sein im Wechseln von Identitäten. Mal gibt er an, Physiker zu sein, mal Mediziner. Wir sind uns relativ sicher, dass er zeitweise den Namen Fritz Huber trug und der dubiosen Organisation »Anima« vorstand, deren Anhänger sich als Wissenschaftskritiker aufspielen, aber in schwere Kriminalfälle verwickelt sind. Der Mann nannte sich zeitweise auch Ivan Puskat, gab vor, Ungar zu sein, und leitete Pharmaunternehmen. Immer wieder taucht dieser Puskat im Zusammenhang mit großen Entwicklungshilfeprojekten in Afrika auf, er ist auch Gründer einer internationalen Ärztevereinigung. Wir vermuten, dass der Verdächtige ebenfalls hinter dem Namen Fritz Karger steckt. Karger hatte die offizielle Leitung des Münchner Kongresses, ist dort aber nie persönlich aufgetaucht. In den Unterlagen wird er als Vorstand eines Blindenvereins geführt. Wir haben nachgeprüft: Diesen Verein gibt es nicht, er besteht nur auf dem Papier.«

»Gibt es Fotos von ihm?«, fragte Maler.

»Nein«, sagte Tietz, »kein einziges. Bislang wenigstens.«

»War er es, der Nora vergiftet hat?«, fragte Maler.

»Davon gehen wir aus. Ein Mann namens Fritz Karger hatte Nora in den letzten Wochen öfters besucht, angeblich zur Vorbereitung des Kongresses. Und er war auch am letzten Tag bei ihr. Alles spricht dafür, dass er es war. Die Leute in der Psychiatrie beschreiben ihn als weißhaarig und hager, von der Ausstrahlung absolut freundlich und vertrauenswürdig, das sagen alle.«

In den nächsten Minuten wurden weitere Fragen diskutiert. Was konnte das Motiv sein für den Giftanschlag? Plausibel erschien einzig die Verbindung zur geplanten Offensive der Prostituierten. Möglicherweise steckte ein mächtiger Freier hinter allem, einer, der mit allen Mitteln eine Offenbarung verhindern wollte. Was taugte die Spur, dass es eine Verbindung gebe zwischen dem deutschen Finanzminister und Karger?

»Vermutlich nicht viel«, sagte Tietz. »Ich habe mit Feldkamp gesprochen, es gibt einen Briefwechsel zwischen ihm und Puskat, also als der Karger noch Ungar war. Puskat wollte mehr Geld für seine Ärzteorganisation, bekam das letztlich aber nicht bewilligt. Aber die sind sich nie begegnet. Klang mir glaubhaft.«

Bruno Tietz fasste nun für die Runde die Ermittlungsergebnisse der letzten Tage zusammen und referierte die großen Linien dieses unheimlichen und verstörenden Falles.

»Wir haben einerseits den Plan einer Gruppe von Prostituierten, ihr Geschäft in ein ganz anderes zu verwandeln«, sagte Tietz. »Wenn Prostituierte ihr Schweigen brechen, wenn sie wirklich sagen, was sie wissen, mit Namen, Orten und allen unappetitlichen Einzelheiten, dann wird es für eine ganze Reihe einflussreicher Männer gefährlich. Der Plan stammt von dem Pfarrer, der sich im Rotlichtmilieu bestens auskannte. Und irgendjemand versuchte, diesen Plan zu durchkreuzen. Mit Morden – und schließlich durch dieses Attentat mit einer menschlichen Bombe. Das ist die eine Linie. Die andere Linie: Zeitgleich bringt jemand genau diese unappetitlichen Informationen schon in die Öffentlichkeit, bevor es zur Erpressung kommen kann. Auch hier wird der Plan durchkreuzt, aber auf andere Weise.« Er machte eine Pause und blickte in die Gesichter, von einem zum anderen. »Sie werden verstehen, dass wir gewisse Schwierigkeiten haben, uns vorzustellen, dass beide Linien zu ein und demselben Verdächtigen führen. Aber genauso sieht es aus.«

Und Tietz rechtfertigte noch einmal die Entscheidung, den ganzen Kongress zu stoppen. Es war eine Entscheidung von wenigen Minuten gewesen. Nach der ersten Sichtung des Materials, das auf Tretjaks Stick gespeichert war, schien klar zu sein, wie ernsthaft der Kongress bedroht war, unabhängig davon, dass Nora dort nicht mehr auftauchen würde. Die sofortige Evakuierung des gesamten Kongresszentrums wurde beschlossen; mehr als tausend Polizeibeamte waren dabei im Einsatz. Man hatte sich damit der Hoffnung beraubt, mögliche Drahtzieher des Attentats auf dem Kongress festzunehmen – indem man zum Beispiel die Podiumsdiskussion durchgeführt und alle Anwesenden in dem Raum festgesetzt hätte. Doch damit hätte man Menschenleben aufs Spiel gesetzt, das Risiko war einfach zu groß. Gab es nach den ersten Verhören anderer Kongressverantwortlicher schon Hinweise, ob sie in das Attentat verstrickt waren? Antwort: nein. Keinerlei Auffälligkeiten bisher.

»Klingt trostlos«, sagte Tietz, »aber bislang haben wir nur den Verdächtigen Fritz Karger, also einen Mann, der ein Phantom ist.«

Als er mit seinen Ausführungen zu Ende war, schob er die leere Kaffeetasse von sich. Jemand streckte den Kopf zur Tür herein und fragte, ob der Konferenzraum wie geplant in fünf Minuten für eine andere Sitzung zur Verfügung stünde. Der Blick von Bruno Tietz ließ den Kopf augenblicklich wieder aus dem Türspalt verschwinden.

Alle, die hier bei der Münchner Mordkommission um den Tisch saßen, beschäftigte vor allem eine Frage, die August

Maler dann auch irgendwann in die Runde warf: »Leute, macht dieser Plan, von dem wir bislang ausgehen, eigentlich wirklich Sinn? Da will jemand ein paar Frauen und einen Pfarrer umbringen und löscht so nebenbei ein ganzes Kulturzentrum aus? Steckt da vielleicht noch eine ganz andere Geschichte dahinter?«

Die Frage war sinnvoll, das wussten alle, aber von welcher Antwort hätte man das ebenfalls behaupten können?

In diesen Moment der Ratlosigkeit meldete sich wieder Paul Held, der Kampfstoffexperte, zu Wort: »Ich bin kein Polizist und will mich nicht einmischen, aber bei der Beschäftigung mit dem Terrorismus habe ich gelernt, dass es bei den Ermittlungen immer um eine Kernfrage geht: Was ist die Botschaft der Tat? Was wollen die Terroristen erreichen? Ich musste lernen, dass es oft das Wichtigste ist, gewissermaßen in das Hirn der Terroristen einzudringen, um nachzuvollziehen, wie die ticken. Erst dieses Verständnis hat oft die Spur zu den Tätern gebracht.«

»Das ist, glaube ich, sehr wahr«, sagte Tietz, »aber in welches Hirn müssen wir da eindringen?«

Die Tür des Konferenzzimmers öffnete sich erneut. Marianne Gebauer, die Sekretärin, berühmt für ihre selbstgebackenen Plätzchen, brachte frischen Kaffee und ein bisschen Gebäck. Einen der Keksteller stellte sie direkt vor Bruno Tietz hin. Es wirkte beinahe selbstvergessen, wie er die ersten Kekse in seinen Mund schob. Dazwischen berichtete er von den konkreten Spuren, die sie gerade verfolgten.

»Die wichtigste Spur kommt von dem Pfarrer Joseph Lichtinger. Unmittelbar nach der Evakuierung hat er sich der Polizei gestellt. Er sitzt in Haft und ist jetzt sehr kooperativ. Er hat uns über seinen Anwalt das gesamte Belastungsmaterial zur Verfügung gestellt. All das, womit er die Freier erpressen wollte – und wir reden da wirklich von den mächtigsten Männern unseres Landes. Mal sehen, was da alles rauskommt. Wir sichten die Unterlagen gerade.«

Maler richtete noch eine Frage an den Oberst Held: »Angenommen, das Attentat wäre geglückt, wie viele Menschen wären wohl gestorben?«

»Sagen wir, im Gasteig befanden sich zu diesem Zeitpunkt etwa tausend Menschen, inklusive der Leute, die dort arbeiten und derer, die gerade in der Bücherei waren. Man muss davon ausgehen, dass es keine Überlebenden gegeben hätte. Dazu wäre im schlimmsten Fall noch einmal eine ähnliche Zahl an Opfern gekommen – Helfer, Polizisten, Krankenhausmitarbeiter, die den vergifteten Menschen hätten helfen wollen.«

»Und wäre dann eine Epidemie in München ausgebrochen?«, fragte Maler.

»Nein, das nicht«, war Helds klare Antwort. »Rizin hat eine sehr kurze Halbwertzeit. Anders als etwa das Ebola-Virus ist Rizin nicht in der Lage, eine Epidemie zu verursachen. Das war nicht die Absicht der Täter.«

»Herr Oberst, wie beurteilen Sie die Tat von Gabriel Tretjak?«, fragte Maler. »Er hat einen Menschen getötet und damit wohl viel Schlimmeres verhindert.«

»Sie wissen, meine Welt ist das Militär«, antwortete Held, »und ganz klar: In meiner Welt würden wir diesem Mann einen Orden verleihen.«

»Moment«, sagte Kommissar Bendlin. »Wir leben immer noch in einem Rechtsstaat, da hat Selbstjustiz keinen Platz, so verständlich sie auch immer sein mag.«

»Selbstjustiz?« Held zog die Augenbrauen hoch. »Haben Sie schon mal einen Menschen sterben sehen, der durch Rizin verseucht wurde?«

Um die Diskussion abzukürzen, sagte Tietz, er habe Tretjak am Morgen mit Genehmigung des Haftrichters freigelassen. »Natürlich muss er sich bei uns melden, und natürlich wird er sich später einem Verfahren stellen müssen. Aber es erschien mir, und auch dem Haftrichter, unpassend, dass dieser Mann hinter Gittern sitzt.«

Es war schon fast Mittag, als Bruno Tietz nach der Sitzung vor dem Münchner Polizeipräsidium stand und mit seinem Berliner Kollegen Fritz Wurm telefonierte. Er arbeitete schon viele Jahre mit Wurm zusammen, aber so deprimiert hatte er ihn noch nie erlebt. Seine Stimme klang, als stünde er auf seiner eigenen Beerdigung.

»Was ist los, Fritz?«, fragte Tietz.

Wurm erzählte von dem Material, das er sich jetzt seit beinahe 16 Stunden nahezu ohne Unterbrechung zu Gemüte führte.

»Es ist so ekelhaft, unvorstellbar. Vor allem die Videos. Ich sag dir, unsere Wirtschaftsführer, das sind die Allerletzten.« Er berichtete von Prügelorgien, Vergewaltigungen. »Du kennst doch den Markus Schlotter?«

»Den Autoboss?«, fragte Tietz.

»Ja, genau. Der zum Beispiel pisst den Frauen gerne in den Mund. Das macht er am liebsten, wenn sie ans Bett gefesselt sind.«

Tietz überlegte einen Moment. »Bestell all diese Herrn zu uns in Präsidium, einen nach dem anderen. Wir schauen uns die Filme noch mal mit denen zusammen an.« Er beendete das Gespräch und holte tief Luft.

Plötzlich stand August Maler neben ihm. »Wann fliegst du zurück nach Berlin?«

»Heute Abend«, sagte Tietz. »Und was machst du?«

»Ich warte hier auf mein Taxi. Muss wieder zu einem Arzt.«

»Wie geht's Inge?«, fragte Tietz.

»Okay.«

»Was für ein Glück, dass ihr nichts passiert ist. Lass uns da irgendwann mal drauf anstoßen.«

Maler nickte.

2

Das kleine Hotel »Maison de la Madonne« in dem Dorf Peillon lag am Ortseingang, dort, wo die schmale gewundene Straße endete, die von Nizza heraufkam. Ein Platz war hier angelegt worden, damit ein paar Autos abgestellt werden konnten und die Lieferanten Gelegenheit zum Wenden ihrer Lastfahrzeuge hatten. Von hier aus war der Ort mit den schmalen Gassen und den Häusern, die wie aneinandergeklebte Türme wirkten, nur noch zu Fuß zu erschließen.

Der Geschäftsführer des Hotels war ein junger Mann, der in einem gutgeschnittenen Anzug und einem taillierten weißen Hemd steckte. Alles an ihm war überaus gepflegt, und sein ganzer Körper stand unter einer fast fühlbaren Spannung. Gabriel Tretjak war dieser Sorte junger Manager oft begegnet. Der Mann war nicht hier, weil er den Ort mochte oder dieses Haus. Das kleine, aber teure Hotel war seine Startrampe in die Welt hinaus, der Beginn seiner Karriere, die ihn in große Unternehmen führen würde, wo er sich schon im Vorstand sah, mit eigenem Fahrer. Tretjak hatte sich den Namen des Mannes nicht gemerkt, ihn allerdings sofort an Ehud Mandelbaum gemailt – mit einem Dringlichkeitszeichen. Jetzt saß er dem Geschäftsführer auf der kleinen Terrasse gegenüber, die sich direkt neben dem Eingang des Hauses befand und einen Blick über das Tal bis zum

Meer eröffnete. Es war ein sonniger, fast schon heißer Nachmittag. Die Pflanzen dufteten, das Licht flimmerte, die Menschen legten eine Geschäftigkeit an den Tag, an der man die herannahende Hochsaison ablesen konnte.

»Tut mir leid«, sagte der Manager jetzt noch einmal und lächelte dabei sehr höflich. »Sie können die Besitzerin nicht sprechen. Sie müssen mit mir vorliebnehmen.«

Gabriel Tretjak las mit einem Seitenblick auf sein Telefon die Antwort von Ehud Mandelbaum und fragte: »Ist sie nicht hier? Vielleicht können Sie mir sagen, wo sie ist?«

»Tut mir leid. Wie ich schon sagte«, insistierte der gutgeschnittene Anzug. »Ich bin nicht befugt, Ihnen Auskunft darüber zu geben. Bitte respektieren Sie das.«

Mandelbaum schrieb, dass der Mann im Internet wette, ziemlich hohe Beträge. Fußballspiele, in ganz Europa. Das war seine Schwachstelle. *Er hat auch ein paar Kredite bei unangenehmen Leuten laufen*, war der letzte Satz der SMS. Gabriel Tretjak dachte an seinen toten Bruder, das Bild seines ramponierten Gesichtes. Und er dachte an den Moment, als die Frau, die er einmal geliebt hatte, tot vor ihm zusammengebrochen war, einen Strahl giftigen Blutes spuckend. Er dachte an Carola, an Hongkong, und wie weit weg das neue Leben noch war. Dann setzte er das freundlichste Gesicht auf, zu dem er fähig war, beugte sich nach vorn und sagte leise in dem ordinärsten Französisch, zu dem er fähig war: »Hör zu, du kleines Arschloch. Du wirst jetzt tun, was ich will – oder ich werde dir zuerst deine Nase brechen und danach deine Wettkarriere an die ganz große Glocke hängen. Dann findest du nicht mal mehr einen Job als Tankwart an einer Umgehungsstraße.« Bei diesem Satz stand er auf und ließ seinen Blick demonstrativ langsam über das Tal schweifen. Dann sagte er, jetzt wieder in klarem, höflichem

Französisch: »Hübsch ist es hier. Ich werde zehn Minuten durch den Ort spazieren. Wenn ich zurückkomme, können Sie mir sicher weiterhelfen.«

Die Gassen von Peillon lagen im Schatten, die Schritte hallten mit einem angenehmen Klang zwischen den Mauern. Gabriel Tretjak begegnete nur wenigen Menschen. »Warum setzt du dich nicht einfach in ein Flugzeug und kommst?«, hatte Carola am Telefon gefragt, als er das Untersuchungsgefängnis verlassen hatte. »Lass das alles hinter dir, Gabriel. Es ist doch vorbei.«

Schmetterling 126. Tätowiert auf tote Haut. Diese Botschaft war noch nicht entschlüsselt. Und man konnte sie nicht durch Entfernung auslöschen, auch wenn es sich um ein paar tausend Kilometer handelte. War nicht ausgerechnet dieser Schmetterling im wirklichen Leben in der Lage, solche Distanzen zurückzulegen? Die Ironie des Schicksals, dachte Tretjak. Er spürte die Gefahr, die vom Schmetterling 126 ausging, beinahe körperlich, er wusste, dass hier etwas noch nicht zu Ende war.

Jede Nacht träumte er von Luca. Im Gefängnis hatte er fast nur geschlafen, sogar tagsüber. Jedenfalls kam es ihm jetzt rückblickend so vor. Geschlafen und von Luca geträumt, eingerollt in die Decke auf dem Bett. Sein Körper und seine Seele hatten sich angefühlt wie ein Stück Holz, wie ein faseriges, nasses Stück Holz. An einem dieser Tage hatte Carola plötzlich im Besucherraum gesessen, aus Hongkong gekommen. Eine Stunde lang hatte sie versucht, sich mit einem faserigen, nassen Stück Holz zu unterhalten. Schließlich war sie mit Tränen in den Augen aufgestanden und gegangen. Später hatte man ihm einen Brief gebracht, in dem sie geschrieben hatte, dass sie zurückgeflogen war.

An einem anderen dieser Tage hatte sein Freund und Therapeut Stefan Treysa auf demselben Stuhl gesessen. Er hatte etwas von Schockzustand gesagt und von benötigten Medikamenten, er hatte davon geredet, dass er mit dem zuständigen Arzt sprechen wolle. Und er hatte Tretjak das Versprechen abgenommen, dass er sofort zu ihm kommen würde, wenn er wieder frei war.

Als Tretjak schon wieder auf dem Rückweg zum »Maison de la Madonne« war, kam er an einem kleinen Laden vorbei, der handbemalte Töpferware ausstellte. Hässliche Hausfrauenkunst, dachte er, als er die viel zu vollen Regale musterte. Aber in einer Ecke des Ladens, auf einem kleinen Podest, sah er eine Statue aus alter Bronze, die so gar nicht zu den übrigen Dingen im Laden passte. Eine Frauenfigur war es, nicht größer als dreißig Zentimeter, eine liegende, vielleicht schlafende, nackte Frau. Ruhe strahlte diese Frau aus, Geborgenheit in der Welt.

»Nein, die ist nicht zu verkaufen«, sagte die Dame, die den Laden führte und offensichtlich auch die Töpferin war. »Die gehört mir und ist nur Dekoration.«

Aber als Tretjak den Laden verließ, hatte er die Figur in Seidenpapier eingewickelt unterm Arm. Sollte er wirklich je in Hongkong in seinem neuen Leben ankommen, würde er sie Carola schenken.

Der eifrige Geschäftsführer des Hotels wirkte etwas blasser als vorhin, vielleicht lag das aber auch daran, dass er jetzt im hellen Sonnenlicht stand und schon vor dem Eingang auf Tretjak wartete.

»Madame Michaela ist wirklich nicht hier, sie ist verreist, schon seit einigen Tagen«, sagte er. »Ich kann sie nicht erreichen. Ich habe nur die Nummer eines französischen

Handys, aber das liegt auf ihrem Schreibtisch, wie ich gerade festgestellt habe.« Er war nervös und etwas hektisch. Plötzlich konnte man sich den süchtigen Wetter gut vorstellen. »Aber bitte folgen Sie mir, Monsieur Tretjak.«

Er ging voraus in das kleine Foyer und stieg gleich linker Hand eine breite Holztreppe nach oben in das erste und einzige Stockwerk des Hauses. Tretjak folgte ihm einen längeren Gang entlang, von dem zu beiden Seiten nummerierte Türen abgingen. Der Boden des Ganges war mit schweren Eichendielen ausgelegt, auf denen geschmackvolle Teppichläufer lagen. Die Türen zu den Hotelzimmern waren in einer matten Cremefarbe gestrichen. Am Ende des Ganges blieb der Mann vor der Tür mit der Nummer 14 stehen.

Das menschliche Gehirn mochte keine Überraschungen, das wusste Tretjak zu gut. Überraschungen lähmten das Gehirn vorübergehend, wertvolle Sekunden gingen verloren. Es hatte immer zum Handwerkzeug des Reglers gehört, sich diese Tatsache zunutze zu machen. Und es hatte immer zum Rüstzeug des Reglers gehört, sich selbst eben nicht überraschen zu lassen. Wertvolle Sekunden wurden dadurch gewonnen. Man konnte das trainieren, die Kühle, die Gelassenheit. An diesem Nachmittag, in dem kleinen Gebirgsort an der Côte d'Azur, vor einer Holztür mit der Nummer 14, wurde Tretjaks Gehirn für ein paar Sekunden außer Gefecht gesetzt.

Weil der Geschäftsführer sagte: »Hier wohnt Madame Michaelas Mutter. Vielleicht kann sie Ihnen weiterhelfen.« Er zögerte kurz, bevor er fortfuhr. »Aber wahrscheinlich ist sie schon …«, er sah auf seine Uhr, »wie soll ich sagen … nicht mehr in bester Verfassung … Aber bitte.« Er klopfte fest an die Tür, wartete nicht auf eine Antwort von drinnen, sondern öffnete sie und trat zur Seite, um Tretjak vorbeizulassen.

Tretjak betrat ein großes Eckzimmer mit zwei Türen zum Balkon. Aber alle Fenster- und Türläden waren geschlossen, es war dunkel in dem Zimmer, nur neben dem Bett an der hinteren Wand brannte eine Stehlampe mit einem Schirm aus geblümtem Stoff. In der Fensterecke des Raumes standen zwei Korbsessel, dazwischen ein kleiner Tisch mit einer Glasplatte und einem silbernen Weinkühler darauf. In einem der Sessel saß Michaelas Mutter.

»Komm nur, Gabriel«, sagte sie in ihrem breiten Südtiroler Akzent. »Lange nicht g'sehn.«

Die Zeit ist manchmal rund, dachte Gabriel Tretjak, und manchmal ist sie kantig und gerade. Jedenfalls in Gesichtern und Körpern von Menschen. Wie viele Jahre waren vergangen, seit er diese Frau gesehen hatte? Die Frau, die immer nur die Nachbarin genannt wurde, sogar von dem Mann, der heimlich seinen Schwanz in sie hineinbohrte.

Jetzt saß sie dort in dem Sessel, sah fast genauso aus wie damals. Sie trug ein dunkelblaues Kleid, es hätte auch die blaue Bauernschürze sein können. Die Jahre hatten an dieser Person nur Kanten gezeichnet, Kanten und Geraden. Nichts Rundes, nichts Weiches. Das Kinn war knochiger, die Falten um ihren Mund schärfer. Die Schultern unter dem Kleid verliefen waagrecht und unerbittlich wie der Querbalken eines Kreuzes.

»Du suchst die Michaela«, sagte sie. »Warum?«

Die Tür des Zimmers war wieder zu. Sie waren allein. Tretjak setzte sich in den anderen Sessel. Die Fenster vor den geschlossenen Läden waren offen. Von unten hörte man, wie Getränkekisten verladen wurden. Eine Wanduhr aus dunklem Mahagoni schlug dreimal. Drei Uhr.

Es gab keine universelle Zeit, dachte Tretjak. Es gab nur Eigenzeiten. Relativitätstheorie. Auch die Nachbarin hatte ihre Eigenzeit. Je schneller man sich bewegte, desto langsamer verging die Zeit aus der Sicht des anderen. Hatte sich diese Frau irgendwie bewegt in ihrem Leben? Und er selbst? Wohin hatte er sich bewegt seit damals in der kleinen Kammer? Luca? Bist du hier? Heute Nacht war der Traum von Luca schrecklich gewesen. Wie ein räudiger Penner war er an seinem Bett erschienen, unrasiert, schmutzig, böse, vorwurfsvoll. Tretjak war mit Herzrasen hochgeschreckt und hatte danach zwei Schlaftabletten genommen.

»Michaela hatte eine Schwester«, sagte er.

So begann diese Begegnung, in deren Verlauf die Uhr noch oft schlagen und sich die Wahrheit von Mutzenkreuz im Zimmer ausbreiten sollte wie ein schlechter Geruch.

Tretjak bemerkte nicht gleich, dass die Frau betrunken war. Keine Anzeichen in der Sprache, keine Anzeichen in ihren Bewegungen. Es war eine andere Fabrik, in der diese Menschen gemacht wurden.

»Jeden Morgen stellen sie mir die Flaschen hin«, sagte sie, als sie zwischendurch eine neue Weißweinflasche öffnete und sich einschenkte. »Ich hab schon gedacht, die Michaela will, dass ich mich totsaufe.«

Vielleicht war es der Alkohol, der sie gesprächig machte, dachte Tretjak, aber vielleicht hatte sie auch einfach keinen Grund mehr, irgendetwas zu verbergen.

»Am Anfang haben wir ja gedacht, dass das eine Mädl bald stirbt, das kranke Mädl«, sagte sie. »das haben die Ärzte auch g'sagt. So hat's angefangen. Wir wollten das Gerede nicht. Erst Zwillinge, dann eins krank, dann eins tot … Wir haben gedacht, das machen wir ohne Aufhebens. Aber die ist nicht gestorben, die Kleine. Dann haben wir eben beide g'habt, in dem einen Zimmer und nur mit dem einen Namen.«

Sie sprach in einem unbeteiligten Ton, als ginge es nicht um sie selbst, sondern um eine fremde Person, um fremde Kinder, eine fremde Familie. Und die Worte und Sätze, die sie wählte – oder sollte man besser sagen: die aus ihr herauskamen –, erweckten den Eindruck, als hätte keiner der Menschen jemals ihre Sympathie besessen, damals nicht, heute nicht, einschließlich der Person, die sie selbst war.

»Als sie klein waren, Babys, da ist es gutgegangen, aber dann ist es immer schwieriger g'wordn. Es durfte immer nur eine raus, und immer, fast immer nur mit der Maske. Und die eine ist immer kränker g'wordn und die andere immer schöner.«

Die Wahrheit von Mutzenkreuz. Die Tragödie der beiden Schwestern, der Zwillinge: durch eine Laune des Schicksals unterschiedlich, durch die Dummheit der Eltern aneinandergekettet wie durch einen Fluch, eingesperrt in einem armseligen Zuhause zwischen ein paar Hühnern und zwei Kühen mitten im Wald. »Prinzessin«, so nannte die Mutter das kranke Kind. »Michaela« war das andere Mädchen.

»Aber der Hans, den hat diese Krankheit ganz kaputtg'macht, der konnte das Mädl nicht mal anschauen, hat bald schon nix mehr mit ihm geredet. Der Hans hat immer zur Michaela g'sagt: ›Die wirkliche Prinzessin bist ja du. Meine Prinzessin‹, hat er immer g'sagt. Jede Nacht haben sich die beiden an der Kirche getroffen, immer um drei, und dann hat er solche Sachen zu ihr g'sagt.«

Tretjak rührte den Wein nicht an, aber er holte die kleine Dose mit den Tavor-Tabletten hervor. Er dachte an die Rückseite des Eselsposters, an seinen Plan, seine Aufzeichnungen. Alles war falsch gewesen. Das Mädchen an der Kirche war das gesunde Mädchen gewesen. Die kranke Michaela hatte ihn dort hinbestellt, weil er begreifen sollte. Sie hatte ihm am Nachmittag ihr krankes Gesicht gezeigt, und in der Nacht sollte er das unversehrte Gesicht sehen. Wir sind zwei, das hatte er begreifen sollen.

»Ja, der Hans. G'macht hat er nix Böses mit der Michaela, aber was er zu ihr g'sagt hat, war oft unanständig, g'schämt hab ich mich.«

Sie war also auch oft nachts bei der Kirche gewesen, dachte Tretjak. Er spürte, dass ihm übel wurde, und verließ das Zimmer. Im Gang gab es auch eine Toilette. Er übergab sich, trank Wasser und nahm zwei Tavor.

Als er zurückkam, saß die Nachbarin aus Mutzenkreuz in exakt derselben Haltung auf ihrem Stuhl. In gleichgültigem Ton fragte sie: »Woher weißt du das überhaupt? Dass die Michaela eine Schwester g'habt hat?«

»Von der Nanni«, antwortete Tretjak.

»Von der Nanni, so, so«, sagte sie. »Von der falschen Katz. Hat der Martin halt den Mund nicht halten können.«

»Martin ist tot«, sagte Tretjak.

»So?«, sagte sie, mehr nicht, und zuckte die Achseln.

Später, als es schon dunkel war draußen, klopfte es an der Tür. Der Geschäftsführer streckte den Kopf herein und fragte, ob sie etwas zu essen wünschten. Als keiner von beiden antwortete, verschwand er wieder.

Nur einmal, so schien es Tretjak, zeigte die Frau auf dem Korbsessel so etwas wie eine Regung. »Welche Michaela habt ihr nachts verscharrt?«, war seine Frage gewesen. »Und wie ist sie gestorben?« Da drückte sie plötzlich den Rücken durch, als hätte sie etwas getroffen von hinten, ein Schlag. Und ihr Mund begann zu kauen. Eine ganze Weile ging das so, ehe sie schließlich wieder sprach.

»Die Mädl haben sich nicht g'mocht. Schon als sie noch

klein waren, vier oder fünf, haben wir die Michaela mal erwischt, wie sie der kranken Prinzessin das Kissen aufs Gesicht gedrückt hat. Und später hat sie's dann halt noch mal g'macht.«

Die Wahrheit von Mutzenkreuz. Es musste kurz nach Tretjaks erster Nacht an der Kirche gewesen sein, als das kranke Mädchen von seiner Zwillingsschwester getötet worden war. Danach hatte er es nur noch mit der gesunden Michaela zu tun gehabt. Die weiße Maske hatte keine kranke Haut mehr verborgen, sondern ein Verbrechen.

»Wann hast du Michaela wiedergefunden?«, fragte Tretjak. »Seit wann wohnst du hier?

»Nicht lange, paar Tage, vielleicht auch Wochen«, sagte sie. »Ich hab nie was von ihr gewusst. Hab oft gedacht, die ist tot, die Michaela. Und dann hat wer in einem Gasthaus, wo ich gearbeitet hab, von einer erzählt, die immer nachts um drei zur Kirche geht. Den hab ich g'fragt, wo das ist, und dann bin ich hierhergefahren.«

Tretjak folgte ihrem Blick zum Bett und sah dort am Fußboden einen kleinen schäbigen Rucksack liegen.

»Und wo ist Michaela jetzt?«, fragte er.

»Ich weiß es nicht«, sagte ihre Mutter. »Fort ist sie. Muss noch was erledigen, hat sie g'sagt. Sie redet ja nix. Mit mir redet sie ja nix. War schon immer so.«

Als Tretjak unten das Foyer durchquerte und draußen zu seinem Wagen ging, war von dem nervösen Geschäftsführer nichts zu sehen. Über die Silhouette der Dächer von Peillon und der Berge spannte sich ein klarer, schwarzer Sternenhimmel. Tretjak überlegte kurz, ob er noch einmal zurück zum Hotel gehen und nach einem Fernglas fragen sollte, das man ihm leihen könnte. Das Weltall hatte ihm schon oft in seinem Leben dabei geholfen, eine schwierige Nacht zu überstehen. Aber dann stieg er doch in den Citroën, den er am Morgen am Flughafen in Nizza gemietet hatte. Langsam ließ er den Wagen die Serpentinen hinunterrollen. Die Nachbarin aus Mutzenkreuz hatte ihm erzählt, dass sie den ganzen Weg vom Meer aus zu Fuß hier hochgelaufen war.

3

Sie dachte daran, wie dankbar sie ihm war. Wie dankbar sie ihm sein *musste*. Wo wäre sie ohne ihn? Was wäre sie ohne ihn? Sie kannte keine Frau, die von einem Mann so durch ihr Leben geführt worden war.

Aber sie dachte auch daran, dass sie immer Angst vor ihm gehabt hatte. Nicht, weil er ein mächtiger Mann war, sondern weil er so kalt sein konnte, dass alles Lebendige in seiner Nähe erlosch. Sie hatte mal einen Artikel über den absoluten Gefrierpunkt gelesen, minus 273 Grad Celsius. Kälter ging es nicht mehr, wurde da erklärt, weil bei minus 273 Grad jede Bewegung, auch die Bewegung der Moleküle, ein Ende hatte. Schon damals hatte sie dabei an ihn denken müssen.

Sie wusste einfach nicht, wie er darauf reagieren würde, dass sein Leben sich dem Ende zuneigte, dass die Zeit großer Pläne vorbei war. Sie wusste nicht, was passieren würde, wenn er wirklich begriff, dass er keine Macht mehr hatte, dass die Menschen nicht mehr wie Marionetten an seinen Fäden hingen.

Sie saß in einem asiatischen Lokal in Berlin. Es war ein großer Raum mit vergleichsweise wenigen Tischen. Alles hier war anthrazitfarben, die Tische, die Bänke davor, die Wände. Von den Decken hingen sechs riesige Kronleuchter, dunkelrot lackiert. So rot wie das Thunfisch-Sashimi, das vor ihr auf einem anthrazitfarbenen Teller angeordnet war wie eine geometrische Figur. Es war kurz nach acht Uhr abends.

Alles hatte er ihr ermöglicht: teure Hotels, wundervolle Reisen, Sprachschulen …

»Frau Anna Weiß?« Ein japanischer Kellner in einer anthrazitfarbenen Uniform war an ihren Tisch getreten.

»Ja«, sagte sie, »das bin ich.«

»Ein Telefongespräch für Sie. Scheint dringend zu sein«, sagte der Kellner.

Sie nahm ihm das Telefon ab, hielt es an ihr Ohr und sagte: »Ja?«

Seine Stimme.

»Ich kann dich auf dem Handy nicht erreichen. Setz dich ins Auto und komm her, sofort.«

Sie wollte etwas sagen, aber er hatte schon aufgelegt. Sie dachte daran, wie dankbar sie ihm war, wie dankbar sie ihm sein musste. Gab es eine andere Möglichkeit, um ihre Aggression in den Griff zu kriegen?

O ja, die gab es. Sie winkte dem Kellner.

»Ich hätte gern ein Glas Domaine Ott, bitte«, sagte sie.

»Domaine Ott können wir nur als ganze Flasche anbieten«, sagte der Kellner mit Bedauern in seinem Gesichtsausdruck und in seiner Stimme.

»Das ist mir klar«, sagte sie. »Öffnen Sie eine Flasche, setzen Sie sie auf meine Rechnung, und servieren Sie mir bitte ein Glas.«

Domaine Ott war der beste Rosé der Welt, fand sie. Sie hatte ihn erst vor kurzem kennengelernt. Schon die elegante Form seiner Flasche konnte ihre Laune heben. Sie würde erst zu Ende essen. Sie würde nicht nervös werden. Sie würde das Glas Wein trinken. In aller Ruhe. Und vielleicht noch einen Kaffee. Mal sehen. Dann erst würde sie die Rechnung verlangen. Und schließlich im Wagen die Taste 10 drücken, das war der Weg zu ihm im Navigationssystem. Nicht dass sie den Weg zu dem Haus auf dem Land nicht auswendig wusste. Aber sie drückte trotzdem immer die Taste 10.

Seine Stimme hatte nicht gut geklungen. Wie würde er darauf reagieren, dass alles schiefgegangen war? Auch sie hatte versagt, auch sie hatte ihn enttäuscht. So würde er es sehen. Wie würde er darauf reagieren? War ihm noch bewusst, wer sie war? Dass er nicht zu viel von ihr erwarten konnte?

Setz dich ins Auto … Minus 273 Grad.

Der Kellner öffnete die Flasche an ihrem Tisch, ließ sie probieren und schenkte ihr ein. Er würde sich gleich wundern, wenn er bemerkte, dass diese Anna Weiß plötzlich gegangen war, das halbe Sashimi noch auf dem Teller. Das Glas Wein wenigstens würde leer sein, und ein paar Geldscheine würden unter dem Glas klemmen.

4

Der alte Mann lag auf seinem Sofa im dunklen Wohnzimmer und blickte durch die große Scheibe auf die Weite des Landes. Seine Augen hatten sich schon an die Dunkelheit gewöhnt, die Pupillen waren geweitet. Er konnte den Wald sehen, die Übergänge zu den Wiesen, die Linie des Horizontes.

Er hatte sich heute für einen besonderen Genuss entschieden, keinen Whisky, keine Zigarre. Er hatte sich ein Anästhesiemittel injiziert, Demerol. Man schlief kurz ein, fühlte sich aber danach wie neu, als gäbe es nichts in der Welt, das einen nervös machen konnte. Michael Jacksons Tod hatte diesen Stoff berühmt gemacht. Der alte Mann lächelte. Schlimmer Dilettant, dieser Arzt. Wie hatte sich ein Mann wie Jackson in die Hände eines solchen Idioten begeben können?

Der alte Mann sah die Injektion als Belohnung für einen guten Tag, den ersten guten Tag seit dem Desaster mit dem Kongress. Er hatte heute mit Hongkong telefoniert, die neue Lage besprochen, einen neuen, guten Plan gemacht.

Als er aus dem Dämmerzustand nach der Injektion aufgewacht war, hatte er gleich zum Telefon gegriffen. »Komm sofort.« Er wusste, dass er damit ihre Stimmung ruiniert hatte. Er wusste genau, was sie fühlte und dachte. Er war zu alt, um solche Dinge nicht zu wissen. Aber sie mussten handeln. Und sie musste begreifen, dass sein Ende auch ihr Ende sein würde. Er hatte sie immer behandelt, wie ein Vater seine Tochter behandelt. Durch sie war er damals überhaupt auf Tretjak aufmerksam geworden. Weil sie alles erzählt hatte, ihre ganze Geschichte. Armes Mädchen, dachte er und lächelte still vor sich hin, hatte jemanden zum Reden gebraucht … Frauen, da war er sicher, täten besser daran zu schweigen. Schweigende Frauen kamen weiter im Leben. Und sie lebten sicherer. O ja, sie lebten sicherer.

Der Blick von seinem Wohnzimmer gefiel ihm, weil man manchmal Rehe sehen konnte. War das überhaupt sein Wohnzimmer? Hatte er das Haus gekauft oder gemietet? Vergessen.

Dieses Brandenburg war ein Scheißland, dachte er. Flach, menschenleer, langweilig. Außer den Rehen. Es gab unglaublich viele Rehe. Und man konnte sie überall sehen. Sie standen in großen Gruppen am Waldrand oder plötzlich einzeln auf einem Feld. Große Rehe, kleine Rehe, hellbraune Rehe, dunkelbraune und graue. Wenn er Rehe sah, war er immer gerührt. Er wusste nicht, woran das lag, war auch gleichgültig. Jedenfalls hätte er nicht zum Jäger getaugt, dachte er.

So lag er auf seinem Sofa im dunklen Wohnzimmer, genoss das Gefühl, das er sich in die Adern injiziert hatte, und versuchte, draußen Rehe zu sehen, als es klingelte.

Mit einer Fernbedienung betätigte er den Türöffner. Er hörte ihre Schritte, im Flur ging das Licht an, schließlich stand sie vor ihm.

»Warum liegst du hier im Dunkeln?«, fragte sie.

»Hallo, Michaela«, sagte er.

5

Es war dieses eine Wort, das alles veränderte, das alles klarwerden ließ. Und es gehörten einige glückliche Umstände dazu, dass dieses Schlüsselwort August Maler erreichte, den Einzigen, der es richtig einordnen konnte.

Walter Nagl hatte eigentlich Polizist werden wollen, er hatte nicht zu dieser Spezialeinheit gewollt. Aber irgendwie hatte die Karriere bei der Polizei gestockt, Personenschutz, Streife fahren, das wären seine Möglichkeiten gewesen, irgendwie alles nichts für ihn. Das Einzige, was ihm richtig gut gefallen hatte, waren die vier Wochen bei der Mordkommission gewesen. Bei Kommissar Maler. Das hatte tatsächlich etwas mit der Polizeiarbeit zu tun gehabt, die er aus dem Fernsehen kannte. Er mochte die ruhige, nachdenkliche Art von Maler. Es waren schöne Wochen gewesen, als er im Schlepptau des Kommissars hatte mitlaufen dürfen.

Der große Nachteil seines Jobs in der Abteilung Biologische Kampfstoffe bestand darin, dass er oft ganze Tage nicht aus seinem gelben Ganzkörperanzug samt Helm und Schutzbrille herauskam. Der Anzug bestand aus einem speziellen Gummi, durch das nichts, gar nichts durchdringen konnte. Unendlich warm war es da drin, schrecklich warm. Nagl hasste es, ohne Unterlass zu schwitzen. Im Grunde prägte das seinen Alltag wie nichts sonst: schwitzen.

Sie waren drei Männer in gelben Anzügen, in die sie sich in ihrem Einsatzwagen vor dem vergitterten Haus im Klinikum Haar hineingezwängt hatten. Ihre Aufgabe war klar beschrieben: Sie sollten in einem Patientenzimmer alles entsorgen, alles vernichten, und am Ende sollten sie das leere Zimmer desinfizieren und versiegeln. Nagl leitete den Einsatz, und er wusste, um was es ging, er kannte die dramatischen Ereignisse, die in diesem Zimmer passiert waren. Eine mit Rizin verseuchte Frau war hier erschossen worden.

Ihr Entsorgungsauftrag beinhaltete keinerlei Feinarbeit, sie hatten nun wirklich nicht die Zeit, sich genau anzuschauen, was sie da alles in die gelben Gummisäcke packten. Wenn das kleine schwarze Gerät irgendwo im Zimmer gelegen hätte, hätte es seine Aufmerksamkeit vermutlich nicht geweckt, aber das kleine Ding lag unter dem Kopfkissen. Ein Diktiergerät. Nagl erkannte es sofort, denn er hatte ein ähnliches Gerät zu Hause. Er spielte in einer Band, einer Rockband, er war der Sänger und der Texter der eigenen Songs. Manchmal ging er am Wochenende spazieren, und wenn ihm eine Zeile einfiel, dann sprach er sie in sein Aufnahmegerät. Was war es wohl, was diese Frau auf ihr Gerät gesprochen hatte? Dieser Gedanke war letztlich der Grund, dass Nagl das Ding in eine Folientüte packte und mitnahm. Es vergingen noch 36 Stunden, weil er so im Einsatz war, im Job und mit seiner Band, aber dann hörte er die Memos ab, 47 an der Zahl, alle nur ein, zwei Minuten lang. Die Stimme der Frau war gut zu verstehen, nur ein bisschen dumpf klang sie, abgedämpft durch die hermetisch abdichtende Folie.

Ein bisschen später rief Nagl bei August Maler an. Er erzählte ihm von dem Aufnahmegerät. »Eine Art Tagebuch, viel wirres Zeug«, sagte er, »aber dann war doch eines auffallend, sie sprach dauernd von einer Person, immer wieder, andere Menschen wurden nicht erwähnt, nur dieser eine.«

»Und wer war dieser Mensch?«, fragte Maler.

»Ihr Vater. Es ging nur über den Vater.«

»Der ist tot, der Vater. Schon lange. Aber so ist das manchmal. Väter wird man nie los, auch wenn sie schon lange unter der Erde sind«, sagte Maler.

»Tot? Nee, nix tot. Der Papa, der lebt, ganz bestimmt. Der Papa hat sie auch besucht, ›es war schön mit dem Papa gestern‹, solche Sachen sagte sie immer. Mit dem Papa ist alles toll. Der Papa war ihr Held, das steht fest«, sagte Nagl und fügte hinzu: »Wahrscheinlich ist es nicht wichtig, aber ich wollte, dass Sie das wissen.«

Doch, es war wichtig. Sehr wichtig. »Papa.« Das war das entscheidende Wort.

Das Schlüsselwort löste verschiedene Reaktionen aus. Die erste lief im Hirn von August Maler ab. In Sekundenschnelle wurde ein Bild nach dem anderen produziert, eine Erinnerung folgte der nächsten. Erste Erinnerung: Ein alter Geheimdienstmann hatte ihn damals auf die Fährte von Martin Krabbe gesetzt. Er hatte gesagt, wenn Sie etwas über Gabriel Tretjak wissen wollen, gehen Sie zu Krabbe. Der sei so eine Art Lehrmeister für ihn. »Doktor Krabbe« hatte ihn dieser Geheimdienstler genannt, weil er von Beruf Arzt war. »Nützt ihm jetzt auch nichts mehr«, hatte er hinzugefügt, »Krabbe liegt in der Klinik im Sterben, Bauchspeicheldrüsenkrebs, Endstadium.« Der Mann hatte Maler sogar die Adresse des Krankenhauses gegeben, inklusive Zimmernummer.

Seine Auskunftsfreudigkeit war dem Mann gar nicht gut bekommen. Wenige Tage später wurde er umgebracht. Sein Fehler war, dass er die Verbindung zu Martin Krabbe hergestellt hatte. Dieser Fehler, dachte Maler, hatte offenbar noch viele Menschen das Leben gekostet.

Damals hatte Malers Kollege Rainer Gritz diesen Krabbe im Krankenhaus besucht, dreimal sogar, und immer hatte er versucht, mit dem Mann zu reden. Maler ließ sich jetzt den alten Bericht kommen. Gritz war berühmt gewesen für seine exakten Berichte. Doch dieses Mal stand nicht viel drin, relevant war nur dieser eine Satz: »Es war nicht möglich, mit dem Patienten zu sprechen, er war nicht ansprechbar, da er laut Auskunft der Ärzte unter schweren Medikamenten steht, die ihm das Bewusstsein nehmen.«

Es dauerte nicht lange, bis Maler die Wahrheit erfuhr, was damals in diesem Krankenhaus wirklich passiert war. Krabbe hatte sich in einen halluzinatorischen Drogenrausch versetzen lassen, den Beobachter für das Endstadium einer Krankheit gehalten hatten. Aber es hatte keine Krankheit gegeben. Das ging aus internen, privaten Aufzeichnungen des Stationsarztes hervor, die Ehud Mandelbaum, der Datendetektiv, gefunden hatte. Befragen konnte man den Arzt nicht mehr dazu: Nur wenige Wochen nach dem Verfassen seines Berichtes war er bei einem Autounfall ums Leben gekommen.

Martin Krabbe, dachte Maler, hatte ein altes, aber sehr wirkungsvolles Schauspiel aufgeführt, das gerade in den weiten Feldern der Geheimdienstwelt durchaus häufig zur Vorstellung gebracht wurde. Man täuschte seinen Tod vor, um anderswo wieder auftauchen zu können. Es war die Lösung für viele Sackgassen. Manchmal gehörte es zum Berufsbild.

Manchmal war es die letzte Chance. Das war die zweite Reaktion gewesen, die das Codewort »Papa« ausgelöst hatte: Maler gab den Code weiter an Gabriel Tretjak, an den

Berliner Kommissar Bruno Tietz und an seine Münchner Polizeikollegen. Und dann ging alles sehr schnell. Mandelbaum und seine Informanten entdeckten ein Schweizer Konto, das einst dem Namen Krabbe zugeschrieben worden war und dann dem Namen Puskat. Eine kleine Information, aber sie war der Beweis. Der wiederauferstandene Martin Krabbe war das Phantom, das sie suchten.

Das Schlüsselwort »Papa« ließ weitere Informationen sprudeln. Krabbe führte eine internationale Ärzteorganisation an, die in verschiedene Entwicklungshilfeprojekte verstrickt war. Diese Organisation war nach dem vermeintlichen Ende von Krabbe in eine größere Führungskrise geraten, die erst durch das Auftauchen eines neuen Mäzens beendet worden war, er hieß Fritz Kramer. Puskat. Kramer. Krabbe. Alle ein und derselbe.

Auch die Autobombe in Amsterdam ließ sich zu ihm zurückverfolgen.

Und Harry Mutt, der Kripobeamte mit der Vorliebe für Rennpferde, inzwischen für die Sitte tätig, lieferte einen wichtigen Hinweis. Martin Krabbe? Der war mal ein enger Geschäftspartner von Frank Driescher gewesen, dem Bordellkönig, der jetzt als Bibliothekar im Knast den Geläuterten spielte. Krabbe war Beteiligter am Nuttengeschäft gewesen, und vermutlich war er es immer noch. Das Geschäft, das ihm dieser Pfarrer Lichtinger und seine schweigenden Frauen hatten kaputtmachen wollen.

Und nicht nur das: Joseph Lichtinger erklärte Kommissar Tietz, dass auch ihm der Name Krabbe eine Menge sagte. Es gebe eine persönliche Geschichte zwischen ihnen. Eine sehr lange Geschichte. Erzählen wollte sie Lichtinger im Einzelnen nicht. Nur so viel: Krabbe konnte durchaus glauben, eine Rechnung offen zu haben mit dem Herrn Pfarrer.

Für den Anstieg seines persönlichen Wutpegels bekam August Maler auch noch eine andere Nachricht: Der Killer, der damals seinen Kollegen und Freund Rainer Gritz erschossen hatte, gehörte auch zu Krabbes Leuten, schon seit Jahrzehnten.

Eines stand jedenfalls fest: Für Martin Krabbe konnte es jetzt eng werden. Denn die Kriminalbeamten hatten nun mehrere Adressen, wo sie suchen konnten. Eine Wohnung in München, eine Wohnung in Nürnberg, ein Haus an der Côte d'Azur, ein Landsitz in Brandenburg. Zu all diesen Adressen gab es Verträge, die dieser Mann irgendwann einmal unterschrieben hatte. Zu all diesen Orten waren bereits Beamte unterwegs.

Was ein einziges Wort nicht alles anrichten konnte. Der Spezialist Nagl hatte Maler noch etwas erzählt, was die Tochter auf Band gesprochen hatte: Der Vater habe ihr ausdrücklich verboten, sie »Papa« zu nennen.

6

»Alle Geschichten gehen einmal zu Ende, liebste Michaela«, sagte Dr. Martin Krabbe und hob sein Glas. »Auch diese. Auch unsere. Das ist kein Grund, traurig zu sein.« Er trank einen Schluck, setzte das Glas wieder ab, sah sie aufmerksam an, musterte ihr Gesicht. »Und auch wenn mein Plan nicht aufgegangen ist … Bei Gott, ich hatte mir das Finale anders vorgestellt … ›Bei Gott‹, so sagt man doch, nicht wahr?« Er lächelte. »Auch wenn mein Plan nicht geklappt hat: Gabriel Tretjaks Geschichte wird trotzdem zu Ende gehen. Er wird trotzdem sterben.«

Sie saßen sich am Esstisch gegenüber, der weit hinten im Wohnzimmer vor dem letzten der großen Fenster stand. Der alte Mann hatte schön eingedeckt. Weißes Tischtuch aus teurem Leinen, weiße Teller, Silberbesteck. Er hatte noch nie in seinem Leben gekocht, aber er hatte eine Vorliebe für einen mit Delikatessen gefüllten Kühlschrank. Heute hatte er eine 250-Gramm-Dose Imperial-Kaviar geöffnet und den Inhalt in eine Schale aus dickem Kristallglas gefüllt. Dazu gab es Toast und Crème fraîche. Ein einfaches Mahl, wie er sagte, abgerundet durch eine Karaffe mit Wasser, eine Flasche Grey-Goose-Wodka und einen Kübel mit Eiswürfeln.

»Weißt du noch, unsere erste Begegnung?«, fuhr er fort.

»Schwanger warst du, aber zu jung, um schwanger sein zu dürfen, schon gar nicht in einem Kloster. Ein Mädchen, das Hilfe brauchte, warst du. Und die Nonnen im Kloster Stassen haben mich geholt, weißt du noch?« Er sah sie an und schüttelte den Kopf. »Wer war eigentlich das Schwein damals? Wer hat dich geschwängert? Das hast du mir nie gesagt. Dieser Hausmeister vom Kloster, der Schmetterlingssammler? Na, egal … schon gut.«

Mit nachdenklichem Gesicht strich er eine dicke Schicht Crème fraîche auf eine halbe Scheibe Toast und häufte zwei Esslöffel voll Kaviar darauf. Der Kaviar hatte eine Farbe, die leicht ins Olivgrüne ging, und schimmerte wie Gold. Er biss von dem Toast ab, kaute langsam und genüsslich, dann spülte er mit einem Schluck Wodka nach.

»Ich habe schon gegessen«, hatte Michaela gesagt, als er angefangen hatte, den Tisch zu decken. Ihr leicht aggressiver Unterton war ihm nicht entgangen. Viel mehr hatte sie danach nicht mehr gesagt. Aber so waren ihre Unterhaltungen ohnehin immer verlaufen. Seine Monologe trafen auf ihre schweigenden Blicke. Also konnte das jetzt, in dieser Situation, ruhig auch noch eine Weile so weitergehen. Er hatte noch zwei Stunden Zeit, bis sie abgeholt wurde.

»Diese Klöster …«, sagte er jetzt mehr zu sich selbst. »Diese Orte der Moral, einer Moral, die vor sich hinfault, diese Orte der Kasteiung, der Selbstgerechtigkeit … Aber Ärzte braucht man dann schon hinter den modrigen Mauern, diskrete Ärzte, die es mit der Moral nicht so genau nehmen. Für Abtreibungen, für Drogen, für Verletzungen, nach deren Ursachen man besser nicht fragen sollte, für Totenscheine …« Die Leute machten sich keine Vorstellung, was in Klöstern wirklich ablief, dachte er. Aber sie machten sich ja auch keine Vorstellung davon, was sonst in der Welt wirklich ablief …

»Weißt du eigentlich«, sagte er, »dass mich diese Klöster erst so richtig auf meine Geschäftsidee gebracht haben? Offensichtlich waren Ärzte ohne Moral gefragt. Die Klöster zahlten gut, und sie zahlten bar. Ich glaube, fast die Hälfte aller Klöster in den Alpen waren meine Kunden … Das war der Anfang meiner Organisation ›Doctor Help‹. Aber das hat dich nie besonders interessiert …«

Er stand auf, ging um den Tisch herum, trat hinter Michaela und legte ihr seine Hände auf die Schultern. Weiche, zarte Schultern waren das unter der weichen Kaschmirjacke. Und alte, runzlige Hände waren das, voller brauner Flecken, überzogen von einem Gestrüpp blassblauer Adern. Aber ruhige Hände waren es noch, dachte er. Sehr ruhige Hände.

»Ich hab dir geholfen damals, in deinem Klosterzimmer. Dir und der ganzen Klosterbagage, indem ich das Kind weggemacht habe. Und du hast mir von Gabriel erzählt, von diesem begabten Jungen, der dich aus der Armseligkeit von Mutzenkreuz befreit hat. Unsere Geschichte, Michaela. Fünfzehn warst du erst. Aber Brüste hattest du schon, fest und rund wie Äpfel …« Er strich über ihre Schultern und streichelte eine Wange. »Und dankbar warst du, jedenfalls am Anfang …«

Er ließ ihre Schultern los und ging zu seinem Platz zurück. Er dachte daran, wie er diesen Jungen aus Mutzenkreuz damals im Auge behalten hatte. Und als Gabriel schließlich in München mit dem Studium begann, hatte er dafür gesorgt, dass sie sich kennenlernten. Der Arzt mit schicker Praxis am Tegernsee und allerhand Nebengeschäften – und dieser Mann, der so hieß wie ein Eishockeytorwart und ähnlich gute Nerven hatte. Dessen Leidenschaft es gewesen war, sich in das Leben anderer einzumischen und es zu manipulieren.

»*Ich* habe den Regler zu dem gemacht, der er ist. Aber dein Gabriel hat mich betrogen.«

»Sag das nicht: *dein* Gabriel«, hätte sie früher an dieser Stelle gesagt, dachte er. Er ließ ein paar Eiswürfel in sein Glas fallen und schenkte Wodka nach.

»Weißt du, Michaela«, sagte er, »es gibt ein ganz einfaches Rezept für ein glückliches und erfülltes Leben. Man muss sich nur für die böse Seite entscheiden, ein für alle Mal. Danach ist alles ganz einfach. Die Welt liegt dir zu Füßen, überall zeigen sich ständig neue Möglichkeiten, neue Verbündete, überall liegt Geld herum, soviel du willst. Du musst dich nur entscheiden, böse zu sein.«

Nach einer Pause fuhr er fort: »Ich weiß, was du sagen willst. Die Gefängnisse sind doch voll von bösen Menschen, die kein glückliches Leben haben … Aber das ist falsch, Michaela. Diese Leute sind nicht böse, diese Leute sind nur Verbrecher. Es ist ihr großer Fehler, dass auch sie an das Gute glauben, dass auch sie gut sein wollen. Sie haben eigene Wertesysteme, glauben an Freundschaft, an Loyalität. Sie wollen eigentlich ein normales Leben führen, aber es mit kriminellen Mitteln erreichen. Das ist nicht dasselbe, wie sich ein für alle Mal für die andere Seite zu entscheiden, die böse Seite. Dort gibt es keine Freundschaft, keine Loyalität, keine Schuld, kein Gewissen, keine quälenden Fragen. Ich wollte meine Tochter Nora dazu erziehen, aber sie hat es nie begriffen, glaubte bis zuletzt an die Liebe. Und du hast es auch nicht begriffen. Vielleicht, so frage ich mich heute, braucht man dazu ein Talent.«

Er hob wieder sein Glas. »Prost, Michaela«, sagte er. »Prost, Anna Weiß. Es hat Freude gemacht, ihn wieder an dich zu erinnern, ihm den Schmetterling zu schicken. Und es hat Freude gemacht, dich ihm wieder zuzuführen, ohne dass er es gemerkt hat.« Er dachte an den Nachmittag in diesem Berliner Club, wo er von einem der hinteren Tische aus die beiden beobachtet hatte. Wie Anna Weiß den Regler um Hilfe bat. Manchmal hatte er sogar ein paar Worte verstehen können. Er hatte einen Bart getragen und eine Baseballkappe ins Gesicht gezogen.

Er blickte auf sein Telefon, das auf dem Tisch neben der Schüssel mit Kaviar lag. Sollte er Tretjak einfach anrufen? Eigentlich hatte er eine Begegnung inszenieren wollen, zum Beispiel in diesem Pflegeheim für Alzheimerkranke. Wie oft hatte er sich das vorgestellt: Tretjaks Gesicht, wenn er ihn sehen und erkennen würde. Ihn, das längst totgeglaubte Gespenst aus der Vergangenheit. Wenn er begreifen würde, dass er getäuscht worden war.

Nach seinen Informationen war Gabriel Tretjak aus dem Gefängnis entlassen worden. Aber er schob das Telefon weg.

»Eine Welt ohne Freundschaft, ohne Gefühle«, wiederholte er. »Keine Verpflichtungen, keine Belastungen … Freiheit, das will er doch, der Mensch.« Er lachte. »Meine Tochter ist jetzt tot. Und du sagst auch schon seit einer Stunde kein Wort.« Er beugte sich weit vor über den Tisch und sah Michaela ins Gesicht. Legte den Kopf etwas schief und betrachtete ihr Gesicht mit dem Blick des Arztes.

»Du sagst nichts, und deine Haut wird schon etwas gelblich. Gut, vielleicht liegt es daran, dass du ein dreißig Zentimeter langes Stilett in der Leber stecken hast, was meinst du, Michaela?«

Ihre Augen waren weit aufgerissen, ihre schönen, ein wenig asiatisch aussehenden Augen, der Blick war gebrochen. Vorn auf ihrer weißen Bluse, dort, wo die Strickjacke offen stand, war ein hellroter Blutfleck. Er hatte den Stoß mit dem Stilett von hinten rechts ausgeführt, als sie glaubte, er würde ihr Wasser einschenken. Mit seiner ruhigen Hand hatte er den Stoß ausgeführt, mit seiner immer noch so ruhigen Hand. Er selbst hatte diese Tötungsmethode entwickelt, vor vielen Jahren schon. »Venezianische Leber« hatte er sie genannt.

»Du kannst dich nicht beschweren, Michaela«, sagte er, während er sie immer noch musterte. »Du hattest fast keine Schmerzen. Ich habe es gut gemacht. Dein Blick sagt, dass du gar nicht erst begreifen konntest, was passierte, du warst sofort tot. Ich habe es gut gemacht.«

Alle Geschichten gingen einmal zu Ende, dachte er. Und Michaelas Geschichte war nicht die schlechteste. Unsere Geschichte, musste man sagen. Nicht wahr, Michaela? Vielleicht hättest du dich nicht von mir abwenden sollen? Neues Leben, dass ich nicht lache … Mit so einem Langweiler in einer Mietswohnung, Stuttgart …

»Weißt du noch den Kitsch, den du geredet hast?«, sagte er laut in das tote Gesicht. »Ich soll dich freigeben, du willst ein eigenes Leben … Na ja, war nur eine Episode, bist ja zurückgekommen.«

Er sah auf die Uhr. Es war kurz vor Mitternacht. Hier draußen gab es irgendwo eine stillgelegte Kläranlage. Dort würde die Prinzessin aus Mutzenkreuz ihr Grab finden. Ihre Totengräber würden in anderthalb Stunden hier auftauchen.

Er dachte an Gabriel Tretjak. Er, Krabbe, hatte dem Regler die ersten Aufträge verschafft, für die es auch Geld gab. Er, Krabbe, hatte ihm die ersten Fäden und Knotenpunkte seines Netzes geliefert. Das berühmte Netz des Reglers – ohne ihn, ohne Krabbe, wäre es nie zustande gekommen. Von der Verbindung zu Michaela hatte Tretjak zu keiner Zeit erfahren. Krabbe hatte das Mädchen immer als eine Art Pfand empfunden, das ihm einmal etwas nützen könnte. Er stand vom Tisch auf, löschte das Licht und trat im Dunkeln an die große Scheibe. Waren Rehe da draußen?

Der größte Auftrag für den Regler und seinen Freund, diesen Lichtinger, war dann von einem russischen Konsortium gekommen. 50 Millionen Dollar für den Tod eines Bankiers. Sie hatten ihn angenommen, diese beiden Studenten, die sie damals waren. Und sie hatten auch das Geld kassiert. Aber sie hatten den Auftrag nicht ausgeführt, andere hatten den Bankier gekillt. Bis heute war nicht geklärt, wer. Aber die Russen hatten sich um das Geld betrogen gefühlt, und zwar von ihm, von Krabbe. Und Tretjak und Lichtinger hatten ihn hängenlassen. Der eine arbeitete danach nur noch auf eigene Faust, und der andere wurde Pfarrer.

Hast du wirklich gedacht, Gabriel, dass dir dafür nie die Rechnung präsentiert wird? Krabbe spürte jetzt die Wirkung des Wodkas. Ich habe mit dir gespielt, Gabriel, wie eine Katze mit einem kleinen Vogel. Durfte immer wieder bisschen fliegen, der kleine Gabriel. Jetzt wird er sterben. Der Tod wird vornehm daherkommen, auf die feine englische Art. Mochtest du doch immer.

Und du, Pfarrer? Du Pfarrer, dessen Schwanz mächtiger ist als der Herrgott? Mächtiger und teurer … o ja, Herrgott nochmal. Auch um dich wird man sich kümmern. Dein eigenes Geld, das Geld, das du nie verdient hast, dieses Geld ist das Honorar für deinen Tod. So habe ich das – wie würde Gabriel sagen? – *geregelt*.

»Mich legt man nicht rein. Haben die beiden Herren das

jetzt verstanden?«, sagte er laut in das dunkle Zimmer. Und er kniff die Augen zusammen und starrte durch die Scheibe zum schwarzen Waldrand.

»Du kommst mir vor wie eine enttäuschte und betrogene Frau, die nicht verkraftet, dass sie verlassen wurde«, hatte Michaela einmal zu ihm gesagt. Das war das einzige Mal gewesen, dass er sie geschlagen hatte. Eine Augenbraue war geplatzt, er hatte sie gleich nähen müssen. Jetzt knipste er das Licht über dem Esstisch an und betrachtete Michaelas Gesicht. Ja, die kleine Narbe über dem rechten Auge war noch sichtbar.

Er setzte sich und trank noch einen Wodka. Das Talent zum Bösen, dachte er. Und er dachte an sein Leben. Wenn man Arzt war, konnte man dieses Talent besonders gut verwirklichen, so viel stand fest.

Nun griff er doch zum Telefon, drückte darauf herum. Ich werde dir meine alte Telefonnummer anzeigen, Gabriel, auch wenn sie nicht mehr in deinem Speicher ist, du wirst sie erkennen. Er löschte das Licht. Dann hielt er den Hörer ans Ohr. Und fast erschrak er, als er schon nach dem ersten Klingeln Tretjaks Stimme hörte.

»Hallo?«, sagte diese Stimme.

»Guten Abend, Gabriel«, sagte er. »Hier spricht ein alter Freund.«

Es war still in der Leitung.

»Gabriel?«, sagte er.

»Ich höre dich, Martin«, antwortete Tretjak.

»Früher hast du mich ›Doc‹ genannt, nicht Martin. Wie lange ist das her? In all den Jahren habe ich mir immer ausgemalt, wie es ist, wenn ich dir noch mal begegne … Vielleicht sollte es nicht sein.«

»Was willst du von mir?«, fragte Tretjak.

»Ich bin deine Vergangenheit«, sagte er. »Deine Vergangenheit will ein bisschen mit dir telefonieren.«

Tretjak sagte nichts.

»Ich war immer in deiner Nähe, Gabriel. Ich habe gesehen, wie du damals gefoltert worden bist von diesem Irren. Was glaubst du, wer dafür gesorgt hat, dass du dem doch noch entkommen bist? Ich war auch in der Intensivstation in Schweden. Was macht dein Bein? Ist es wieder besser? Ich bin Arzt, vergiss das nicht. Wenn ich es gewollt hätte, wärst du gestorben. Aber ich wollte ja immer noch mal mit dir sprechen …«

Er hatte Gefallen daran, Gabriel das alles zu erzählen. Der Regler: überrascht. Der Regler: ahnungslos. Der Regler: klein.

»Wo bist du?«, fragte Tretjak.

»Im Dunkeln«, sagte er. »Schwarz ist meine Farbe.« Er blickte auf Michaelas Bauch, auf den Blutfleck. »Schwarz mit ein bisschen Rot«, sagte er.

Die Wodkaflasche war jetzt leer, stellte er fest.

»Ich hab dich gemocht«, sagte er, »du hattest wirklich Talent. Wir hätten die halbe Welt beherrschen können … Aber du hast auf einen Pfarrer gesetzt, oder war er damals noch gar nicht Pfarrer? War er es, der dir geraten hat, mich fallenzulassen, damals? Mich diesen Russen auszuliefern, die ihren Koffer mit Geld zurückhaben wollten? Ich bin die nie mehr losgeworden, jede Sekunde musste ich auf der Hut sein …« Er lachte. »Bis ich dann gestorben bin.«

Er nahm die leere Schnapsflasche und warf sie gegen die große Scheibe. Es krachte, aber das Glas hielt.

»Wo bist du?«, fragte Tretjak noch einmal.

»Glaub mir, dieser Pfarrer ist Vergangenheit. Nur in den

Himmel, in den kommt er nicht«, sagte er. »Du weißt nicht, was Macht ist, Gabriel.«

»Jetzt ist alles vorbei, Martin.«

»›Doc‹, wolltest du sagen. Nein, nicht *es* ist vorbei, Gabriel. *Du* bist vorbei. Dieses Telefonat ist deine Gelegenheit, dich zu verabschieden.«

Es klingelte. Eine ganze Ecke zu früh, dachte er, als er auf die Uhr sah.

»Regler, ich muss dir noch sagen, wer hier bei mir ist. Sie sitzt mir gegenüber. Sie heißt – wie heißt du noch gleich? Anna Weiß? Nein, das stimmt doch nicht, du bist doch die Michaela. Sie sagt nichts, Gabriel, schaut mich nur mit großen Augen an, wie tot die Augen, das müsstest du sehen … Und die Lippen ganz blau … Die Michaela hat früher übrigens gut geblasen, wusstest du das überhaupt?«

Es klingelte noch einmal. Er nahm die Fernbedienung und betätigte den Haustüröffner. Er hörte das Klacken der aufspringenden Tür.

Es war still im Haus, und es war still in der Leitung.

»Die Rehe kommen, Gabriel, und sie bringen dich in die Hölle«, sagte er und legte auf.

Und wunderte sich, dass er keine Schritte im Flur hörte.

7

August Maler betrat die Praxis des Psychologen Werner Hentschke in der Münchner Konradstraße. Malers Beine waren wacklig, sein Kopf war wacklig, aber vor allem war das wacklig, was man nicht wirklich bezeichnen konnte und deshalb Seele nannte. Er hatte eine verheerende Nacht hinter sich, ohne jeden Schlaf. Stunden hatte er auf dem Balkon verbracht, ohne Decke und Jacke, hatte gehofft, dass irgendwann das Frieren einsetzen und mit dem Frieren die Angst aufhören würde. Bei ihm war Angst meistens mit zu viel Wärme verbunden, mit geschlossenen Fenstern. Kälte war gut, offene Fenster auch, Wind. Doch diesmal hatte nichts geholfen, nichts, die Angst hatte sich über seinen gesamten Körper gelegt. Inge hatte eine Zeitlang bei ihm gesessen, doch irgendwann hatte sie ihre Hilflosigkeit akzeptiert und ihn allein gelassen.

Dieser Martin Krabbe war schuld. Es war, als wäre sein monströses Wesen auf ihn übergesprungen. Ein Mann, der seine Tochter in eine Biowaffe verwandelt und damit ihren Tod besiegelt hatte. Ein Mann, der eine Ärzteorganisation gegründet hatte, um Verbrechen zu begehen. Ein Mann, der Prostituierte abschlachtete, aber gleichzeitig deren prominente Freier an den Pranger stellte. Ein Mann, der immer auch das Gegenteil tat von dem, was man erwarten konnte.

Ohne jede Moral, ohne irgendein Wertesystem. Dieses ständige Spiel mit den Gegensätzen, hatte Maler in dieser Nacht gedacht, da musste etwas drinstecken, was ihn fertigmachte.

Und noch etwas dachte Maler: Mann, ich bin ein Kriminalkommissar, ich kann doch nicht durchdrehen, nur weil ich es mit einem durch und durch bösartigen Menschen zu tun habe! Er versuchte sich zu sagen: Das war und ist dein Beruf, reiß dich zusammen!

Maler setzte sich auf den schwarzen Lederstuhl in der Mitte des Zimmers. Ein großes, helles Zimmer, ein Blumenstrauß stand am Boden und eine mächtige grüne Pflanze. Er hatte keine Ahnung, was für eine es war.

Werner Hentschke saß ihm in seinem Rollstuhl gegenüber, eine Körperlänge entfernt. Sie begannen mit Schweigen. Dann sagte Hentschke: »Geht Ihnen nicht gut, oder?«

»Nein. Gar nicht gut. Und das hat auch einen Grund.« Maler fing an, von Krabbe zu erzählen, es sprudelte geradezu aus ihm heraus. Der Plan des Attentats, das Vergiften der Tochter ... Wie er von den Toten wiederauferstanden war. »Und jeder, der ihn zum ersten Mal sieht, hält ihn für einen freundlichen, vertrauenswürdigen älteren Herrn«, sagte er am Schluss.

»Ich erzähle Ihnen eine Geschichte von einem Patienten von mir«, sagte Hentschke. »Vierzig Jahre alt der Mann, stammt aus einer reichen Juwelierfamilie, ist gewissermaßen aufgewachsen in einem Juweliergeschäft. Dieser Mann ist geplagt von den verschiedensten Neurosen, ein sehr schwieriger Fall, ein armer Kerl. Und wissen Sie, was das Einzige ist, was ihm hilft?«

»Nein«, sagte Maler.

»Er muss Diamanten essen. Kleine, geschliffene Steine.

Wenn er sie runterschluckt, geht es ihm gut. Bis zur nächsten Krise«, sagte Hentschke.

»O Gott.«

»Ich erzähle Ihnen das, weil es einen fundamentalen Unterschied gibt zwischen meinem Patienten und Ihrem Herrn Krabbe. Mein geplagter Patient sucht nach Erlösung, er sucht das Rezept, das ihn aus seinem Elend befreit. Ihr Herr Krabbe sucht keine Erlösung, gar nicht. Er fühlt sich zu Hause in den Albträumen, je schrecklicher, desto wohler fühlt er sich. Der Horror ist sein Lustprinzip. Deshalb denkt er sich immer neue Spielformen davon aus. Er leidet nicht, im Gegenteil. Er ist durch und durch böse. Es gibt nicht viele solche Menschen, aber es gibt sie. Und es gibt keinen Grund, über sie nachzudenken, gar nicht. Man kann sie sowieso niemals ändern.«

»Das verstehe ich«, sagte Maler, »aber was ich nicht verstehe: Warum stresst mich das so? Ich bin Kriminalkommissar, Sie glauben gar nicht, was ich schon alles erlebt und gesehen habe. Aber das jetzt wirft mich um. Ich sitze die ganze Nacht zitternd auf dem Balkon.«

»Könnte es sein, Herr Kommissar, dass Ihnen dieser Mann unheimlich ist?«, fragte Hentschke.

»Ja, das ist sicher so«, sagte Maler. »Aber geht das bei diesem Typen nicht jedem so?«

»Sigmund Freud hat sich mal sehr ausführlich mit dem Unheimlichen beschäftigt. Er versuchte herauszufinden, was den Kern dessen ausmacht, was wir als unheimlich empfinden. Am Ende kam er zu dem Schluss: Das Unheimliche packt uns besonders dann heftig, wenn dadurch Ängste aus der Kindheit ausgelöst werden.«

Maler schaute seinen Psychologen fragend an und schwieg.

»Freud hat einen Aufsatz darüber geschrieben, liest sich

gut, kann ich empfehlen. Darin zählt er Phänomene auf, die besonders geeignet sind, diese Urängste auszulösen. Dazu gehört das Auftreten von Doppelgängern, dazu gehören Maschinenmenschen oder Puppen, die lebendig werden. Dazu gehören ausgestochene Augen. Und wenn Menschen von den Toten auferstehen. Interessant, oder?«, sagte Hentschke.

»Klingt jedenfalls so«, sagte Maler, »als hätte Freud seine Freude an Herrn Krabbe gehabt.«

»Sagen Sie, hat dieser Krabbe irgendwann mal seinen Opfern Gliedmaßen abgeschnitten?«

»Abschneiden lassen. Ja«, sagte Maler. Und erzählte den Fall: Die Beine der Frau hatte Gabriel Tretjak zugeschickt bekommen, den Kopf der Pfarrer.

»Für Freud ist das Abschneiden von Gliedmaßen der Inbegriff des Schreckens. Freud wäre nicht Freud, wenn er das nicht in den Zusammenhang mit der Angst vor Kastration brächte. Aber nicht nur: Das Abtrennen einer Hand etwa, das Dasein einer Hand, losgelöst vom Körper, dieses Symbol bedeutet für jeden Menschen sofort einen Ausnahmezustand. Sagt Freud.«

»Vielleicht gibt es ja mal die Gelegenheit, Krabbe zu fragen, ob er sich mit Freud beschäftigt hat«, sagte Maler.

»Man kann manches sagen über Freud«, sagte Hentschke, »aber eines ist sicher: Freud hat viel verstanden von den Abgründen des Menschen, wie kein anderer.«

»Sie meinen also«, sagte Maler, »ich soll zurück in meine Kindheit und meinen Urängsten nachforschen.«

»Nein, das meine ich gar nicht. Sie kennen mich inzwischen, Herr Kommissar, ich bin nicht so der Kindheitsfreak.«

»Okay. Aber was soll ich dann tun?«

»Halten Sie die Angst aus, ganz einfach. Und wundern Sie sich nicht mehr drüber. Sie haben einiges durchgemacht in letzter Zeit. Sie haben schwere Operationen hinter sich, Sie standen an der Schwelle des Todes. Aber vor allem sind Sie ein Mensch. Und natürlich lässt sich ein Mensch erschüttern angesichts solcher Taten. Ja, das berührt unsere Urängste, das hebt einen aus den Angeln. Sie sind erschüttert, ja. Na und? Halten Sie es aus, Herr Kommissar. Tun Sie diesem Krabbe nicht den Gefallen, dass Sie aus der Hölle nicht mehr rauskommen. Ich versichere Ihnen, man kommt aus jeder Hölle wieder raus. Das ist das Leben.«

So einfach war das. Das Plädoyer des Psychologen.

»Wo ist Krabbe jetzt?«, fragte Hentschke, nachdem sie sich eigentlich schon verabschiedet hatten.

»Wir wissen es nicht, aber es gibt Spuren. Ich denke, wir kriegen ihn nun.« Maler stand in der Tür, als er noch einmal etwas fragte: »Was meinen Sie, Herr Hentschke, wie geht die Geschichte eines solchen Monsters zu Ende?«

Hentschke musste nicht lange überlegen. »Ich fürchte, monströs.«

8

Sie kamen im Morgengrauen. Der große Bungalow lag etwas außerhalb des Ortes Rheinsalden, direkt am Wald. Vor dem Haus stand ein Bentley. Die schwarzen Hubschrauber des mobilen Einsatzkommandos sahen aus wie eine Gruppe riesiger Krähen, die sich um das Haus herum auf der Wiese niederließen. Kriminalhauptkommissar Bruno Tietz saß im ersten.

Die Krähen spuckten schwarze Käfer aus, die auf den Bungalow zukrabbelten und sich an die Mauern pressten. Die Haustür wurde aufgesprengt, und ein Teil der Käfer verschwand im Inneren. Wenig später sagte eine Stimme im Lautsprecher unter Tietz' Helm: »Alles unter Kontrolle, Herr Kommissar. Kommen Sie, das müssen Sie sich ansehen.«

Tietz nahm den Helm ab und ließ ihn im Hubschrauber. Die kugelsichere Weste, in deren Kragen eine Größenbezeichnung mit ziemlich vielen X eingenäht war, behielt er an.

Am Briefkasten des Bungalows war der Name »Weiß« angebracht, das registrierte er aus den Augenwinkeln. Aber das wusste er schon. Sie wussten inzwischen alles über Dr. Martin Krabbe. Und Tietz wusste außerdem, dass es genau zu diesem Zeitpunkt, während dieser Aktion hier, eine große

Zahl an Zugriffen und Verhaftungen gab. Es waren vor allem Ärzte, die da festgenommen wurden, in Deutschland, Frankreich, Italien, Österreich und der Schweiz, amtierende Ärzte in Kliniken und Praxen, aber auch ehemalige Ärzte, die längst im Untergrund agierten, Männer aus Tschetschenien, Syrien, Serbien, aus heutigen und früheren Krisengebieten. Killer. Selbst die Polizei war von Krabbes perfider Organisation überrascht. Spezialabteilungen für organisiertes Verbrechen waren inzwischen in allen Ländern hinzugezogen worden. Drogenhandel mit Medikamenten, Auftragsmorde, bei denen der Totenschein mit natürlicher Todesursache gleich mitgeliefert wurde. Wenn Ärzte die Seite wechselten … Aber auch Bordelle wurden durchsucht, Casinos; so mancher kleine Unterweltkönig stand in Krabbes Diensten – oft ohne es zu wissen.

Tietz betrat einen langen Flur, ein Kollege im schwarzen MEK-Anzug ging voraus in einen Wohnraum mit integrierter Essecke. Das fahle Dämmerlicht, das durch die großen Fenster hereinkam, wurde von den gleißenden Lampen des Einsatzkommandos wie weggefegt.

Die Szenerie war gespenstisch. Der Esstisch war eingedeckt in Weiß, eine fast leere Flasche Wodka und eine Schüssel mit Kaviar standen da. Aber das nahm Tietz nur mit dem geschulten Teil seines Verstandes auf, der für Nebensächliches zuständig war. An dem Tisch saßen sich zwei Menschen gegenüber oder vielmehr zwei Leichen. Die eine war eine Frau, deren Augen offen standen, aufgerissen in Erstaunen. Beinahe asiatisch anmutende Augen waren es. Die andere Leiche war ein Mann, ein alter Mann, der ein Gewehr mit abgesägtem Lauf halb in der Hand hielt.

Der Kopf des Mannes sah grotesk aus. Er bestand nur noch aus dem Gesicht. Der Rest hing an der Decke und der

Wand hinter ihm. In einem Gemisch aus Blut, Knochensplittern und Hirnmasse.

Dr. Martin Krabbe hatte offensichtlich erst seine Komplizin getötet und sich dann durch den Mund den Schädel weggeschossen. Ein Mann inszeniert sein Ende.

Dr. Martin Krabbe? Man fand vier Pässe in der Wohnung mit unterschiedlichen Namen und Fotos. Mal hieß er Weiß, mal Karger … Mal trug er einen Bart, mal eine Perücke. Aber die Übereinstimmung war deutlich. Doch diesmal würde man ganz sichergehen. Diesmal würde man seine Identität bis in seine DNA verfolgen.

Schon am frühen Nachmittag sollte Bruno Tietz die Bestätigung bekommen: Diesmal war er wirklich tot, der Herr Doktor.

Auf dem Laptop, der im Bungalow sichergestellt wurde, fand man die Quellen und Wege des Materials über die Industriellen, das gezielt gestreut worden war. Das Spiel mit Aktienkäufen und -verkäufen der Firmen des ehemaligen Ministers Feldkamp würde die Kollegen von der Wirtschaftskriminalität und der Steuerfahndung noch eine Weile beschäftigen.

Tietz dachte, dass es zu diesem Mann passte, dass er nichts gelöscht hatte, dass er alle Beteiligten mit in sein Ende riss.

Als Tietz wieder den Helm aufhatte, sein Hubschrauber in Rheinsalden abhob und sich Richtung Berlin in die Luft schraubte, sah er, wie unter ihnen ein großes Rudel Rehe verschreckt über ein Feld sprang hin zum schützenden Wald. Tietz dachte daran, dass er den Kollegen Maler anrufen musste. Ohne ihn und seine Reaktion auf das Wort »Papa« würden sie alle immer noch herumhüpfen wie diese Rehe.

Zwanzigster Tag

Montag, 12 Uhr
Maccagno

Gabriel Tretjak steuerte den kleinen, dreißig Jahre alten Suzuki-Geländewagen den Berg hinunter. Ganz langsam, im ersten Gang, untersetzt. Schritttempo. Der Weg war sehr schmal und sehr steil, es war ein ehemaliger Eselspfad, der oben von den Bergen hinunter zum See führte, grob in den Hang gehauen, mit großen Felsbrocken befestigt. Eigentlich war es ein Wunder, dass der Wagen gleich angesprungen war, nach all der Zeit, all den Monaten. Tretjak hatte ihn nur von einer dicken Schicht vermoderten Laubes befreien müssen. Die Fahrt dauerte nur zehn Minuten. Es war nicht weit von seinem Häuschen hinunter in den Ort Maccagno am See, nur steil. Der alte Suzuki war das einzige Gefährt, das diese Strecke fahren konnte, moderne SUVs waren viel zu breit. Tretjaks Vater hatte ihn damals angeschafft, schon damals gebraucht.

Es war ein herrlicher Tag im Mai, ein Montag, zwölf Uhr mittags. Der Lago Maggiore glitzerte in einem geradezu übermütigen Blau. Und die Umrisse der Berge, die ihn umgaben, waren so gestochen scharf aus dem Himmel geschnitten, dass der Anblick den Augen beinahe wehtat. Tretjak trug Blue Jeans, ein schwarzes Hemd, seine stärkste Sonnenbrille. Durch die offenen Fenster des kleinen Wagens drangen die Gerüche, die ihm so vertraut waren. Fichtennadeln, Magnolienblüten, von der Sonne aufgewärmte Steinmauern …

Joseph Lichtinger wartete unten am See auf dem Parkplatz bei der Pizzeria »Pescatore«. Er lehnte an einem schwarzen Fiat Punto, der bis unters Dach beladen war.

»Willst du da oben einen Laden eröffnen? Oder ziehen noch mehr Leute mit dir ein?«, fragte Tretjak durchs Fenster, als er neben dem Fiat anhielt.

Schmal sah der ehemalige Pfarrer aus, fand er, blass. Er hatte einen blauen Sommeranzug an, ein weißes Hemd. Das Sakko zog er jetzt aus. Einen kurzen Moment standen sie so voreinander, auf diesem Parkplatz, und musterten sich.

»Hallo, Gabriel«, sagte Lichtinger schließlich. »Wie ich dich kenne, hast du dort oben doch nicht mal ein Brotmesser.«

»Forscher haben herausgefunden, dass zu viel Besitz krank macht«, sagte Tretjak. »Früher besaßen sehr reiche Leute etwa hundert Gegenstände, aber sie hatten auch etwa zwanzig Bedienstete, die sich darum kümmerten. Heute besitzt der Mensch zigtausende Sachen, aber hat niemanden mehr, der ihm die Probleme damit vom Leib hält.«

»Ist es nicht erstaunlich, Gabriel, dass die Forscher immer das herausfinden, was du willst, dass sie herausfinden?«

Sie gingen ein bisschen spazieren, der Regler und der Pfarrer, tranken einen Cappuccino auf der Terrasse des »Pescatore«, serviert vom Wirt persönlich, einem Mann, der höchstens zehn Sätze pro Jahr sprach. Dann luden sie die Sachen von Lichtingers Fiat in den Suzuki um.

»Fahr du«, meinte Tretjak, »dann kannst du es gleich üben.«

Lichtinger stellte sich nicht dumm an, stellte Tretjak fest. Dreimal zurücksetzen, einmal aussteigen müssen, das war normal. Tretjaks Rustico stand wie ein kleiner Turm im Berg über dem Ort. Man ging normalerweise zu Fuß, nur zum Transport von Gasflaschen und anderem schweren Zeug benutzte man das Auto. Das Haus hatte vier kleine Zimmer, zwei unten, zwei oben, in jedem gab es einen Kamin. Auf dem Grundstück standen hohe Bäume. Und Tiere lebten hier, Wildschweine, ein Dachs, Hirsche, Rehe, Füchse. Alles in seinem alten Leben hatte Tretjak abgerissen, weggegeben, verkauft. Verbindungen kappen, eine Mauer zwischen sich und der Vergangenheit errichten, seine alte Devise. Als er das »Soho House« in Berlin verlassen hatte, wo er die Abbrucharbeiten begonnen und zu Ende gebracht hatte, war nur eine Tasche fürs Handgepäck übrig geblieben. Sogar die Mitgliedskarte hatte er beim Auschecken abgegeben. Aber bei seinem Haus hier in den Bergen hatte er lange gezögert, es an einen Makler zu geben, zu lange. Und als er Lichtinger getroffen hatte, der vor den Trümmern seiner Existenz stand, war plötzlich die Idee entstanden.

»Ich weiß einen guten Ort, um Krisen zu überstehen«, hatte Tretjak gesagt. Und er hatte ihm auf seinem iPhone ein Foto gezeigt. »Der Schlüssel liegt unter einem Stein beim Strommast.«

Schließlich standen sie auf der kleinen Veranda vor der Haustür, neben dem Berg von Lichtingers Gepäck. Eines der Gepäckstücke war ein alter Koffer, den die beiden gut kannten. Niemand hätte in diesem Ding eine Box mit ein paar Millionen Dollar vermutet.

»Du brauchst mal ein neues Dach«, sagte Lichtinger mit Blick auf die mit Moos bedeckten Ziegel.

»Dass du hier ja nicht rumrenovierst«, sagte Tretjak und sah auf seine Uhr. In einer halben Stunde würde ein Fahrer unten im Ort warten, um ihn nach Zürich zu bringen. Am Abend ging der Swiss-Flug nach Hongkong, sein Platz war reserviert. Erste Klasse, erste Reihe, Fenster.

»Hör zu«, sagte Tretjak. »Du musst vorsichtig sein. Wir wissen nicht, was Krabbe im Schilde führte.«

»Er ist tot«, sagte Lichtinger.

»Ja, das ist er«, Tretjak nickte. »Aber du weißt genau, was man alles regeln kann, auch so, dass es ohne eigenes Zutun abläuft. Wenn jemand das weiß, dann wir beide. Krabbe hat dich gehasst. Und wer weiß, was er noch organisiert hat. Du musst vorsichtig sein, auch hier. Er war ein sehr gefährlicher Mann.«

Lichtinger sah ihn an, die blauen Augen blitzten wie früher, und er lächelte jetzt auch wie früher.

»Ich werde mir eine Armbrust bauen«, sagte er. »Eine richtig gute, mit Rasierklingen als Pfeilspitzen. Früher als Junge habe ich das gemacht, und dann sind wir in Altwässern Hechte jagen gegangen. Hab ich dir das erzählt?« Er machte eine Pause. »Nein, hab ich nicht. Du hast dich nie für früher interessiert, nur fürs Jetzt und fürs Morgen … Und einen Falken werde ich haben hier oben. Eine Armbrust und einen Falken. Dann soll kommen, wer will. Gib jetzt den Schlüssel her.«

Tretjak warf ihm den Schlüssel zu und sah zu, wie er die Holztür aufsperrte.

In der Tür wandte Lichtinger sich um. »Ich habe keine

Angst mehr«, sagte er. »Meine Angst ist in meiner Kirche geblieben.« Er sah Tretjak ernst an. »Werde ich von dir hören?«

»Ich weiß es nicht«, sagte Tretjak.

Lichtinger nickte. »Gibt's hier eine Kaffeemaschine?«, hörte Tretjak ihn fragen, als er schon im Haus verschwunden war.

Tretjak blickte über den Garten, er sah die Hortensienbüsche, die Bank, auf der er so oft gesessen hatte, auch mit Carola. Den ligurischen Lavendel neben der Veranda hatte er selbst gepflanzt, damals, als er seine Krise hatte, eine seiner Krisen. Der Duft der tiefvioletten Blüten würde bald das ganze Haus erfüllen. Unten auf dem See zog eine Fähre ihre schnurgerade Bahn ans andere Ufer. Tretjak wandte sich ab und war schon ein ganzes Stück auf dem alten Eselsweg hinabgestiegen, als er Lichtinger rufen hörte.

»Hey! Und der Kaffee?«

Er blieb stehen und sah Lichtingers Kopf im Küchenfenster.

»Steht dir gut, das Haus«, rief er zurück. Dann drehte er sich um und nahm seinen Weg wieder auf.

Letzter Tag

Dienstag, 20 Uhr Ortszeit
Hongkong

Der Flug nach Hongkong verlief ohne Zwischenfälle. Er dauerte 11 Stunden und 45 Minuten. Nicht viel für die Reise von einem alten Leben in ein neues, dachte Tretjak. Unruhige Gedankenfetzen begleiteten ihn auf dieser Reise. L. I. S.T, der neue Plan für den Regler. Transformation, aus einer Person eine ganz neue machen, eine, die fit war für die Zukunft, das würde er seinen Klienten versprechen. Die Biographie verändern, Fehler nachträglich ausmerzen, Fokussierung auf neue Aufgaben. Wer mit L. I. S.T in Kontakt trat, war danach ein anderer Mensch. Das Leben – eine Generalprobe für ein Stück, das nie aufgeführt wurde? Nein, diesem deprimierenden Satz hatte Tretjak noch nie Raum geben wollen. Natürlich konnte man das Stück ändern, die Rollen, die man spielte …

Carola hatte sich noch nicht für eine Villa entschieden, zwei oder drei kamen wohl in Frage. Sie wohnte noch im »Queen E«-Hotel. Wegen der Zeitverschiebung würde er abends in Hongkong landen. Sie waren in einem Lokal verabredet, das sie entdeckt hatte und ihm zeigen wollte. Auf seine letzten beiden SMS hatte er keine Antwort erhalten. Es war nichts Wichtiges gewesen, trotzdem fragte er sich, warum nicht.

Manchmal schlief er ein, aber immer nur kurz. »Fass die Vergangenheit nicht an, du wirst es nicht überleben.« Einmal war es dieser Satz, der ihn hochschrecken ließ, weil sein Gehirn ihn im Traum ausgegraben und in seine Nervenbahnen geschickt hatte. Es war der Kernsatz der Drohbriefe gewesen, die der Physikerin Sophia Welterlin geschickt worden waren. Am Ende hatte man sogar ihre ganze Wohnung mit dem Satz tapeziert. Sie hatte am CERN Experimente begonnen, in denen die Umkehrung der Zeitrichtung für Bruchteile von Sekunden möglich sein könnte. Luca hatte ihr damals geraten, sich an ihn, den Regler zu wenden. Luca.

»Du musst trauern, Gabriel«, hatte Stefan Treysa gesagt, als er sich gestern in München von ihm verabschiedet hatte. »Soll ich mal nach Hongkong kommen? Du zeigst mir die Stadt, wir gehen ein bisschen spazieren und reden …«

»Du hast Flugangst«, hatte Tretjak geantwortet.

Die beiden hatten sich einst auf einer langen Zugfahrt kennengelernt. Treysas Büro und Praxis wies eine amüsante Besonderheit auf – einen Papagei, der wie ein Hund bellen konnte und das auch bei passender und unpassender Gelegenheit tat. Tretjak hatte dem Psychologen die Abschriften ihrer Therapie-Gespräche zurückgegeben.

»Ich habe sie alle gelesen, Stefan«, hatte er gesagt. »Ich brauche sie nicht mehr. Nur ein einziges Protokoll habe ich behalten.«

Treysa hatte ihn ernst angesehen. Und auch der Papagei war in diesem Moment still gewesen.

»Leb wohl, Gabriel«, hatte Treysa schließlich gesagt.

Die Landung auf Hongkongs Flughafen Chek Lap Kok war eine Landung im Meer. Tretjak mochte diesen spektakulären Anflug, er mochte die Geschichte dieses Flughafens, in der das fast Unmögliche möglich gemacht worden war.

Carola stand nicht am Gate. Das hatten sie auch so verabredet. Er würde gleich in das neue Lokal fahren. Trotzdem musste er sich selbst eingestehen, dass er ein wenig enttäuscht war. Eine Songzeile fiel ihm ein. »Am I getting soft?« Dylan wahrscheinlich. Damals während des Studiums hatten sie nur Dylan gehört, Lichtinger und er. Als er sein Handy einschaltete, fand er auch keine SMS von Carola vor.

Sogar jetzt am Abend herrschten in Hongkong noch über dreißig Grad. Zu seiner Überraschung war das Lokal, das Carola ausgesucht hatte, kein asiatisches, sondern ein englisches Restaurant. Es lag in einer verwinkelten Gegend, in einer schmalen, sehr belebten Straße. Tretjak hatte auf der Fahrt im Taxi den Überblick verloren, wo genau in der Stadt er sich befand. »The Duke« hieß das Lokal. Man betrat einen großen, klimatisierten Raum, dezent ausgeleuchtet. Dunkles Holz und weiße Tischdecken bestimmten den ersten Eindruck.

Carola saß an einem Ecktisch, mit dem Rücken zum Raum. Tretjak spürte, wie erleichtert und froh er war, sie zu sehen. Als sie sich umwandte und ihn entdeckte, lächelte sie und sprang auf. Sie trug ein schwarzes, wundervoll geschnittenes Kleid und als einzigen Schmuck eine Perlenkette, die sie von ihrer Mutter geerbt hatte. Gabriel Tretjak behielt seine Reisetasche bei sich am Tisch.

Ein paar Minuten später stand die kleine Bronzestatue aus Peillon vor Carola auf dem Tisch, und das kleine, in schwarzes Leder gebundene Buch mit den handschriftlichen Schilderungen seiner Jugend befand sich in Carolas Handtasche. Der Kellner brachte zwei Whiskey Sour – Carola berichtete, man sage, es sei der beste der Stadt, wenn nicht der Welt.

»Auf uns«, sagte Carola. »Auf unser neues Leben.«

»Ja«, sagte Gabriel Tretjak und hob das Glas. Vielleicht lag es daran, dass so vieles von ihm abfiel in diesem Augenblick, dass er dem älteren Herrn nicht mehr Aufmerksamkeit schenkte, der jetzt das Lokal betrat, sich suchend umsah und schließlich an der Bar Platz nahm.

Ein Sternekoch spielte im Restaurant »The Duke« mit der englischen Küche, sogar Fish and Chips standen auf der Speisekarte, und auf einem Dessertwagen, der mitten im Raum stand, befand sich eine große Schüssel mit Trifle. Carola bestellte gemischte Vorspeisen für beide, als Anschluss entschied sie sich für ein Steak, Tretjak für den gebratenen Kabeljau.

In dem Moment, als der Kellner den Wein serviert hatte, erhob sich der ältere Herr an der Bar und durchquerte das Restaurant in Richtung ihres Tisches. Tretjak beobachtete ihn dabei, sah, dass er einen englischen Anzug trug, dass er einen vornehmen und irgendwie altmodischen Eindruck machte. Es dauerte eine Weile, bis sein Gehirn begriff, dass dieser Mann nicht irgendein Ziel ansteuerte, sondern direkt auf ihren Tisch zuhielt. Aber da stand der Mann schon unmittelbar hinter Carola und griff in die Innentasche seines Jacketts. Dabei sah er Tretjak direkt an und lächelte.

Später sollte sich der Regler fragen, warum er nicht reagiert hatte, obwohl sein Gehirn die Szene in allen Einzelheiten registriert hatte und die Signale der Gefahr eigentlich so eindeutig waren.

»Guten Abend, Frau Kern, guten Abend, Herr Tretjak«,

sagte der Mann. »Ich soll Sie ein letztes Mal von Doktor Krabbe grüßen.«

Tretjak sah, dass die Hand des Mannes etwas aus seinem Jackett herauszog, er sah, dass Carola über ihre Schulter hinter sich blickte. Wie in Zeitlupe sah er das.

Dann sah er, dass Carola lächelte, dass sie sich erhob, dass sie von diesem Mann ein Kuvert entgegennahm. Und er hörte, wie sie sagte: »Gabriel, darf ich dir Cecil Hopton vorstellen. Herr Hopton, setzen Sie sich doch, trinken Sie ein Glas Wein mit uns. Ich freue mich sehr, dass ich Herrn Hopton als unseren ersten Mitarbeiter für L.I.S.T. gewinnen konnte. Er hat uns schon sehr geholfen.«

Tretjak sah, dass Carola seine Verwirrung genoss.

»Hatten Sie einen guten Flug, Herr Tretjak?«, fragte Cecil Hopton. Und ohne auf Antwort zu warten, fügte er hinzu: »Ich kann im Flugzeug immer wunderbar schlafen, fühle mich danach wie neu geboren. Ich bin die Tage auch gerade aus Deutschland zurückgekommen, aus Berlin.«

Carola reichte Tretjak das Kuvert über den Tisch und forderte ihn mit einem Blick auf, es zu öffnen. Es enthielt ein Blatt Papier mit den Ausdrucken von drei Fotos. Alle drei zeigten Martin Krabbe. Die Szenerie war immer dieselbe, Krabbe saß an einem Tisch. Zwischen den drei Aufnahmen lagen nur sieben Minuten, wie die eingeblendete Uhrzeit deutlich machte. Das erste Bild zeigte Krabbe mit überraschtem, ängstlichem Gesichtsausdruck. Beim zweiten war er an den Stuhl gefesselt. Beim dritten Bild waren die Fesseln wieder weg, vor ihm auf dem Tisch lag ein Gewehr mit abgeschnittenem Lauf – und ihm fehlte der halbe Kopf. Tretjak blickte von dem Blatt Papier zu Carola und zu dem Mann, der Hopton hieß.

»Ich war zum ersten Mal in Berlin«, sagte er. »Aber Sie

sehen ja: Viel habe ich mir nicht anschauen können. Es war Nacht, und es war eine Geschäftsreise.«

In dem Kuvert befand sich noch ein zweites Blatt Papier. Es war eine ausgedruckte E-Mail, adressiert an Cecil Hopton. Absender war ein gewisser Herr Karger, Vorstand einer Blindenvereinigung. Die Mail enthielt Daten über Joseph Lichtinger. Darunter auch einen Zugangscode zu einem Überwachungssystem seines Handys, mit dessen Hilfe man jederzeit erfahren konnte, wo Lichtinger sich aufhielt. »In der Honorarfrage verfahren wir wie telefonisch besprochen« war der letzte Satz der Mail.

Carola sah Tretjak jetzt ernst an.

»Ich habe Herrn Hopton versprochen, dass er bei L. I. S.T. nicht nur eine neue Aufgabe finden, sondern dass er mit Hilfe von L. I. S.T. auch eine neue Identität bekommen wird.«

Cecil Hopton hatte graue Augen, die sehr aufmerksam und konzentriert blickten. »Dies ist Ihr erster gemeinsamer Abend in Hongkong«, sagte er. »Nach einigen aufregenden Ereignissen, wenn ich das richtig verstehe. Ich will Sie deshalb jetzt nicht länger stören. Wir reden ein anderes Mal.« Er erhob sich und schob den Stuhl an den Tisch zurück. »Wissen Sie«, sagte er, »uns Engländern hat diese Stadt ja mal gehört, deshalb darf ich Ihnen vielleicht als alter Engländer sagen: Fühlen Sie sich hier wie zu Hause – und vollkommen sicher.«

Tretjak sah ihm nach, wie er wieder das Lokal durchquerte, diesmal in die andere Richtung zum Ausgang.

In diesem Moment kamen drei Kellner und stellten viele kleine Schüsseln auf den Tisch. Die gemischten Vorspeisen sahen dann doch eher asiatisch aus als englisch. Gott sei Dank, dachte Tretjak.

Epilog

Der Geschäftsführer des Hotels »Maison de la Madonne« in Peillon sah, wie die Frau hinter der Tür ihres Zimmers mit der Nummer 14 verschwand. Als sie wieder auftauchte, trug sie dieselben Sachen, in denen sie damals angekommen war, den alten Anorak und diese Wanderstiefel. In der Hand hielt sie ihren kleinen Rucksack. Alle anderen Kleidungsstücke hatte sie wohl in den Schränken des Zimmers hängen lassen. Sie war heute von der Beerdigung ihrer Tochter Michaela zurückgekommen, die gestern in Berlin stattgefunden hatte. Ihr Gesicht wirkte versteinert, aber so wirkte es immer. Der Geschäftsführer des Hotels hatte es in den Wochen ihres Aufenthaltes nie anders gesehen. Er hatte ihr vor ihrer Abreise mitgeteilt, dass mit dem Tod ihrer Tochter der Besitzer des Hotels gewechselt habe und dass das Zimmer 14 jetzt nicht mehr ihres sei.

Die Frau ging schnell die Treppe hinunter, durchquerte das Foyer und war schon zur Tür hinaus, ehe er es sich versah. Sie hatte einen schnellen Schritt. Erst an der ersten großen Serpentine holte er sie ein, um ihr zu sagen, was er ihr sagen sollte.

»Ich möchte, oder besser gesagt, ich soll Ihnen eine Stelle anbieten, Madame«, sagte er. »Und zwar als Hauswirtschafterin. Sie dürfen weiter hier wohnen. Im Zimmer Nummer 10.«

Unbewegt sah sie ihn an. Ein Gesicht, das es sich abgewöhnt hatte zu reagieren. Und auch ihr Körper wirkte irgendwie nicht wie aus Fleisch und Blut gemacht, eher wie ein Gerät, das sie jetzt kurz abgeschaltet hatte. Unbewegt stand dieser Körper in der ersten Kurve unterhalb des Ortes, während der Geschäftsführer ihr den Rest erklärte. An das Angebot waren Bedingungen geknüpft. Zweimal pro Woche Sprachunterricht, nur zwei Flaschen Wein pro Woche anstatt pro Tag. Und ein monatliches Tagebuch.

»Irgendjemand scheint sich um Sie zu kümmern«, sagte er. »Ich weiß nicht, wer das ist; ich habe nur eine Firmenadresse im Ausland. Wissen Sie, was das zu bedeuten hat, Madame?«

Lange blickte sie aus ihren farblosen Augen ins Nichts. Dann drehte sie sich um und ging den Weg zurück. Er ging neben ihr her, fand, dass die Art, wie sie einen Fuß vor den anderen setzte, so aussah, als verfüge sie über eine große Kondition. Auf seine Frage antwortete sie nicht. Sie schwieg den ganzen Weg. Was sicher daran lag, dass ihr Französisch noch nicht gut genug war, dachte der Geschäftsführer. Er fand: Schweigen war fast immer Ausdruck eines Unvermögens.